복제인간 시리

서연비람은 조선시대 서연에서 여러 경전의 요지를 모아 엮은 조선의 왕세자를 위한 필독서입니다.
서연비람 출판사는 민주주의 국가의 주인이신 시민들 역시 지속가능한 현재와 미래의 이치를 깨우치고
체현해야 한다는 믿음으로 엄선한 도서들을 발간합니다.

복제인간 시리

초판 2쇄 2018년 12월 10일

지은이 샬로테 케어너

펴낸이 윤진성
옮긴이 김재희

펴낸곳 서연비람
등록 2016년 6월 29일 제2016-000147호
주소 서울시 강남구 도곡로 422 5층
전화 02) 563-5684
팩스 02) 563-2148
전자주소 sybiram@daum.net

ISBN 979-11-958474-2-6 03850
값 12,000원

「이 도서의 국립중앙도서관 출판예정도서목록(CIP)은 서지정보유통지원시스템 홈페이지(http://seoji.nl.go.kr)와
국가자료공동목록시스템(http://www.nl.go.kr/kolisnet)에서 이용하실 수 있습니다.(CIP제어번호: CIP2017020676)」

복제인간

시리

샬로테 케어너 지음

김재희 옮김

서연비람

목차

서문

내 어머니 이리스 젤린은 세상에 당신 말고는 그 누구도 배려하는 사람이 아니어서, 나에게도 분명 배려 따위를 기대하지는 않을 것이다. 나는 그녀의 발자국을 따라가며 그대로 밟을 뿐이니까.

행여 내 기억이나 생각들을 끌어 모아 뭔가를 새롭게 꾸린다 해도, 나는 결국 오래전 시작된 복제 행위를 계속하는 것일 뿐이다. 22년의 세월이 흐른 지금, 나는 다시 나를 추스르고 있다. 우리 둘 중 이제는 '생존자'로 남게 된 나는 우리들의 끝과 시작, 그녀의 종말과 그 복제인 나, 이렇게 이어져 온 현재의 상황을 애써 수긍하고자 한다.

나의 엄마이며 쌍둥이 언니이기도 한 이리스 젤린이 2주 전에 세상을 떴다. 그리고 나는 우리 둘만의 그랜드 피아노 앞에 예전처럼 앉아 있다. 어렸을 때는 경외감으로 몸이 움츠러들 만큼 거대한 사물이었던 피아노, 일곱 살이 되던 내 생일날 우리는 이 사물에 '까만 아저씨'란 이름을 붙여드렸고, 엄마는 내게 이 피아노에 이제는 손을 대도 좋다고 허락하셨다. 반짝반짝 눈부시던 까만 피아노의 몸체 여기저기를 쓰다듬고 흰 건반과 검정 건반을 두드리면서 당시 무척이나 의기양양했던 기억이 난다. 하지만 다시는 이 건반을 두드리지 않을 것이다. 이리스 젤린이 누워 있는 저 관처럼 이 피아노의 뚜껑도 다시는 열리지 않을 것이다.

까만 아저씨의 보면대 위에는 음표가 없는 오선지들이 놓여 있다. 하지만 나는 어머니와 달리, 그 검정 줄에 음표를 그리며 작품을 만들지 않는다. 음표를 그려 넣는 대신 또박또박 글자를 적어 빈 종이들을 채워갈 것이다. 피아노 앞에 앉아 있는 내가 누구인지, 그 정체성을 찾는 일이 내가 먼저 해결해야 할 시급한 과제다.

무엇보다 나는 '복제'라는 말이 불편하다. 이 말은 이제 너무 허접스럽고, 그 의미조차도 조롱에 가까울 만큼 변질되었다. 뜻으로만 보면 오히려 옛날식으로 '청사진'이라고 하는 편이 나을 것 같다. 파란 바탕에 하얀 선이 그려진 청사진은 최소한 원본을 직접 본뜬 복사본이다. 그러므로 내게는 그 말이 더 적합하다. 파란색은 원래 내가 제일 좋아하는 색이니까, 이리스 젤린 역시 제일 좋아했다. 자기가 진짜 여신인 줄만 알았던 그 도도하고 오만방자한 여인이 가장 좋아한 빛깔이었다.

나, 시리 젤린이 복제되고 생산되던 시점, 내 이야기는 그 원점으로 거슬러 올라가 엄마의 딸이며 동시에 자매이기도 한 복제인간의 탄생, 거기서 다시 시작된다.

쌍둥이 여신의 탄생

이리스 젤린이 내 존재를 처음 생각해냈을 때, 그녀는 아마도 지금의 나만큼이나 외롭고 또 절박했을 것이다. 그녀를 떠나보낸 아픈 시간을 견디고 있는 탓인지, 나는 지금 어느 때보다 더 그녀가 곁에 있다는 느낌이 생생하다. 혼자라는 사실은 병이 났을 때 훨씬 청승맞게 다가오는 법이다. 그녀도 나도 그 사실을 잘 아는 사람들이다. 그녀는 '다발성 경화증'이라는 희귀병에 오랜 세월 시달렸고, 나는 지금 정신과 질환을 앓고 있다.

내가 최초의 인간복제 사례 중 하나였다는 사실, 게다가 이렇게 무럭무럭 잘 자라 어른이 될 때까지 무탈하게 살아남은 종자 중 하나라는 흔적은 겉으로는 전혀 남아 있지 않다. 그냥 봐서는 보통 사람과 차이가 없고, 정상적인 사람들과 똑같아 보인다. 적어도 겉으로는 분명히 그래 보인다. 아무런 표시도 나지 않는다. 하지만 내면에는 무시무시한 공포가 똬리를 틀고 있다. 진짜 무서운 건, 겉으로는 잘 드러나지 않는 그런 공포다. 어둠 속의 공포를 사람들은 오히려 고래고래 큰 소리로 노래 부르며 자신의 증상을 숨기곤 한다.

지금 내가 기록하려는 건, 그 누구의 것도 섞이지 않은 오직 내 삶에만 해당하는 이야기, 시리 젤린의 이야기이다. 그렇다, 난 최선을 다해 오직 진실만을 기록할 것이다. 하지만 과연 '진실'이란 또 무엇인가?

그녀가 내게 했던 이야기도 나름대로 진실이고, 한참 후에야 만나서 오랜 동안 내 안에 쌓였던 궁금증을 남김없이 풀어내려 끈질기게 내가 물었던 것들에 대해 내 의학적 '아버지'가 답한 것들도 모두 진실임에 틀림이 없다.

하지만 내게 중요하고 정말로 진실한 건 무엇보다 '내 기억'에 해당하는 것이다. 그래서 남들처럼 시시콜콜, 살아온 이야기 모두를 여기에 정리할 생각은 없다. 무엇보다 진실이고 중요한 건, 구체적 사실보다 그 이면에서 이리스 젤린의 복제인간인 동시에 쌍둥이 여동생인 나, 시리가 파악하는 그것이기 때문이다.

이리스 젤린과 나는 언제나 하나의 마음과 하나의 영혼이었고, 지금도 아마 그런 까닭에 나는 이리스의 피부며 뇌 속으로도 쉽게 스며들 수 있다. 이리스의 쌍둥이 자매며 딸이기도 한 복제인간 나는 이리스일 수도 있고 시리일 수도 있으며 동시에 둘 다일 수도 있는 존재다. 그리고 그 둘 모두에서 벗어나, 시리 젤린의 이야기를 풀어내는 제3자가 되기도 한다. 그러면 실험실 연구자들이 푸르고 차가운 빛 속에 요리조리 실험 재료를 돌려가며 관찰하듯, 나 자신 혹은 그녀, 아니 우리 둘 모두를 요모조모 한꺼번에 관찰할 수 있을 것이라 믿기 때문이다.

다발성 경화증

이리스 젤린이 시신경에 두 번째 염증이 시작되어 결국 마지막 희망조차 포기할 수밖에 없었을 때는 갓 서른에 접어든 나이였다. 이제 더 이상 어떤 가능성도 남아있지 않다는 사실, 모든 상황이 종료되었다는 사실이 더 명백해진 것이다. 다발성 경화증이 틀림없었다. 그 동안 받았던 검사의 결과들 모두 같은 사실을 이야기하고 있었다.

이게 무슨 병인지, 이리스는 진작부터 관련 정보를 점검하며 앞으로 벌어질 모든 일들을 숙지하고 있었다. 이리스 젤린 집안 사람들의 기질이 원래 그랬다. 그들에게 가장 중요한 건 진실이어서, 거기 매달려 모든 진실을 밝혀내야만 직성이 풀리는 그런 사람들이었다. 수집한 통계치를 모두 종합하건대 이 병은 10년 안에 그녀의 몸을 완전히 망가뜨릴 기색이 다분했다.

온몸으로 종양이 퍼져갈 것이고, 전깃줄이 타들어 가듯 온몸의 신경줄이 터지고 신경막이 벗겨지면 차츰 온몸 여기저기가 굳어지기 시작하여 결국 시력을 잃고, 그리고 정신까지 혼미해질 가능성이 대단히 높았다. 그런 증상이 완만히 진행되든 급속하게 진행되든, 아니면 악성으로 치닫게 되든 그 어떤 경우라도, 세계적 예술가 이리스 젤린의 명성은 추락할 수밖에 없는 현실이 공표된 셈이었다.

시리의 탄생을 이 사건의 원년으로 삼을 때, 시신경의 염증이 재발된 건 바로 그 1년 전 여름이었다. 이리스 젤린의 시야는 자꾸만 어두워졌다. 마치 컴컴한 길을 더듬다 좌우 양쪽에 담벼락이 세워져 꽉 막

힌 막다른 골목으로 들어온 신세가 된 것만 같았다. 어느 날 꿈속에서 그녀는 이 암흑의 구렁텅이에 어떤 출구도 없다는 사실을 깨달았다. 그래서 절대 그렇게 쉽게 빨려들지는 않을 거라고 굳게 마음먹었다. 그런 일은 결코 없을 거라 다짐하며 세게 건반을 내려치니 손가락 끝으로 전해지는 통증 때문에 손마디가 모두 얼얼했다.

다발성 경화증이라는 희귀병의 진단을 받자 더 이상 일상을 유지할 수 없는 심정이 되고, 이리스 젤린은 격노하여 때로 이성을 잃고 억지를 부리기 시작했다. 이 황당한 운명에 도저히 굴복할 수가 없었다. 어떻게 이런 일이 생길 수 있어! 왜 하필이면 다른 사람이 아닌 그녀란 말인가! 밤마다 그녀는 몸을 뒤척이고 뜬 눈으로 지새우며, 아름다웠던 자신의 몸이 앞으로 그런 꼴이 될 수밖에 없는 현실을 저주하며 악을 쓰기도 했다.

"도대체, 왜, 하필 나냔 말이야!"

탁월한 작곡과 그 예술, 호사스러운 연주 경력은 일찍부터 그녀의 존재 이유였다. 그런데 모든 게 곧 물거품이 되는 것이다. 심지어 아이 하나 남기지 못한 자신이 그녀는 더 한탄스러웠다. 누구에게도 자신의 재능과 빛나는 지식을 물려줄 수가 없는 신세다. 자기 유산을 물려받을 그 누구도 세상에 없다. 진심으로 사랑하고 그 사랑을 받아 자신에게 다시 베풀어 줄 아주 작은 상대조차 이 세상에 없는 것이다.

그녀는 이런 필요를 느껴본 적이 전혀 없었다. 자신이 얼마나 외로울 수 있는 존재인지 한 순간도 상상해 볼 일이 없었다. 그런데 느닷없이 이토록 사무치는 외로움에 몸을 떨면서, 전에는 열등한 본능이라며 경멸했던 자식에 대한 욕구, 제 안에서 솟구치는 그 날선 감정에 몹시 당혹스러웠다.

절망의 나날을 보내고 있던 그 무렵이었다. 이리스는 얼핏 캐나다 몬트리올 생명공학 & 생식의학 센터 소장인 모티머 G. 피셔 교수의 신문 기사를 보게 되었다. 예전 같았으면 절대로 관심을 가질 사안이 아니었고, 설사 눈여겨보았다고 해도 금세 잊어버리고 말았을 기사였다. 그런데 갑자기 그 자리에 빳빳이 선 채 온몸에 전율이 오는 느낌이었다.

이 영국인 과학자가 포유동물의 복제와 관련한 새로운 기술을 개발한 덕분에 이 분야가 진일보하는 데 아주 큰 공헌을 했다는 내용의 기사였다. 생식세포가 아닌 체세포로 후손을 만드는 클론의 배양과 관련하여, 어미 몸에서 안전하게 세포를 떼어 새로운 개체로 발생하는 과정에 시시때때 적절하게 신호를 주는 '스위치' 유전자의 작동양식을 그가 찾아냈다는 것이다.

연구자의 조작에 맞춰서 특정한 시간에 정확한 결과를 유도할 수 있도록 문제의 핵심을 푼 것이니, 이 분야의 오랜 숙원 하나가 드디어 해결되었다는 보도였다. 이리스는 그 기사를 몇 번이고 읽고 또 읽으며 내용을 되새겼다. 그리고 이게 드디어 자신의 운명을 바꿀 수 있는 획기적인 사건이라는 걸 깨닫게 되었다.

이리스 젤린, 당신은 그러니까, 인생이 틀어지기 시작한 이후 난생 처음 자기 아이를 갖고 싶다는 생각을 하게 된 거네요. 병들고 못쓰게 된 당신 생명을 대체할 생명을 생각해낸 거였어요. 그러므로 나 시리는 사랑의 결과가 전혀 아닌, 당신 분노에서 비롯한 존재였어요! 당신에게도 인생무상이 해당한다는 사실을 믿을 수가 없으셨지요. 다른 몸을 빌어서라도 좀 더 오래 살고 싶으셨어요. 아니 불멸의 삶을 원했던 건지도 모르겠네요. 그래서 절망적인 당신의 몸을 대체해 줄, 더 절망적인 누군가를 기어이 끌어들인 거고요.

피셔 교수 관련 기사를 읽으며 처음으로 날 생각해냈던 거죠. 엄마의 복제 딸이요. 그러자 더 이상 다른 것은 생각할 수가 없었어요. 그 생각에 사로잡혀 엄마의 삶을 구원해 줄 새로운 목표, 드디어 새로운 의미가 생겼으니까요. 그게 바로 나였던 건데, 더 정확히 말하면 그건 내가 아니고, 다시 살아날 당신이었어요. 이리스 젤린의 전반부 연주가 다 끝나니 얼른 후반부를 시작하면 되는 거였어요.

내 어머니로 예정된 그녀는 여느 근시안적 인간들과 똑같이 당시 분위기에 휩쓸려 욕심나는 대로 그냥 움직였을 것이다. 첨단의 복제기술이 시작되고, 우리 같은 복제인간이 제작되기 시작할 무렵이었다. 자기 몸의 체세포로 자기와 똑같은 자식을 만들 수 있는 생체기술이 등장하면서, 굳이 양쪽 부모가 다 있어야 한다는 생각 자체가 오랜 관습일 뿐이라는 인식이 사회 전체로 퍼져나간 것도 그 무렵이다. 여자도 남자도 이제 굳이 다른 이성과 엮여서 살아야 할 필요가 없이 서로가 독립된 개체로 아예 나눠지게 된 그 획기적 사건의 발단이기도 했다.

여자와 남자의 차이가 따로 없이 각자 동정생식을 하게 되다니,

이건 정말 새로운 인류의 탄생이라고 불러도 좋을 굉장한 사건이었다. 미래를 향한 진보, 하지만 거기에 어떤 함정도 있을 수 없노라고 장담할 수 있는 사건이었을까! 원본과 똑같은 복제인간의 제조 과정에 그 어떤 착오도 오판도 없었다고, 행여 삐끗 헛발을 디디며 시퍼런 멍투성이가 될 수 있는 가능성이 없었다고 정말로 자신할 수 있는 일이었을까! 미래의 청사진을 만들려 했던 푸른 염료가 그만 존재의 시퍼런 멍이 될 수도 있다는 위험에 대해 한 번이라도 진지하게 생각해 본 적이 있었는가 말이다.

모티머 G. 피셔에게 보내는 초대장

이리스 젤린은 즉시 행동에 돌입했다. 그녀의 매니저 토마스 베버에게 몬트리올에 있는 공연기획사에 연락해서 최대한 빨리 일정을 잡으라고, 다음 달이라도 괜찮으니 어떻게든 끼어들어가 공연할 수 있게 날짜를 잡아달라고 요청했다. 그렇게 일사천리로 모든 일이 진행되어, 10월 달 공연을 할 수 있다는 답신이 도착했다. 모티머 G. 피셔 교수 앞으로, 아무래도 결혼했을 확률이 높으니 객석 맨 앞에서 셋째 열의 가운데 좌석 두 개를 잡아 초대장부터 먼저 보냈다.

그리고 동봉한 편지에, 아주 급한 용무가 있는데 연주회 다음날 시간을 좀 내주실 수가 있겠느냐 물었다. 피셔 교수는 곧 이리스 젤린이 원하던 면담시간을 알려왔다. 그리고 도무지 올 것 같지 않던 여섯 주의 지루한 시간이 모두 흐른 후, 드디어 그녀는 몬트리올의 무대에 올라 여전히 멋진 연주를 했다. 신문에 실린 사진 속 피셔 박사의 모습을 그녀는 청중 속에서 바로 찾아낼 수 있었다. 드디어 마지막 곡의 연주가 끝나고 박수갈채가 계속되는 동안 두 사람은 서로를 알아보고 눈길을 교환하며 고개를 끄덕이는 식으로 서로 아는 체를 했다.

당시 신문에 실렸던 내 어머니의 사진을 보면 얼굴 가득 나를 임신할 생각에 빠져 있었던 기색이 역력하다. 그 사진의 느낌은 아직까지 마음에 든다. 그녀/나/우리 둘 모두가 공유하는 전형적인 특징이 분명해서다. 얼굴선의 윤곽이 둥글어도 호락호락해 보이지 않아서 좋고, 저돌적이고 다부진 턱 선과 반듯한 이마는 지적인 분위기가 풍겨 괜찮아 보인다. 잿빛의 깊고 푸른 눈은 미소를 짓고 있으나 범접하기 힘든 구석이 있다.

어깨까지 내려오는 곱슬머리가 이마 위로는 단아하지만, 정수리 쪽의 머리카락에 빳빳이 힘이 있어, 천진하고 개성 넘치는 아이들 느낌도 든다. 입술 곡선은 상당히 예쁘지만 좀 얇은 편이라 웃음기가 없으면 새치름해 보이기도 한다. 사진에는 웃고 있어 그닥 거슬리지 않지만, 거만해 보이는 인상은 어쩔 수 없다.

아직 그 나이는 아니지만 사진 속 엄마는 요즘 내 모습과 판박이 같다. 나는 아직 20대 초반이고 사진 속 그녀는 30대 초반이지만, 사진에는 차이가 없어 보였다. 세월이 거꾸로 흐르는 인생, 그 사진을 갈기갈기 찢어 입속에 구겨 넣고 마구 씹어 꿀꺽 삼켰다. 사진 속 엄마가 이제 딸의 뱃속으로 들어간 거다. 하지만 당시는 그 반대였다.

몬트리올 연주가 성황리에 끝난 다음 날, 이리스 젤린과 모티머 G. 피셔는 함께 앉아 마주보고 이야기를 나누었다. 몬트리올 시내 중심에 위치한 피셔 교수의 생식클리닉 높은 건물은 보통 '생클'이라고들 하는데, 그의 사무실은 맨 꼭대기 층에 있었다. 저기 창밖으로 루와얄 산이 한눈에 들어왔다. 단풍이 들었던 이파리는 거의 다 떨어져 가을빛이 완연했다. 내가 태어나기 한 해 전의 일이었다.

피셔 박사는 초대에 감사하며 이리스의 연주를 극찬했다.

"역시 모차르트 전문가시더군요. 1부는 정말 신선했어요. 완전히 새로운 해석이라 깜짝 놀랐네요. 그런데 사실 2부가 더 인상적이었어요. 직접 작곡하신 작품이요."

그는 말을 이었다.

"그 인도풍 이름의 순환곡은 정말 쌈박했어요. 바이올린과 바순, 더블베이스와 클라리넷 그리고 이들의 합주 피날레까지 다섯 곡은 모두 선명한 구성과 흥겨운 연속으로 완전 감동이에요."

"그 작품 제목은 사티아, 인도 말로 참되다는 뜻이어서 예식 혹은 법칙이란 뜻도 된대요."

이리스 젤린은 설명을 이어갔다.

"인간의 모든 행위는 법칙을 따른대요. 주술적 법칙, 우주적 법칙, 수학적 법칙이요. 나의 음악 역시, 순수한 울림의 세계에서 그대로 쏟아지는 게 아니잖아요. 그래서 그런 법칙들을 의식하며 새로운 양식들로 표현해 보는 거예요. 박사님 작업도 그렇지 않으세요?

연구를 통해 여러 요소의 관계를 찾아내며 완전히 새로운 영역을 개척할 경우 결국은 그렇지 않으신가요? 게다가 세포의 핵은 세상에서 가장 작은 세계인데, 그 수수께끼를 푸는 작업이니까요. 그래서 아마 위대한 과학자 중에 훌륭한 연주자 혹은 음악광들이 많을 거예요. 예술과 과학 사이에 상당히 공통점이 있는 것 같아요. 선생님도 피아노 연주 실력이 상당한 수준이라고 들었어요. 저도 실은 대학에서 수학이나 물리학을 전공할 생각을 많이 했거든요. 정말이에요! 중고등학교 다닐 때 장래 희망으로 퀴리 부인 같은 과학자가 될 거라고 적었어요. 그래서 요즈음도 자연과학 분야에서 벌어지는 일들에는 귀가 쫑긋해진답니다."

사십 대 중반의 피셔 교수는 이리스의 기대 이상으로 멋있어 보였다. 큰 키는 아니지만 다부진 체형에, 알이 작은 세련된 금속 테의 안경을 끼고 있었다. 한눈에 봐도 전공서적에만 파묻혀 사는 외골수의 학자 사람이 아니란 건 알 수 있었다.

모티머 G. 피셔 역시 맞은편의 상대에게 금세 호감이 느껴졌다. 쾌활한 목소리와 차분하고 우아한 그녀의 눈빛이 마음에 들었다. 그는 이리스 쪽으로 어깨를 기울이고 그녀의 팔에 자기 손을 얹으며 충분히 속내를 감출 만큼 자연스럽게 말을 이었다.

"젤린 선생님, 그런데 혹시 내가 도와드릴 일이 있나요? 내게 상담을 청하신 무슨 특별한 이유라도 있으신가요?"

이리스는 피셔 교수에게 자신이 앓고 있는 병, 양쪽 눈의 시신경 염증에 대해 설명했다.

"뭘 좀 보려면 이렇게 들여다보며 초점을 맞추는데, 언제부턴가 그게 잘 안 돼 이상하다 싶었어요. 저는 특히 악보를 보며 연주하고, 또 작곡을 할 때도 악보를 보면서 그려야 하는데, 문득 오른쪽 혹은 왼쪽 눈 초점이 빗나가서 이상했지만, 크게 힘든 건 아니어서 괜찮았어요……. 그런데 앞으로 무슨 일이 일어나게 될지, 저는 잘 알아요. 다발성경화증이 틀림없다는 확정 진단을 받았거든요. 앞으로 몇 년은 별 탈 없이 살 수 있다지만……. ”

가라앉는 그녀의 목소리는 더 이상 이어지지 않았다. 굉장히 놀란 표정으로 바뀌는 피셔 교수를 가만히 바라보며 그녀가 물었다.

“나를 도와주실 수 있으실까요?”

피셔 교수는 그런 식의 도움을 청하리라는 예상은 전혀 못했으나, 당황하는 모습을 애써 감추었다. 그리고 이 힘든 상황을 실제로 헤아리기라도 하는 듯 담담하게 음성을 가라앉히며 의사 특유의 어투로 응답했다.

“젤린 선생님, 알고 계시겠지만 안타깝게도 그 병을 치료할 약이나 유전자 요법 같은 건 아직 개발된 게 없습니다.”

“알지요. 하지만 선생님은 나를 도우실 수 있을 것 같아 찾아왔어요.”

이리스는 여기서 말을 끊고, 잠시 휴식을 취했다.

휴식, 이건 굉장히 중요한 일이다. 특히 작곡에서는 이보다 중요한 건 없을 만큼 그렇게 핵심적인 요소다. 인생 역시 잘 풀어가려면 어느 시점에 휴식을 취해야 하는지 이리스는 제대로 짚을 줄 알았다. 아주 빡빡한 시간 사이에도 휴식의 틈을 만들면 덕분에 긴장은 고조되고, 그 휴식은 곧 작품의 절정이 코앞에 이르렀다는 신호가 된다.

나를 복제해 주세요

피서 교수는 이 굉장한 피아니스트가 자신에게 원하는 게 뭔지, 도통 가늠이 되지 않았다.

"다른 사람이 하지 않은 일 중에, 내가 특별히 할 수 있는 게 뭐가 있을까요?"

그는 난감한 얼굴로 물었다.

이리스 젤린이 드디어 속에 있던 말을 꺼냈고, 그 낭랑한 목소리는 피서 교수의 정신을 번쩍 들게 했다.

"나를 복제해 주세요."

이건 부탁이라기보다 명백한 요구였다.

이미 어른인 사람을 똑같이 만들어내는 일, 감히 그런 일을 누구보다 앞서서 시도하는 것, 그 엄청난 행위에 대해 사실은 피서 자신도 이따금 진지하게 공상에 빠지곤 했다. 기술도 그 동안 많이 좋아져 생명 하나를 싹 틔우려 복제 난자를 수십 개씩 준비할 필요도 없게 되었다. 복제에 필요한 소소한 과정들 모두 예전과는 비할 수 없을 만큼 안전해져서, 인간 복제의 경우 기형 배아의 폐기와 관련한 금기 사항으로 골치를 썩을 일도 이제는 거의 없어졌다.

"나는 이 새로운 기술로 여태까지 쥐를 복제하고, 소를 복제하는 연구만 했어요."

피서 교수는 침착하게 대응하려 애를 썼다. 하지만 이런 설명이 얼마나 부질없는 변명인지, 지금 그는 생각을 정리할 시간을 벌려고 끙끙대느라 자신의 말에 얼마나 힘이 빠지고 있는지는 그 누구보다 본인이 잘 알았다.

이리스 젤린은 그 말을 그냥 귓전으로 흘려듣는 듯 아무 상관도 없다는 얼굴로 함박 미소를 머금고 대답했다.

"물론 알지요. 그러니까 이번에는 여자 사람, 호모 사피엔스를 하시라고요. 복제 대상이 되겠다고 자발적으로 여기 찾아 온 거예요. 쥐나 소나 사람이나 결국 다 같은 포유류잖아요. 나는 잃을 게 전혀 없어요. 어차피 오래는 못 사니까, 어떤 결과여도 남는 장사예요. 그건 선생님도 마찬가지고요. 무슨 위험을 감당할 필요가 없잖아요. 그리고 이 일을 외부에 노출시켜도 난 상관없다고 약속할게요. 처음부터 매스컴에 일정을 공개하셔도 좋아요. 나는 워낙 공인으로 알려져 있어서 그런 식 노출에는 익숙해요. 그렇게 진행하면 누구도 이 일에 대해서 혹은 인간 복제 그 자체에 대해서도 더는 반대할 수 없을 거예요. 그 점도 나보다 더 잘 아실 거고요."

그렇지 않지요! 엄마는 그냥 아무나가 아니고, 이미 국제적인 유명인사였잖아요. 당신 같이 유명한 사람들의 일에 대해 보통 사람들은 뭐라도 알고 싶어 하잖아요.

피카소나 모차르트 같은 예술가를 복제한다는데, 제2의 피카소가 혹은 제2의 모차르트가 다시 태어난다는데 그 누가 반대하겠어요? 남편 그늘에서 제대로 실력 발휘를 할 수 없었던 클라라 슈만, 남동생의 유명세에 충분히 빛을 보지 못했던 파니 헨젤-멘델스존을 세상에 다시 태어나게 하는 일에 그 누가 반대할까요?

물론 그 정도로 위대한 음악가 반열에 엄마 자신을 올릴 수는 없 노라 하겠지만, 누가 봐도 내 어머니는 보통 사람은 아니거든요. 엄마 는 충분히 환호의 대상이었어요. 이리스 젤린을 복제인간으로 만들 어낼 수만 있다면, 그 정도는 시도할 만한 일이었어요. 세상 어디에나 널린 멍청이 인간이라면, 누가 굳이 나서서 복제를 하려 들었을까요. 엄마는 아주 특별한 미끼를 던지며 그 남자를 유혹하고 부추긴 거였 어요.

도덕적인 심사숙고, 두 분은 처음부터 그런 따위는 안중에도 없었 지요. 대체 어떤 고민이 필요하냐고요? 태어날 아이에게 훌륭한 유전 자를 골라 준 셈이니, 운 나쁜 아이들이 겪게 될 요소를 애초에 차단한 셈인데, 그게 왜 아이의 존엄성을 해치는 것일 수 있냐고요? 이건 실패 할 리가 없는 사업이다, 모든 요망사항을 보장할 수 있는 이 기회를 놓 치지 마시라! 부모의 모든 소망이 충족되는 안전 보장이라면서, 세상 사람들에게 떠벌린 셈이었어요.

그런데 막상 복제로 태어날 아이의 생각은 물어보신 적이 있나요? 그건 애초 빠진 거지요. 엄마와 피셔 박사가 우리 같은 존재에 대해, 심 지어 우리들의 감정에 대해 당신들이 대체 뭘 알 수 있겠어요. 우린 거 기에 없었잖아요. 이 세상에 대해 아직 아무 것도 알지 못하는데, 기껏 해야 전지전능을 꿈꾸는 인간의 병든 마음속 괴물, 아니면 판타지 상 태로나 있었을 뿐이지요.

피셔 교수는, 이 세상에 자기 자신의 복제를 허용할 만큼 강인한 사람이 실제 있을까 하는 생각을 종종 했었다. 그런데 지금 그런 인간이 나타나 실제로 복제를 해 달라고 부탁하고 있다. 이 엄청난 일을 함께 강행할 만큼 과대망상이 충분한 복제인간 원본이 코앞에 앉아 있는데, 여기서 주저할 일이 뭐가 있는가? 처음 만난 자리에서 상대 남자의 속마음을 대신해 그대로 말로 토해내는 이 신기한 여성은 세상의 어떤 일도 감당할 각오가 단단해 보였다.

이 여성의 그 절박한 느낌과 충분한 지식 그리고 깊은 신념까지도 피셔 교수는 속속들이 알 것 같았다. 바로 그래야 하는 거라고! 세상 사람 대부분이 이 문제에 대해 등을 돌리고, 심지어 미쳤다고까지 비난하지만, 결국 이런 생각이 진리일 수밖에 없다는 게 그의 솔직한 믿음이었다. 말로는 충분히 설명할 길 없는 그 확실한 느낌 덕분에 여태껏 이 연구를 밀어붙일 수 있었고, 그는 원하는 결과를 얻을 수 있었다. 배아의 발달 과정을 수시로 통제하는 유전자 스위치를 발견했을 때도 그랬고, 이를 포유류에 처음 적용시켰을 때도 실은 같은 심정이었다.

여기 나를 찾아온 음악가 이리스 젤린도 그런 운명의 연속이었다. 두 사람의 의기투합은 우연이 아닌 것이다. 팽팽한 긴장이 감도는 적막을 깨고 피셔 교수가 단도직입적으로 물었다.

"그럼 대리모를 찾는 것도 아니네요? 본인이 직접 복제 아기를 낳으시겠다는 얘기죠?"

"당연하죠! 제 지병인 다발성 경화증이 악화될 수도 있겠지만, 그런 위험은 기꺼이 감당할 생각이에요. 확률이 반반이라는 건, 저도 잘 알아요. 실패해도 상관없고요. 하지만 그 소망을 이룰 수만 있다면 그건 정말 엄청난 일이죠! 내 딸은 태어날 때 이미 모든 걸 완벽하게 갖춘 아이인데, 그 아이는 바로 나란 말이에요. 같은 자궁에서 함께 자라고 함께 태어난 쌍둥이는 아니어도 우리는 똑같은 유전자를 가진 쌍둥이 자매잖아요? 보통 쌍둥이들처럼 함께 자라는 게 아니라, 엄마와 딸의 관계로 자라지만, 그래도 일란성 쌍둥이인 건 사실이지요."

그토록 특별한 인연이니까, 그래서 난 엄마를 무조건 사랑해야 하는 건가요? 엄마는 나를 다른 여인의 자궁이 아닌, 바로 당신 자궁에 넣어 키우길 원하셨어요. 나 때문에 엄마 목숨이 더 위태로워질 수 있는 위험을 감수하신 거예요. 하지만 나의 쌍둥이 언니! 그 위험을 감수한 건 냉철하게 계산이 된 모험이었죠. 나를 세상에 낳았던 건, 그 계산에 따른 결과였지 절대로 순수한 사랑은 아니었어요. 사랑에 눈멀어 제정신이 아닌 그런 맹목적인 사랑의 결과가 아니라, 그저 당신의 분신을 만들겠다는 순전한 이기심에서 시도한 일이었어요. 나라는 존재는 그저 엄마의 생존전략일 뿐이었다고요.

당신 목소리가 점점 더 우렁차고 단호하게 변할수록 그 뜻은 더욱 확고해졌고, 그럴 때마다 당신의 그리고 나의 입 매무새는 더욱 더 새치름하고 싸가지 없는 모양새로 변한다는 사실을 나는 아주 몸서리치게 잘 알아요.

엄마는 내게도 자주 했던 얘기를 아마 피셔 교수에게 같은 강도로 하셨겠지요.

"똑같이 복제된 아이여야 해요. 다른 아이는 무의미해요. 재능도 없는 아이를 낳아 나를 소진시킬 생각은 전혀 없어요. 그건 감당할 수 없을 거예요."

그렇죠. 엄마는 자식이든 남편이든, 그 누구에게도 당신의 사랑을 소진한 적은 없어요. 그 남자의 아이를 낳고 싶을 만큼 그렇게 맹목적으로 사랑한 남자가 없었잖아요. 세상 그 누구도 진정한 파트너로 대할 수 없는 분이니, 자신을 복제해서나 그렇게 할 수 있었을까요. 유일한 해법은 그것뿐이란 걸 당신은 마음속 깊이 느끼고 있었겠지요. 누구에게도 그런 사랑을 쏟을 수 없다는 사실 말예요. 당신 스스로를 더 많이 사랑할 수는 있으니까, 그래서 엄마를 그대로 **빼닮은** 복제인간을 원했던 거죠.

언젠가 내가 당신의 자기 집착, 심각한 자기애에 대해서 비난을 퍼부었는데, 엄마는 그에 대해 전혀 거부감이 없으셨어요.

"그래, 맞는 말이지. 그런데 그게 왜 문제니? 대체 내가 왜 다른 사람들과 달라야 하는 거야?"

당신은 아주 느긋하게 미소까지 지어가며 내 말을 받아쳤어요.

"이 세상에 안 그런 사람이 어디 있어? 누구나 자식을 통해 자신을 보는 거지. 나는 더 솔직한 사람일 뿐이야. 그래서 나를 더 많이 닮은 아이, 오로지 나를 **빼닮은** 아이를 남들보다 좀 더 강렬하게 원하는 거지."

이렇게 말하는 엄마에게 대체 무슨 말이 더 필요하겠어요. 당신께서는 너무도 귀한 당신 자신을 다시 한번 만들어내게 하신 거예요. 이 세상에 다시 태어나도 좋을 만큼 자기 자신이 그토록 훌륭하다고, 그만큼 스스로를 자부한 거죠.

세상에서 사라지고 싶지 않았던 거예요. 자기와 똑같은 존재를 만들어 죽을 때까지 바라봐도 흐뭇할 만큼, 스스로를 그렇게 대단하다고 여겼던 거예요. 당신은 결단코 그렇다고 억지를 부리셨지만, 그건 결국 엄마가 저지른 일생일대의 착각이었다는 걸 깨닫게 되죠. 사실 우리는 서로를 견디는 일이 그렇게 쉽지 않았잖아요.

당시만 해도 너무도 순진하고 무지한 탓에, 엄마는 피셔 교수에게 마냥 살갑게 다가가며, 하지만 어떤 접촉도 삼가면서 그의 애간장을 타게 했어요.

"부디 내 딸아이의 아버지가 되어 주세요. 나를 복제해 주세요."

작곡가들은 매혹적인 소리의 기교로 어떻게 관능을 자극하고 몸과 맘을 달굴 수 있는지 잘 알잖아요. 바로 그 점을 건드린 거죠. 아버지라니, 무슨 그런 망측한!

피셔 박사는 엄마의 인간적인 유혹에다 학문적 욕심까지, 그 어떤 것도 물리칠 수가 없었을 거예요. 학문적인 욕심은 인간적인 호기심과 쌍을 이루는 법이잖아요. 꼼짝없이 말려들어 짧은 포옹으로 그가 응답하니, 두 분 사이의 협약이 매끄럽게 이루어졌겠죠. 두 분은 힘을 합해 창조주의 역할을 도모하게 된 거였고요.

원래 고대 신화들에서 쌍둥이의 아버지는 위대한 신이 아니면 악마였고, 반면 그 어미는 정숙하지 못하거나 귀신 들린 여자나 점쟁이로 등장하죠. 쌍둥이의 출생은 오래전에도 특별한 사건으로 여겨졌고, 그건 뭔가 초자연적인 사건의 암시로도 해석되었던 모양이에요.

그런데 그게 행운의 표시였든 불운의 표시였든 내가 엄마의 쌍둥이로 태어날 수 있으려면, 먼저 수정란을 만들어야 했어요. 피셔 교수님이 얼마 전 내게, 복제로 태어날 나라는 생명을 어떤 방식으로 그리고 어디서 실험관에 배양했는지에 대해서도 자세히 알려주었어요.

유전자 도서관

이 무모한 실험을 시작한 원년 1월 7일 오전, 모티머 G. 피셔 교수는 망원 현미경에 연결된 조이스틱 두 개를 손수 양손으로 붙들고 휴지기 상태였던 세포를 조절하며 작업을 지휘했다. 실험실 시계로는 10시 45분이었다. 이리스 젤린의 미성숙 세포에서 추출한 순수 유전정보를 뽑아, 핵이 제거된 그녀의 난세포에 심어주는 작업이었다.

난세포에 넣어 준 핵물질은 이리스 젤린의 피부 세포에서 채취한 것이었다. 머리카락처럼 가느다란 유리관으로 단백질을 주입하면, 피셔 프로세스의 작동을 알리는 신호가 떨어진다. 하지만 배아가 될 세포는 아직 스위치 유전자가 명령할 때까지는 그저 활동을 준비한 채 그대로 대기 상태. 현미경 저만치 세포 속의 작은 점은 마치 검은 눈동자처럼 보인다. 그 작은 점에 길이가 1.5미터나 되는, 실처럼 가는 복제 의뢰인의 DNA가 돌돌 말린 채 들어 있다. 직경이 백분의 일 밀리미터 밖에 안 되는 그 검은 점에 한 인간의 삶을 표현할 프로그램이 다 담겨 있는 것이다.

웰컴, 이리스의 쌍둥이

유전자라고도 불리는 이 가느다란 실에는, 문자로 남아 있는 이른바 역사 시대 훨씬 전부터 쌓이기 시작한 아주 오랜 인간사가 전부 기록되어, 이를 책으로 만들어 모두 펼치면 수십만 권도 넘을 분량이 된다. 이 엄청난 규모의 유전자 도서관은 한 인간의 용모와 기질, 숨은 재능과 세상을 인지하는 방식 등 시시콜콜한 사연을 모두 품고 있다. 드러난 것과 잠재적인 요소까지, 한 인간의 시작부터 종말까지 모든 내용이 그 안에 새겨져 있는 것이다.

피셔 교수는 이런 모든 사연이 담긴 사물, 이리스의 세포에서 뽑아낸 유전자의 움직임을 포착하고자 숨이 멎도록 고요한 시간, 그걸 견뎌내느라 신경이 곤두서 있다. 그렇게 멈춰 섰던 시간이 드디어 숨을 고르는 듯 살짝 꼼틀거리자 인큐베이터 속 세포가 분열을 시작했다. 실험실의 시계는 열한 시를 가리켰고, 피셔 교수는 망원현미경을 통해 똑딱똑딱 새로운 생명 하나가 새로운 시간을 시작하는 걸 침착하게 지켜보았다.

DNA 가닥이 둘로 나눠져 각각 자신의 가닥을 보충하니 곧 두 개의 가닥이 되고, 뒤엉킨 운명의 실이 서로 떨어지려 끙끙대는 동안 이들 주변의 세포질이 서로를 에워싸니 곧 두 개의 핵이 드러나 보였다. 현미경 저쪽에서 벌어지는 사건을 수십만 배로 확대한 모니터에는 이제 더 이상 외눈박이가 아니라 한 쌍의 검은 눈동자로 선명하게 두 개의 세포가 그 자태를 드러내며 승리의 빛을 발했다.

"웰컴이다, 이리스의 쌍둥이!"

피셔 교수는 이리스 젤린의 딸이 될 새로운 생명을 향해 반갑게 인사했다. 그는 이 작은 생명체를 곧 배양기 안으로 옮겼다. 거기서 마흔여덟 시간이 지나면 두 개의 세포는 두 번 더 분열하여 모두 여덟 개의 세포로 이루어진 왕성한 생명체로 변모하는 것이다. 이틀 후 이리스의 복제를 현미경으로 들여다보니 여덟 개의 세포 모두 건강하고 똑같은 크기로 규칙적인 활동을 하는 모습이 확인되었다. 이제 바로 자궁으로 옮겨 착상에 성공하면 되는 것이다.

이리스 젤린은 옆방에서 대기 상태였다. 그녀는 당시의 일 중 두 가지를 아주 선명하게 기억했다. 하나는 그 방의 침대 곁에 편안한 소파가 하나 있었다는 것. 보통은 산모의 남편이 거기 앉아 출산을 함께 하는 동안 애써 불안을 감추며 자기 아내의 손을 잡아주는 용도였다. 하지만 그날은 그냥 빈 의자였다. 그 자체가 이리스의 절대적 독립, 그 누구의 간섭도 필요 없다는 사실을 확인하는 기분 좋은 상징이기도 했다. 그녀는 온전히 자기 자신의 것이었다.

그리고 다음은 괴로울 정도로 자꾸 웃음이 터져 나왔던 기억이었다. 자신의 임신 과정이 거의 번갯불에 콩을 구워먹는 것만 같은 속전속결로 이루어져, 조금 민망한 방식으로 진행되었다는 점을 돌이켜보니 참 어이가 없다는 생각도 들어서였다.

그녀는 배아를 자궁에 착상시키는 시술을 받느라, 양다리를 높이 올려놓는 받침대 달린 산부인과 침대에 누워 있어야 했다. 왼쪽과 오른쪽 다리를 벌리고 천장을 향해 누워 있는 이 야릇한 자세가 아무래도 좀 불편한 느낌이어서 이리스는 눈을 꼭 감고 있었다. 그런 까닭에 피셔 교수가 들어와 따뜻하게 예열된 자궁경을 그녀의 질 안으로 밀어 넣을 때, 의사 가운이 바스락거리는 소리에다 마스크를 쓴 탓인지 그의 숨소리도 더욱 선명하게 귓전을 울렸다. 곁에 서서 대기 중이던 진초록 실험복의 여자 조수가 피셔 교수에게 배아가 들어 있는 플라스틱 튜브를 건네주었다.

"이제 좀 아플 수 있습니다."

가늘고 긴 주사기를 이리스의 자궁 경부에 주입하며 피셔 교수가 설명했다. 아닌 게 아니라 아주 짧게, 찌르르한 통증이 느껴지더니 곧 차가운 액체가 흘러드는 느낌이었다.

"이대로 좀 계세요."

피셔 교수는 고무장갑을 벗으며 이리스를 혼자 누워 있도록 조치했다. 그는 잠시 환자의 손을 잡아 주고는 곧 방을 나갔다. 이리스 젤린은 그대로 눈을 감은 채, 받침대 위에 올렸던 다리를 가만히 내려놓았다. 곁에 있던 조수도 이불을 덮어주고 곧 자리를 떴다.

이리스는 행복에 겨워 소리라도 지르고 싶었으나 혹시 터질지 모르는 격한 웃음을 참느라 배꼽을 틀어잡고, 잔뜩 달아올라 뜨거워진 얼굴은 차가운 베개로 꾹꾹 눌렀다.

엄마는 이리스[IRIS], 나는 시리[SIRI]

엄마는 행복에 겨워 마구 소리 지르며 웃고 싶어 했어요. 작곡을 할 때도 종종 그런 적이 있지요. 새로운 악상이 떠올라 곧 위대한 작품을 만들어낼 것 같은 그런 순간의 기분, 혹은 그걸 다 완성했을 때의 기쁨, 그런 강렬한 행복감에 아주 들떠 있었지요.

음악을 통해 엄마는 전에는 없었던 새로운 세계를 개척했어요. 음악은 그저 소리예술에 지나지 않는 게 아니고 시간예술이다, 그러니까 어떤 순간은 현재가 아닌 미래를 위한 거라고 엄마가 설명하던 기억이 나요. 작곡이란, 기존의 틀을 깨야 비로소 새로운 길이 나타난다고도 강조했고요.

엄마가 저를 잉태했을 때도 마찬가지였던 셈이었어요. 태곳적부터 인류가 반복했던 그런 구태의연한 임신 방법을 깨버렸으니, 바로 그 파괴의 결실이 곧 복제된 아기였어요. 그러니까 난 아주 특별한 작품이어야만 했어요. 하지만 우리의 DNA는, 원래 그렇게 비비 꼬인 사다리 모양새라서 그런지, 처음부터 계속 틀어지기만 했죠. 우리 둘의 화음이 얼마나 끔찍한 소리를 내는지, 정말 한 번도 그 어긋나는 불협화음을 들어본 적이 없으셨나요? 누구보다 뛰어난 절대 음감을 가진 엄마의 청력이 이 경우에는 전혀 작동하지 않았었나요?

엄마의 몸에 들어갈 당시 나는 그저 어설픈 세포 덩어리에 불과했으나, 엄마에게는 이미 소원을 성취해 줄 아이였으며, 아직 태어나지도 않았으나 이미 신동으로 예정되어 있었으니 그에 마땅한 이름이 필요했지요. 엄마는 신이 나서 이렇게 속삭였어요.

"내 예쁜 딸, 네 이름은 시리야! 이보다 더 좋은 이름은 없을 거야."

엄마 이름 이리스IRIS의 철자를 거꾸로 해서 바로 나, 시리SIRI의 이름이 만들어졌다고요. 그렇게 낯선 규범, 낯선 작전으로 기발한 모험세계를 창조해내는 분이, 내 이름을 지을 때는 어쩜 그토록 무신경했는지, 도무지 고심의 흔적이라곤 찾아볼 수가 없어 지금도 화가 나네요.

복제 게임이 처음 등장해 스타크래프트의 전설을 능가했을 때, 카드처럼 뽑아서 원하는 대로 조작하는 게 유행이었다죠? 당시까지 사람들은 컴퓨터 게임에서나 쌍둥이를 복제할 수 있었다면서요. 이미 세상을 떠난 배우를 디지털로 복원해 상당한 배역을 맡기고 새 필름에 출연시키곤 했다더군요. 그 기술로 슈퍼모델을 수십 명씩 찍어대기도 했고요. 명령 키 하나만 누르면 청춘으로 빛나던 눈가와 목 주위에 자글자글 잔주름이 생기며 중년이 되고, 늙은이로도 변해 버리고요.

죽은 아이의 사진들을 스캔해서 넣으면 그 데이터만으로 성장 과정을 예측해서 보여주는 컴퓨터 프로그램도 있었더군요. 과학자들이 아이 어머니와 아버지의 유전자 코드를 읽어 개인별 특징의 조합을 기반으로 프로그램을 개발했었죠. 그걸 조종하면, 모니터 위에서 아이들의 다마고치가 계속 자라게 할 수 있었다면서요. 부모들은 모니터를 통해서 죽은 자식도 만나고, 마치 그 아이들이 아직 살아 있는 듯 계속 자라는 모습을 볼 수 있었다더군요. 너무 끔찍해 어떤 부모는 컴퓨터 자판의 맨 왼쪽 위, 에스케이프 키를 눌러 프로그램을 아예 지워버리는 일도 종종 벌어졌다면서요.

하지만 나는 그런 게임 세계에서조차 살 수 없었어요. 당신 머릿속 가상현실에나 존재했던 나란 존재가 당신 뱃속의 실제 현실로 들어가

야만 했으니까요. '이리스와 시리' 프로그램에는 탈출 명령도 먹히지 않고, 그걸 다 지워버릴 수 있는 에스케이프 키가 작동하지 않아, 나로 서는 아예 탈출할 길이 없었잖아요. 이리스로부터 쉴 새 없이 시리가 자라나오고 있었으니까요.

나 역시도 아마 조금은 어떻게든 살고 싶어 했던 것 같긴 하네요. 하지만 나를 기다리는 현실에 대해 제대로 알았더라면 나는 당연히 조기 유산의 길을 택했을 테고, 엄마 자궁의 점액질 벽에 그토록 열심히 달라붙어 있지도 않았을 거예요.

우리는 곧 쌍둥이가 될 거란다

눈에 보이지 않을 만큼 작고 아직 삶의 의지력도 없던 임신 초기의 아이는 지극히 평화롭고 순탄하여 마치 비현실적인 꿈 속 같기만 했다. 밤에 잠자리에 들면 이리스는 아직은 납작한 자신의 배를 쓰다듬으며 미래의 동반자에게 속삭이곤 했다.

"내 꼬마 쌍둥이, 우리는 곧 쌍둥이가 될 거란다. 너무 오래도록 나 혼자만 살았구나. 그런데 네가 태어날 거라 얼마나 기쁜지 몰라. 우리 는 진짜 단짝 친구가 될 거야."

배아를 착상시킨 지 열흘이 지난 후 임신여부 검사에서 벌써 모체 와 복제가 이미 단단히 한 몸이 되었다는 결과가 나왔다. 죽음이 이 들을 갈라놓을 때까지 둘은 그렇게 한 몸으로 계속 살아갈 것이었다.

피서 교수가 기쁜 소식이라며 이 사실을 전하자, 엄마는 환호하며 그를 '나의 대천사장이신 가브리엘'이라고 불렀다. 그의 실제 세례명도 가브리엘이라, 가운데 이름 이니셜을 대문자 G.로 표시하곤 했으니, 이렇게 운명의 장난 같은 우연의 일치가 또 있을까요?

"이리스여, 그대는 여인들 중 선택을 받으셨으니 그대 유전자의 열매는 진실로 복되도다. 보아라, 그대는 이 원년의 열 달 후에 아기를 낳으리니!"

2천 년 전 동정녀 마리아에게 나타난 대천사장 가브리엘이 전한 그 말을 하얀 가운을 입은 천사께서 21세기 처녀생식을 한 여인에게도 그대로 되뇌셨다면 더욱 좋았으련만, 아쉽게도 엄마는 그저 밋밋하게 누구나 듣는 축하 인사를 들으셨겠지요.

"젤린 선생님, 진심으로 임신을 축하합니다!"

첨단의 현대과학은 성부와 성자와 성령, 이 천상의 삼위일체라는 기독교 정신도 흡수해 지상의 이위일체로 만들어 버렸어요. 이제 지상에 사는 누구라도 신이 되시어 복제인간의 새로운 세계를 창조하게 된 거예요.

엄마는 하늘 저 높은 곳에 홀로 계시어, 당신의 모습을 그대로 빼닮은 인간 하나를 복제케 하셨으니, 그 누구도 감히 그 사이에 끼어들지 못하는 이위일체의 세계를 열어 보이신 거지요. 당신 홀로 남자이시고 여자이시며, 어머니이시고 아버지이시며 또한 자매이시니, 이 모두 결국 한 몸이로다.

엄마는 영원히 죽지 않으리라는 영생의 꿈도 꾸셨어요. 엄마의 손가락이 더 이상 말을 듣지 않게 되면, 내가 두 손을 내어드려 당신 음악을 연주하게 되리라는 꿈을 꾸셨던 거죠.

엄마와 피셔 교수, 당신들이 힘을 합해 나를 만들었을 당시, 엄마는 아마 지금의 나와 똑같이 굉장히 외롭고 막막했던 모양이에요. 아니 그보다는 망상에 사로잡혀 있었다는 게 실은 더 맞는 얘기지요. 나라는 존재를 생각해낸 어머니께서는 다시 삶을 붙잡을 수 있었던 거고요. 마치 새로운 곡을 만들 듯 나를 작곡하셨거든요.

그런데 이번에는 도, 레, 미, 파, 솔, 라, 시 조성 대신 아데닌, 티민, 구아닌, 시토신 네 개의 DNA 염기 A, T, G, C로 음표를 바꾸셨어요. 이 특별한 네 개의 염기는 모든 인간에게 각각 다른 생명의 멜로디를 울리게 하는 기본 음표니까요. 엄마의 DNA가 당신이 세우신 모든 계획의 마스터플랜이었던 반면, 나의 DNA는 그걸 찍어낸 청사진일 따름이었어요. 원본에서 찍어낸 복사본인 나는 단지 유전자의 짝퉁에 불과했던 거예요.

아데닌과 티민, 구아닌과 시토신, 항상 이렇게 짝을 짓는 유전자의 듀오 팀은 우리들 삶의 처음부터 마지막까지 하낫둘셋넷, 둘둘셋넷, 모든 조화를 계획하는 화음의 음표였지요. 하나에서 둘로 나뉘는 음표, 하지만 하나를 둘로 나누는 건, 그건 그저 살인 행위였어요.

우리가 속는 건 사실 우리가 하는 말이 아니라 우리들 자신이지요. 엄마도 역시 임신의 기쁨에 취해 스스로를 속이고 있던 거였고요.

자궁이 아니라 머리에서 출생한 아테나 여신

이리스 젤린은 세상을 다 얻은 듯 보무도 당당하게 독일로 돌아왔다. 프랑크푸르트에서 작은 비행기로 갈아타고 북쪽 도시 뤼벡에 도착하자, 토마스 베버가 마중을 나와 있었다.

토마스 베버는 당시 이리스의 뱃속에 막 착상된 특별한 천재아기의 존재를 알고 있는 유일한 사람이었다. 이리스는 가장 가까운 친구이며 매니저이기도 한 그에게 자신의 계획을 모두 밝혀 두었다. 그는 이리스의 연주회 일정들을 취소하고, 계약했던 작곡의 완성 시기들도 새로 잡아야 했다. 이런 차질이 생긴 이유에 대해서도 "과로 탓에 상당한 휴식이 필요하다"는 변명으로 소소한 잡음들을 걸러내야만 했다. 어떻게든 이리스가 무탈하게 출산을 마칠 수 있도록, 상당한 시간을 벌어주는 역할도 해주었다. 사실 그는 아이를 갖겠다는 이리스의 생각을 바꿔보려 처음에는 무던히 노력했으나, 이리스는 일단 마음먹은 일은 절대로 고집을 꺾을 줄 모르는 막강한 소통불능의 화신이었다.

이리스와 토마스는 연인 사이는 아니지만 변함없이 좋은 관계였다. '클래식 온 스테이지(Classic on Stage)'라는 공연 기획사를 운영하는 토마스 베버는 같은 작품도 언제나 새롭게 해석하는 이리스의 연주에 대해, 이리스는 더 많은 작곡을 해야 한다고 처음 만났을 때부터 열렬히 그녀를 응원해 온 좋은 친구였다.

우리의 청각신경을 무디게 만들어 버리는 '시장바닥 음악'이 너무 널렸다는 게 그의 지론이었다. 그는 이리스에게 결코 고삐를 늦추지 않는 비평가이며 청취자였기에, 이리스는 새로운 곡을 완성하면 늘 그를 먼저 불러 연주했다. 그런 순간은 두 사람을 어떤 연인보다 가까운 관계로 묶어 주었다.

토마스 베버는 복제 딸을 갖겠다는 이리스의 생각이 애초부터 마뜩치 않았다. 아이가 생기면 그 아이가 그녀의 사랑을 독점하리라는 건 불 보듯 뻔한 이치였다. 하지만 그는 금의환향하듯 돌아온 그녀를 위해서 훌륭한 매니저답게 환영의 선물을 준비해 공항에서 그녀를 기다리고 있었다.

"조심! 깨지기 쉬운 거예요."

선물을 건네며 그가 말했다.

이리스는 바스락거리는 포장지를 벗기고 선물을 꺼냈다. 그건 3천여 년 전 그리스 어느 섬 주민들이 만들었다는 대리석으로 된 여신상의 복제품이었다. 크기가 작지만 똑같은 용모의 아기 여신이, 젖가슴 아래로 팔짱을 낀 여신의 머리를 뚫고 태어나는 형상이었다. 어머니의 딸이며 쌍둥이인 여신이, 아버지의 머리를 뚫고 태어났다는 아테나 여신처럼, 어미의 자궁이 아닌 머리에서 출생하고 있었다.

그 하얀 빛깔 대리석 조각상은 아직 그대로 있어요. 그걸 들어서 손으로 만지면 진짜로 우리 둘과 똑같은 느낌이에요. 차갑고 딱딱하기가 꼭 당신과 같고, 돌처럼 딱딱하기는 나 역시 별로 다르지 않으니까요. 누군가가 떨어뜨리면 우린 그냥 부서져 버리죠. 당신이 돌아가신 건, 그렇게 나를 떨어뜨린 것이고, 그래서 지금 나는 부서진 돌가루일 뿐이에요.

임신한 이리스 젤린은 곧 태어날 자신의 딸이 유년기를 보내게 될 뤼벡이라는 도시의 전체 실루엣을 훑어보았다. 그리고 여느 때처럼 하늘로 높이 솟구친 교회 탑 일곱 개를 세어보았다. 그리고 다시 그 우아한 녹색 구리 지붕들과 대비되는 저 아래 게딱지 같은 집들을 바라보았다. 4년 전 이곳으로 이사 왔을 때에는 거기만 쳐다보면 꼭 거기 갇힐 것만 같아 굉장히 답답했는데, 어느덧 그 갑갑함도 사라진 느낌이었다.

당시 그녀는 이곳 음악대학에 음악학과 음악이론, 화성악을 담당하는 최연소 교수로 발령받게 되어, 모처럼의 경제적인 안정을 취할 수 있었다. 하지만 얼마 지나지 않아 계속 되는 연주회며 특히 작곡을 통한 수입으로도 생활은 금세 넉넉해졌다.

이리스 젤린은 갑자기 이 도시가 새롭게 보이기 시작했다. 아직 아무것도 볼 수 없는 그 아이의 눈으로 모든 걸 새롭게 바라볼 수 있었다. 그렇게 보니 유아기를 보내기에는 더 이상 예쁘고 훌륭한 도시일 수가 없겠다는 생각이 들었다. 지난 몇 년 동안 애써 진출하려 했던 대도시들보다 오히려 이 작은 도시가 더 좋겠다는 생각까지 문득 들었다.

이리스 젤린은 구도심 언저리에 위치한 자신의 저택, 고전풍으로 조각된 나무 문을 활짝 열어 젖혔다. 20세기 초에 유행하던 건축양식의 거실 가운데 그랜드 피아노가 있고, 가까이에는 기다란 책상이 놓여 있다. 거기서 그녀는 시대를 거스르는 아주 고색창연한 방식, 커다란 양피지와 그 위에 반투명한 종이를 올리고 펜에 잉크를 찍어 악보를 그리는 식으로 작곡을 했다.

여행을 마치고 집에 돌아올 때면 먼저 커다란 피아노 앞으로 달려 갔는데, 뱃속에 아이가 생기고 나니 그 모든 것이 일시에 달라졌다.

그녀는 긴 복도를 지나 저 끝에 있는 손님방의 문부터 열어보았다. 이 방을 아이 방으로 꾸며야겠다는 생각에 벌써 상상의 나래가 펼쳐 졌다. 왼쪽 벽에 아기침대를 붙이고, 문 옆에는 여러 빛깔 서랍이 달린 책꽂이를 놓으면 좋겠단 생각이었다. 그리고 오른쪽 벽에는 어린 시절 본인이 꿈꾸었던, 아이를 위한 작은 피아노를 들이면 딱 맞겠다 싶었 다. 다리에는 예쁘게 조각이 새겨져 있고 접었다 폈다 하는 청동 촛대 가 달린 것 말이다. 피아노 앞에는 짙푸른 빛깔의 벨벳으로 덮은 동그 란 의자를 갖다 놓을 것이고, 그 의자는 또 위 아래로 높이 조절도 가 능해야 한다. 그래서 빨리 돌리면 마치 회전목마를 탄 것 같은 기분이 들게 말이다.

나의 아기 시리도 나처럼 파란색을 제일 좋아할까? 이리스는 궁금 한 게 굉장히 많았다. 시리에게 자신의 모든 경험을 고스란히 물려 줄 수 있으려나?

우리들의 가장 행복했던 시간

우리들의 가장 행복했던 시간은 바로 그 무렵 엄마의 임신 기간이었 던 것 같아요. 아직 내가 의지가 있는 인간이 아니었으니, 그게 그렇게 특별한 일은 아니었지요. 모든 게 아직은 희망사항일 뿐이었으니까요. 내가 엄마 뱃속에서 자라기 시작한 이후, 어머니가 되고 언니가 된 당신은 그 무렵 딸이며 여동생인 나로 인해 다발성 경화증이라는 험악한 병마의 생각에서 잠시라도 벗어날 수 있었죠.

아기가 매일 조금씩 자라고 몸집이 생김에 따라 엄마는 그 희귀한 병마로 겪게 될 고통에 대한 두려움, 더 이상 몸이 말을 듣지 않게 될 거라는 두려움도 씻은 듯 사라졌어요. 샘솟는 환희로 온몸에 전율을 느끼고 피아노 연습에 몰두하면서, 새로운 작품들의 구상에도 의욕이 넘치셨지요. 그토록 만족스럽고 행복에 도취하니, 주치의도 그렇고 주변 지인들도 믿기 힘든 당신의 안녕하심에 고개를 절레절레 흔들었다죠.

하지만 정말 그토록 모든 게 만족스럽기만 했나요? 스스로의 그런 용기가 두려웠던 적이 한번도 없었나요? 그렇다면 왜 당신 어머니께 손녀딸이 생겼다는 이야기를 그렇게 오래도록 털어놓지 않았나요?

임신 5개월이 되어서야 이리스 젤린은 어머니에게 임신 소식을 알리기로 했다. 이리스의 친모인 카타리나 젤린은 60세였고, 29년째 과부로 살고 있었다. 이리스의 부모님은 아이가 돌이 되었을 무렵 독재 치하의 조국을 등지고 독일로 몸을 피했다.

고향을 떠나올 때 그들이 들고 온 건 달랑 가방 두 개, 그리고 이리스의 어머니가 거의 매일 밤 눈물을 훔치며 불러주던 전래 동요가 전부였다. 독일에 정착 후에도 젤린 씨 가족은, 돌아갈 수 없어 서러운 과거 세계에 대한 향수를 떨칠 수가 없었고, 수십 년 세월이 흘러도 그

슬픈 가락은 끊임없이 고향을 향한 그리움을 불러일으켰다. 그러나 그들은 다시 돌아가지 않았고 내내 독일에 정착했다.

물리학자였던 이리스의 아버지는 독일에 온 지 2년 만에 세상을 떴다. 어느 날 아침 그는 침대 위에 누운 채 더는 숨을 쉬지 않았다. 의사들은 심장마비였다고 진단했으나, 이리스의 어머니는 마음 깊이 멍이 든 탓이었다고 말하곤 했다. 이리스가 세 살 때 일이라 아직 죽음을 이해할 수 없었고, 그래서 눈물도 흘릴 수 없던 때였다. 그렇게 그녀는 아버지가 없이 자랐다.

이리스의 어머니는 어린 딸과 함께 힘겨운 생계를 꾸리느라, 피아니스트가 되고 싶었던 본인의 꿈을 접어야 했다. 대신 아이들에게 피아노를 가르치고 생활비를 벌면서, 못다 이룬 자신의 꿈을 이리스가 이룰 수 있게 뒷받침했다. 각별한 재능을 타고난 이리스는 기꺼이 독한 연습벌레가 되고 죽도록 공부해 마침내 피아니스트로 눈부신 성공을 이루었다.

이리스 젤린은 음악학교에 자리가 나서 독일의 가장 북쪽 도시 중 하나인 뤼벡으로 멀리 이사했지만, 그녀의 어머니는 따라가지 않고 남부 독일 작은 도시에 그대로 머물렀다. 그곳이 독일에 처음 정착한 곳이라 익숙한데다, 친구들도 거기에 있고 또 남편이 묻혀 있는 곳이기 때문이었다.

이리스가 어머니에게 전화로 아이를 가졌다고, 벌써 임신 22주째 들어섰다고 이야기하자 한동안 아무 말도 않고 어머니는 침묵으로 응답했다. 뭐라고 대답해야 좋을지 심기가 불편한 카타리나 젤린은 마음을 추스르고 끙끙대며 적당한 말을 찾기까지 시간이 좀 걸렸다.

"괜찮겠니? 잘 할 수 있겠어? 연주며 강의며 지장이 많을 텐데……."

"엄마는 걱정 안하셔도 돼요. 내가 다 알아서 하고 있어요."

이리스가 태연하게 대답했다.

"그런데 애비가 누구냐?"

어머니는 그게 궁금한 모양이었다.

"엄마가 만날 일은 없을 거예요."

"왜 그러는 거야?"

카타리나 젤린은 마음이 아픈 듯 했다.

"애비가 없거든요."

이리스가 말을 이었다.

"나처럼 딸이고, 이름은 시리, 시리라고 지었어요."

"대체 그게 뭔 소리야? 이리스 거꾸로 시리란 말이니? 무슨 농담이 그래? 게다가 애비가 없다니, 무슨 소린지 당최 알아먹을 수가 없네."

"자세한 건 나중에 만나서 말씀드릴게요. 바빠서 이만 끊어요."

이리스는 서둘러 인사를 하고 수화기를 내려놓았다. 손이 바들바들 떨렸다. 입덧이 나는지 임신하고 처음으로 속이 메슥거렸다. 죽을 것 같이 메스꺼웠다.

하나의 심장과 하나의 영혼을 나눈 쌍둥이 자매

왜 그리 갑작스레 메스꺼워졌는지, 난 정확히 알 것 같아요. 전화를 끊자 차가운 바람이 휘몰아치는 것 같았지요. 아직 태어나지 않은 아기였던 시리에게 어떻게든 엄마의 삶을 대신 살도록 할 생각이 얼마나 무모한 거였는지, 엄마는 그 만만치 않은 현실을 갑자기 감지했던 거였어요. 애비가 없는 것도, 야심 덩어리 고집불통 극성 엄마 손에서 자라야 하는 것도, 여러 정황이 당신과 아주 닮았다는 생각이 불쑥 들었겠죠. 당신의 딸도 당신이 그토록 지긋지긋해 했던 혹독한 삶과 싸워야 한다는 그 현실 앞에 많이 당혹스러우셨던 거죠.

엄마의 예감은 정확했어요. 좋은 일이든 나쁜 일이든 인간은 결국 같은 행태를 되풀이하는 경향이 있어요. 인간 기술이 여기까지 온 복제의 시대에도 우리는 여전히 습관의 동물에서 벗어나지 못하나 봐요. 엄마는 그때 복제 딸을 포기할 수 있는 마지막 기회를 놓친 거예요. 예감에 맞서서, 당신 어머니와는 다른 식으로 해결해 보겠노라고 그 순간 맹세했지요. 무슨 일이 있어도 딸에게 당신의 삶을 강요하지 않겠노라고 다짐도 했고요. 우리가 함께 힘을 합해 시행착오를 최대한 줄여 간다면 모든 난관을 극복할 수 있으리라 믿으셨겠죠.

소소한 실수가 쌓여 우리의 삶을 자꾸 엉뚱한 데로 끌고 가는 일만 막을 수 있다면, 삶이 그다지 곤고하지는 않을 거라고 어머니는 너무 낙관한 거죠. 딸에게 필요한 모든 것을 가르쳐 주리라, 이 세상 여느 엄마와는 비할 수 없이 딸을 잘 헤아릴 수 있으리라 당신은 생각하셨어요. 게다가 우리 모녀처럼 하나의 심장과 하나의 영혼을 함께 나눠 가진 일란성 쌍둥이 자매가 세상에 또 어디 있겠냐 싶었던 거죠!

엄마의 직감, 그 냉철한 예감을 따라, 진작 나를 없앴어야 했는데, 그때 왜 나를 죽이지 않았을까요? 그랬다면 지금 나는 여기 이렇게 홀로, 당신 없는 반쪽짜리 인생으로 앉아 있지 않을 텐데요.

그 후 몇 달 동안 엄마는 시시때때 검은 피아노 앞에 앉아서 태어나지 않은 그 소녀에게 당신 귀에 박혀 있던 전래 동요들을 들려주었어요. 노래들은 엄마의 뱃속으로도 밀려들어 온몸으로 퍼지니 엄마의 아기 시리도 그 세례를 듬뿍 받았어요. 엄마의 두려움을 모두 씻어내려는 듯 그 노래들을 죽어라 하고 연주했지요.

수천 년 동안 다른 사람들이 그랬듯이 엄마도 역시 당신 음악과 노래로 부지런히 생명의 수레바퀴를 돌리셨어요. 엄마의 손은 그렇게 〈안나 페레나〉를 미친 듯 연주했고요. 손수 작곡한 그 교향악을 당신은 로마시대 봄의 여신 안나 페레나의 이름으로 불러댔지요. 빰빰빠, 트럼펫과 트롬본으로 봄을 깨우며 이리스의 부활을 알리는 거였어요.

도 레♭ 시 파 미, 시 파 미 레♭ 도, 파 미 도 레♭ 시…….

이게 〈안나 페레나〉의 반복 멜로디지요. 시작도 끝도 없이 무한 반복되는 이 멜로디는 내 귀에 아직도 그대로 박혀 있어요. 두 사람의 인생이 하나처럼 이어지는 우리 이름의 반복과도 같으니까요. 이리스-시리-이리스-시리…….

처음부터 내 성장은 오직 당신의 음악으로 충만한 이리스의 세계에서만 이루어졌어요. 막 생겨난 나의 뇌 조직에 각인된 감각 인상은 전부 다 당신 음악의 선율이었지요. 청각은 물론 시각과 후각, 미각의 습득까지 거기서 벗어날 도리가 없었어요. 게다가 그 유명한 당신 작품 〈이슬방울〉은 어떻고요. 매일 그 음정들로 내 몸을 씻었으니 내 귓속의 달팽이관들도 그렇게 만들어졌을 걸요.

시시때때 그 리듬에 잠들고 꿈을 꾸니 내 귀는 점점 밝아지고, 그 음정들을 더 세밀하게 구분해서 듣게 되었죠. 7개월 아기가 벌써 손과 발로 박자를 맞추며 두드린다고들 했잖아요. 당신의 음악으로 엄마는 나를 바깥세상과 조율시켰고, 계속 그렇게 나를 길들였어요. 그리고 당신 딸이 당신의 소망대로 자라주지 않으면 어떡할까 염려가 되면, 불안하고 조급한 마음을 떨쳐버리려 내게 이런 말을 건네곤 했다고 나중에 얘기했지요.

"시리, 날 실망시키면 안 돼! 엄마 뱃속에서부터 더 좋은 자리와 더 맛난 음식을 차지하려 다투는 쌍둥이와는 비할 수 없이 우리는 좋은 여건이잖아. 질투에 못 이겨 탯줄로 목을 감아 서로를 죽이는 아기들도 있다더라. 하지만 너는 너대로 나는 나대로 우린 서로의 자리를 지켜가잖아. 이보다 더 편안한 자리는 세상 어디에도 없을 거야."

엄마는 잠자리에서 이렇게 속삭이곤 했어요.

"어서 오렴, 내 동생, 내가 기다리는 케힌데!"

이 야릇하고 알듯말듯한 발음이 나이지리아, 토고, 베닌 등 서아프리카에 흩어져 사는 요루바 족의 말이라는 걸 나도 나중에 알게 되었어요. 쌍둥이 중 세상맛을 먼저 본 첫째는 '따이우', 누구 뒤에 태어난 둘째는 '케힌데'라고요.

따이우와 케힌데

이리스는 따이우였다. 하지만 그녀는 쌍둥이 중 언니였어도, 옛사람들이 말하듯 첫울음을 터뜨리고 소리를 지르며 동생에게 나를 따르라는 신호를 주지 않았다. 산통의 노래를 부르며 쌍둥이 동생을 세상 밖으로 호출할 때 그녀는 이미 서른두 살이었다.

그해 10월 12일 시리 젤린이 무탈하게 태어났다. 엄마와 복제 아기 모두 건강했다. 엄마 자궁 밖으로 나온 딸아이, 아니 여동생은 여느 아기들처럼 울어 젖히지 않았다. 세상 밖으로 나온 그 아기를 산파가 받아서 탯줄을 가를 때 아기 입에서는 들리지 않을 만큼 작은 소리가 흘러나왔다. 평생 굽히지 않던 이리스의 주장에 따르면, 자기 딸아이가 세상에 태어나 처음 입 밖으로 낸 소리는 〈이슬방울〉의 첫 소절 멜로디였다.

"들었어요? 내 음악!"

그녀는 벅찬 감격으로 소리 질렀다.

"<이슬방울>이에요!"

하지만 아무도 그녀를 믿어주지 않았다.

아니었다. 세상 밖으로 나와서 처음으로 빛을 봤을 때 난 절대로 노래를 부를 정황이 아니었다. 엄마 몸 밖으로 나올 당시 난 다른 아기들처럼 큰 소리로 나의 자유를 외칠 여지가 전혀 없었다. 아직도 나는 그녀의 음악이 싫다. 그 중에서도 〈이슬방울〉은 더욱 더 혐오스럽다. 그 멜로디를 들으면 여전히 어떤 저항도 못 하고 가위에 눌린 듯 목에 걸린 비명을 꾹꾹 삼킬 수밖에 없기 때문이다. 방금 미끼를 물었다가 물밖으로 끌려 나온 물고기의 느낌이 꼭 그럴 것이다. 내 머릿속에 새겨진 이 빌어먹을 소리들을 지금이라도 씻어낼 수만 있다면, 정말 여한이 없을 것 같다.

쿵, 쿵, 쿵!

하지만 내 이마를 나무로 된 까만 아저씨 몸에 아무리 짓찧어도 그럴수록 더 저주스런 그 멜로디는 더 큰 회오리를 일으키며 머릿속에서 왱왱왱왱 맴돌 뿐, 절대 빠져나갈 생각을 하지 않는다. 무한 반복 그 소리는 좀체 멈출 생각이 없다.

이리스-리시-이시르-시리-이리스-리시-이시르-시리.

우리 이름은 완전히 똑같은 소리로 하나가 되어, 이리스-시리와 시리-이리스였다. 이렇게 하나가 된 우리 쌍둥이는 결국 태초의 빅뱅과도 같은 대폭발과 함께 갈라져 완전히 각각의 몸이 될 때까지, 제법 잘 어울리는 화음으로 사실상 한 몸처럼 붙어살았다.

첫 번째 유년기

잘 어울리는 합주

보통 인간들 입장에서 나 같은 사람은 사실 태어나선 안 될 종자였다. 위계가 분명한 가족 관계에서 우리 같은 종자는 애초 끼어들 여지를 배제하고 그 존재를 금했어야 옳았다. 하지만 우리는 보통 인간과는 비할 수 없이 탁월한 면모가 많아, 생존력도 그만큼 강할 수밖에 없다.

우리는 실제로 세상에 등장하기 이전부터 이미 다양한 수식어로 존재가 알려지고 또 회자되었다. 책과 영화에 시시때때 좀비 혹은 장기 일부를 제공할 인간 대용물로 출연시켰다. 언제부턴가 사람들은 우리 같은 종자에 대해 '빼닮았다'는 수식이나 '도플갱어'라는 꼬리표도 떼버리고, 시대에 맞게 '복제 누구누구'라고 불렀다. 복제된 종자들이 이미 사람들 머릿속으로 침투해서 그의 사유를 지배하며 자리를 확보한 까닭이었다. 사람들은 우리를 비아냥대며 조롱하는 뜻이 담긴 각종 유행어들을 만들어내고 온갖 공포물의 요소로도 등장시켰다.

그러다 1996년 실제로 세상에 등장한 게 복제양 돌리였다. 사실 그건 양의 가죽을 뒤집어 쓴 늑대가 나타나 이빨을 드러낸 것이라고 보는 게 옳다. 이 동물이 음메~ 하고 울음소리를 내자, 실제로 우리 같은 종자가 나타나는 일은 없을 거라고 낙관했던 사람들도 생각을 바꾸기 시작했다. 진짜 위험한 사태가 벌어지리라는 사실을 드디어 심각하게 받아들인 것이다. 깔깔깔 웃음소리를 내는 괴물이 여기저기 출몰하며 훨씬 빠른 속도로 세상 곳곳을 휘저어대기 시작한 것이다.

두려움과 궁금함은 더 크게 번져나갔다. "절대 그런 일은 안 돼!"라는 단호함과 동시에 "정말 그런 일도 가능할까?"라는 호기심이 사람들 마음을 혼란스럽게 했다. 언론에서는 유명인사들을 상대로 가장 복제하고 싶은 인물의 목록을 작성했고, 공포 영화에서는 희희낙락 더 끔찍한 인물 역을 맡은 복제인간들을 등장시켰다. 21세기를 코앞에 둔 시점에서 과학자들은 실험실에서 쥐나 양을 상대로 성공했던 실험이 인간에게도 적용되기까지는 앞으로 좀 세월이 필요하다는 말을 앵무새처럼 반복하며 일반 대중을 안심시켰다. 하지만 제법 똑똑한 사람들은 당시에도 우리 복제인간의 제조에 대한 허용 여부를 놓고 진지한 토론을 벌이기 시작했다.

21세기에 들어와서도 우리 종자의 출현을 금지해야 한다는 논의는 꾸준하게 이어졌으나, 이리스 젤린은 그 사이 곧 행동에 돌입해 나를 이 세상에 탄생시키며 인류의 꿈 혹은 악몽을 현실로 바꿔버렸다. 하지만 그토록 용의주도한 이리스 젤린도 나와 그녀, 아니면 두 명의 나 혹은 두 명의 그녀의 앞날에 대해서 모든 걸 미리 알고 있을 수는 없었다. 이리스 젤린 역시 자신의 복제인간과 함께 하는 삶에 대해 정말 오리무중이고 속수무책이었다.

인간 복제는 일본에 떨어진 최초의 원자폭탄에 버금가는 비극이라고 했다는데, 내가 태어나기 훨씬 오래전의 일이지만, 나는 이 비유가 정말 적절하다고 생각한다. 우리들 복제 종자 하나하나가 작은 원자폭탄과 같기 때문이다. 인류의 역사를 통해 사람 사이의 관계에서 가장 소중하고 귀한 것, 불변하며 영원하다고 여겨진 것들을 우리는 단박에 파괴해버리고 속절없이 날려버릴 수 있기 때문이다. 원자폭탄이 투하된 이후 그 땅이 영혼의 불모지, 사랑이 꽃필 수 없는 어둠의 사막이 되었듯, 우리는 언제라도 유전학의 히로시마를 만들 수 있는 종자들이다.

세포 속 복제의 비밀

내가 태어난 다음 해에 누군가가 이리스 젤린을 만났더라면, 그녀를 그저 갓난이를 품에 안은 평범한 어머니로 생각했을 것이다. 누가 봐도 우리는 분명 어머니와 딸이었다. 쌍둥이 자매는 당연히 동갑이지 다른 세대가 될 수는 없는 노릇이니 말이다. 더욱이 복제의 비밀은 우리 두 사람 세포들 속에 꼭꼭 숨어 있어서, 어떤 이의 눈에도 드러나 보이지 않는다. 그건 혹시라도 이리스가 나서서 떠들고 설명하지 않는다면 누구도 눈치챌 수 없는 일이었다. 이제 갓 몇 주짜리 젖먹이와 이미 서른두 살이 된 어른이 아주 똑같은 유전자 배열을 갖는다는 게 무슨 뜻인지 대체 그 누가 알 수 있으며, 어찌 처음부터 그 진상을 깨달을 수 있었겠는가. 무한이니 영원이니 하는 개념을 수학적으로 입

증할 수 있다는 사실은 누구나 안다. 하지만 그의 현실적인 의미에 대해, 우리는 그걸 머리로 이해하거나 몸으로 느낄 수는 없는 노릇이다.

복제인간의 존재도 처음에는 꼭 그랬다. 이리스 젤린이 그녀의 아기를 품에 안았을 때도 꼭 마찬가지였다. 쌍둥이 여동생을 품에 안고 있다는 사실은 물론이고 그 아기가 바로 자기 자신이라는 사실을 잊어버리는 때가 더 많았다. 아기의 작은 얼굴을 들여다보면 세상만사를 다 잊어버린 채 아기에 대한 원초적 모성애가 솟구칠 따름이었다. 품에 안은 아기의 편안하고 달콤한 젖비린내를 맡고 있으면 마냥 마음이 누그러지고 한없이 풀어졌다. 헐레벌떡 젖을 빨아먹는 아기의 주먹을 들여다보고 고물거리는 손가락을 살며시 펴면서 맛보는 행복감은, 여느 엄마들의 그것과 전혀 다를 게 없었다.

하지만 이리스는 결코 누구에게도 온전히 헌신할 수 있는 사람이 아니어서, 이런 무조건의 사랑은 오래갈 수가 없었다. 특히 이 아이는 분명한 목적으로 태어난 경우라, 그 목적을 이룰 때라야 의미가 있고 심지어 존재할 권리가 있는 셈이었다. 그런 생각을 전혀 하지 않을 때도 종종 있었지만, 이리스로서 그 사실은 결코 잊을 수 없는 현실이었다.

복제 딸을 품안에 안고 있는 동안 이리스는 별로 특이한 점을 실감할 수 없었다. 그래서 불안이 시작되면, 어렸을 적 그녀를 위해 어머니가 마련해 주었던 칙칙해진 밤색 가죽 앨범을 꺼내 자신의 아기 때 사진을 들여다보곤 했다. 사진 속 얼굴 윤곽과 품에 안긴 아기를 꼼꼼히 비교하다 어디라도 **빼닮**은 구석이 눈에 들어오면 그제야 안도의 숨을 내쉬곤 했다. 결국 모든 게 잘될 거라고, 그녀는 차츰 마음을 놓게 되었다.

내가 아직 엄마 품에 안겨 있던 시절에도, 당신은 내 엄마며 언니였음에도 도저히 그 마음을 순수하게 낼 수는 없었나 봐요. 구석구석을 탐색하며 내 몸에서 찾으려 한 건 오로지 엄마 자신. 그건 내 마음 속 깊이, 엄마에게도 마찬가지겠지만 아주 참혹한 상처를 만드는 일이었어요. 하지만 나는 당시 막 옹알이를 시작한, 정말로 아무것도 할 수 없는 아기였네요.

유전자가 똑같은데 이토록 다른 모습이라니, 그건 인간이 경험할 수 있는 극대치의 모순이 아니겠어요? 그러니 늘 노심초사, 힘든 시간을 보낼 수밖에 없었겠지요. 한 인간을 아무런 계산 없이 사랑하려면 어떤 편견도 없는 호기심으로 마음을 열어야 하잖아요. 그런데 엄마는 궁금증을 참기 힘들고, 뭐든 설명이 되고 빠짐없이 꿰뚫어 봐야 직성이 풀리는 사람이라서, 이 복제 딸을 애초부터 속이 훤히 들여다보이는 투명 유리로 만들고 싶어 했어요.

어떤 미지의 영역도 엄마는 허용할 수 없었고, 내게는 그저 당신의 삶을 따르라고 했던 거예요. 당신의, 아니 나의 유전자가 그 잠재력을 최대한도로 발휘할 수 있어야 한다고 굳게 믿었잖아요. 세상에서 가장 훌륭한 목표를 세워 그에 맞는 프로그램과 빈틈없는 계획을 이미 짜두었으니, 남은 일은 한 치의 어긋남 없이 차례차례 그 단계를 밟아가면 되는 거였죠.

내 인생에 절대 실수 따위는 있을 수 없다는, 그 하늘을 찌르는 오만함이라니! 하지만 엄마가 이룬 승리의 행군을 다시 나를 통해서 또 한번 맛보겠다는 그 욕심에, 불길함의 그림자가 아예 없던 건 아니었지요.

안성맞춤의 피아노 보모

딸아이가 태어나고 석 달이 지났을 무렵, 이리스 젤린은 애타게 찾던 최고의 보모를 구하게 되었다. 이름이 다니엘라 하우스만인 그녀는 갓 이혼 절차를 마친 30대 후반의 음악 교육 전문가로, 성격도 시원시원하고 실력도 탄탄하여 말 그대로 안성맞춤의 보모였다. 야네라는 아들아이가 네 살 반이 넘어 유아원에 보낼 수 있게 된 시점이어서 마침 적당한 일자리를 찾고 있었다.

몇 가지 사안에 대해서 이야기를 마친 후 이리스 젤린은, 하우스만 선생님과 시리 젤린의 음악 교육을 책임진다고 명시한 고용계약서를 작성하고 서명을 주고받았다. 더 이상 바랄 게 없을 만큼 최적의 인물이어서, 시리를 돌보러 올 때 아들과 함께 와도 좋다는 항목을 추가해 달라는 조건도 이리스는 선선히 받아들였다.

하지만 야네를 처음 데리고 온 날, 나무로 된 칼과 방패를 휘두르며 "돈을 내놓지 않으면 없애버리겠다!"고 소리 지르며 아이가 뛰어다니는 바람에 이리스는 질겁했고 그 아이만 보면 마음이 자꾸 불편해졌다. **빼빼** 마른 금발의 사내아이는 천방지축에 당최 버르장머리가 없어 보였다. 그런 녀석이 이리스를 빤히 쳐다볼 때면 불쾌해 견디기가 힘들 정도였다.

그런데 자신의 어린 시절, 크고 힘센 오빠가 있었으면 하고 자신이 바랐던 생각이 났다. 옛날에 자신이 그토록 원했던 거니까 시리에게도 나쁘지 않겠다는 생각이 문득 들었고, 기왕 받아들이기로 했으니 시기를 앞당길 수도 있겠다 싶어서 나머지는 모두 참기로 했다. 무엇보다 다니엘라 하우스만은 꼭 붙들어 두어야 하는 사람이니 그 아이를 떼어낼 수도 없는 노릇이었다. 하지만 이 꼬마 녀석이 후에 자신의 딸아이에게 얼마나 중요한 인물이 될지, 이리스 젤린은 당시 상상도 하지 못했다.

하우스만 선생님이 오신 후부터 이리스 젤린은 피아노 연습에 충분한 시간을 쏟을 수 있어, 손가락을 자유자재로 놀려야 하는 어려운 기법의 곡도 예전과 다름없이 소화할 수 있게 되었다. 덕분에 작품 〈이슬방울〉도 피아노와 클라리넷을 위한 곡으로 새롭게 편곡하고, 딸에게 헌정하는 작품 〈안나 페레나〉도 무사히 완성시켰다. 그래서 시리가 막 기어 다닐 무렵에는 두 작품이 뮌헨에서 초연되었다.

이리스 젤린이 당시 연주한 〈이슬방울〉에 대해서 음악평론가들은, 청중으로 하여금 마치 아름다운 공원으로 빨려 들어가 시적 공간에 머물고 있는 것 같은 감동을 선사하는, '섬세한 울림의 직조'였다고 호평했다. 하지만 만화경으로 바라보는 것처럼 그건 곧 수천 개의 가루로 부서져서 흩날린다고도 했다. 어느 인터뷰에서 작곡가 이리스 젤린은 다음과 같이 설명했다.

"저는 그 음표들 하나하나에, 삶을 담아보려 애썼을 뿐이었어요."

이리스 젤린은 엄청나게 그 일에 매진했고, 결국 병마가 들이닥쳤다. 자기 몸 깊숙이 다발성 경화증이 똬리를 틀고 있다는 사실을 잘 아는 그녀는, 이따금 시리와 떨어져 있을 때도 크게 조바심치지 않았다. 쌍둥이를 하나로 잇는 고리가 워낙 단단해 쉽게 끊어지는 게 아니란 속설을 믿기 때문이기도 했다. 잠시 떨어져 있어도 다시 만나기만 하면 이리스와 시리, 두 자매는 곧 서로의 체취와 감정을 나누며 하나가 되고, 쌍둥이가 아닌 사람들은 결코 이해할 수 없는 일체감이란 게 존재한다는 일란성 쌍둥이들의 이야기도 접했던 까닭이었다. 그래서 시리와 좀 떨어져 지낸다 해도 특별히 안타까운 느낌은 따로 없었다. 며칠씩 출타 후에도 집에 돌아와 품에 아이를 안으면 두 사람은 곧 다시 가까워졌다.

복제인간을 탐색하는 차가운 눈길과 쌍둥이 동생을 향한 일체감, 이 극단적인 양가감정이 한 인간 안에서 다투었지요. 양립할 수 없는 이 극단의 감정이 엄마와 나 사이에 평생 긴장의 끈을 놓지 못하게 했어요. 지금껏 떨치지 못하는 이 분열된 감정, 아직도 나라는 복제인간은 서로 상극인 두 개의 자아로 나뉘곤 해요.

어렸을 적 그나마 내가 견딜 수 있었던 건 아마 음악선생님 다다 덕분이었어요. 다니엘라 하우스만을 난 그렇게 불렀지요. 그리고 나를 '여동생'이라고 끔찍하게 챙겨준 그녀의 아들, 나는 야네 오빠라고 불렀고요. 늘 곁에 있어 준 두 사람이 내게는 진정한 가족같아서 그들에게 크게 정이 들었어요. 하지만 나와 진실로 하나일 수 있는 건 오로지 당신, 엄마 밖에 없었잖아요. 언젠가 엄마가 완벽한 합주라는 게 뭔지 설명해 준 적이 있어요. 그건 같은 음계, 한 옥타브 차이일 때만 그렇게 된다고 했죠. 그래서 우리는 한 옥타브를 달리 해 함께 노래를 불렀고요. 낮은 도(C)와 높은 도(C), 낮은 미플랫(E♭)과 높은 미플랫(E♭).

내가 불행한 아이였다 할 수는 없을 거예요. 미래의 이리스가 될 대체물인 나는 처음부터 눈부신 성장을 기록했어요. 나와 당신과 다다 선생님, 이 셋은 정말로 완벽한 조합이었거든요. 그 모든 걸 당신이 워낙 용의주도하게 기획하셨잖아요.

꼬마 시리는 여느 아이들과 똑같이 말을 배우고 걸음마도 시작했지만, 음악과 관련해서는 일찍부터 눈에 띄는 차이가 있어 보였다. 두 발로 일어서기가 바쁘게 그 꼬마는, 다리에 예쁜 조각들이 새겨지고 청동 촛대가 달린 피아노로 걸음을 옮기려 했다. 제일 좋아하는 장난감도 피아노였고, 신기하게도 건반에 손이 닿자마자 여기저기 눌러대기 시작했다. 다다 선생님이 피아노를 연주하거나 노래를 하면, 하던 놀이를 멈추고 꼬마는 그 소리에 쫑긋 귀를 세웠다.

야네는 유치원에 갔지만 시리는 가지 않았다. 시리의 하루는 엄마 이리스와 다다 선생님, 각각 다른 분야 음악교수님들의 방문 교육으로 채워져 있었다. 시리는 글자를 배우기 전부터 놀이로 음계를 먼저 익혔고, 악보를 읽는 법도 금세 배웠다. 네 살 무렵에는 이미 하루에도 몇 시간씩 피아노 앞에 앉아 연습에 연습을 하며 스스로를 즐겼다. 게다가 시리는 어머니에게서 절대음감을 물려받았다.

꼬마 시리에게 음악은 일찍부터 삶의 필수 요소가 되어, 음악 없이는 잠시도 견딜 수 없는 중독 증세가 생긴 셈이었다. 특히 좀 부아가 나거나 감정이 복받칠 때는 〈이슬방울〉이 최고의 명약이었다. 아이는 큰 피아노 밑으로 들어가 드러누운 채 다다 선생님 혹은 엄마가 연주하는 음악을 듣다가 화가 풀리고 기분이 좋아지면 기어나오곤 했다.

꼬마 시리는, 연주를 하러 자주 집을 떠나는 엄마보다 다다 선생님과 야네 오빠와 보내는 시간이 더 많았다. 그래도 처음 배운 말은 역시 '엄마'였다. 이리스 젤린이 집에 머무를 때면 꼬마 시리는 검은 피아노 앞에 앉은 엄마 무릎에 쏙 들어가 앉는 게 세상에서 제일 좋았다. 이리스 젤린의 손이 좌우로 날아다니며 쏟아내는 멜로디는 오로지 딸만을 위한 마법이었다. 음악에 취한 모녀가 서로의 체취를 킁킁대며 마치 짐승처럼 엉겨버리면, 그들은 시작도 끝도 없이 하나가 되었다. 그렇게 하나가 되는 것, 완벽한 조화를 이루는 건 엄청난 행복이었다.

그리스어, 클론은 새싹이라는 뜻

이리스 젤린, 당신이 줄기라면 나는 봄을 맞아 움트는 새싹이라고 할 수 있어요. 복제라고 번역된 그리스어 클론(κλών)이 바로 새싹이라는 뜻이잖아요. 생명의 족보를 거슬러 올라가, 지구상에 처음 등장한 생명은 원래 무성생식이라서 여성이나 남성, 이런 게 따로 없었잖아요. 엄마 세포가 쪼개지면 그냥 수많은 딸 세포가 될 뿐이었지요. 그리고 가지를 잘라 땅에 꽂으면 새싹이 돋고 자라서 그대로 무성한 나무가 되니, 이렇게 생긴 후손들은 모두 클론이고, 같은 엄마의 복제 딸인 셈이었어요.

그런데 요즘은 뜻이 달라져서, 첨단 기술로 제작해낸 포유동물의 쌍둥이나 세 쌍둥이, 네 쌍둥이를 일컫는 말이 되었네요. 그러다 같은 유전정보를 나눠 가진 존재, 누군가의 유전자를 똑같이 물려받은 나 같은 인간도 클론이니까, 다른 말로 복제인간이라 부르게 되었던 거죠.

클론은 나무줄기 혹은 가지라는 뜻도 되는데, 이제 막 움 터서 뻗어 나온 가지는 가늘고 약해, 너무 무거운 걸 올리면 부러져 버려요. 너무 일찍 그렇게 운명의 덫에 걸리면 치명적인 상처가 돼요. 당시의 나는 너무 어린 가지였고요. 엄마를 찾을 때마다 곁에 없어서, 나는 정말로 어쩔 줄을 몰랐어요. 그래서 오늘도, 이미 세상을 떠난 내 엄마 그리고 언니인 당신에게 다시 물어요. 꼬마 시리가 그토록 엄마를 찾을 때, 당신은 야네 오빠와 다다 선생님에게 나를 맡겨 두고 대체 어디서 무얼 했냐고요.

엄마의 잦은 순회공연, 그게 무슨 뜻인지 아이는 알 수가 없었잖아요. 엄마가 여기 숨었을까? 그 아이는 커다란 피아노 속을 들여다보곤 했다면서요. 그리움조차 잊어버릴 무렵이면 엄마는 불쑥 나타나 위태롭던 내 유년기를 더 어지럽게 휘젓곤 했어요. 엄마가 언제 다시 나타날지, 아이는 알 수가 없거든요. 엄마가 즐겨 입던 그 빳빳한 옷감에 번쩍이는 장식이 달린 연주회 의상, 그 옷을 입고 무대에 올라갈 때 들리는 서걱서걱 소리는 정말로 섬뜩했어요. 그 소음은 우리가 함께 했던 삶에서 아직까지도 내게 가장 음산한 기억으로 남아 있어요.

그런 소음을 내며 엄마가 집에 오면, 나는 혼이 나가 멍한 상태가 되곤 했어요. 이후에도 계속된 연주회에서 엄마가 등장하는 걸 보면 그 옛날의 충격이 다시 떠올라 정신이 몽롱하고 가슴이 답답해서 많이 힘들었어요. 공연장에서 나는 늘 감동에 겨운 수많은 청중의 하나고, 이리스 젤린 당신은 연기를 펼치는 무대의 주인공이었어요.

오히려 나는 종종 엄마가 곁에 있다는 사실에 더 놀라곤 했어요. 내 엄마가 신화나 전설, 꿈에 나타난 누군가가 아니라 내 앞에 실제 있다는 게 도리어 의아했어요. 어느 날인가 연주회에 입고 간 긴 드레스가, 내가 제일 좋아하는 옷과 똑같은 푸른 빛깔이라 기억이 더 생생해요. 공연 때문에 엄마가 오래도록 집을 비운 후여서 사실은 무척 화가 나 있었는데, 아이는 그걸 표현하지 못했어요. 화를 내는 대신에 당신에게 달려가 안겨버렸어요.

도대체 아이가 왜 그랬을까요? 그게 정말 아무런 강제성도 없이, 우리 존재의 본질이 그렇게 하나로 화합하기 때문이었나요?

야네 오빠는 엄마가 집에 오면 늘 화가 나서 씩씩거렸어요. 꼬마 여동생이 갑자기 당신 곁에만 있으려 했으니까요. '위대한 피아니스트라고 뻐기는 여자' 때문에 자기가 밀쳐진다는 느낌이 들어 그토록 질투를 했을 거예요. 오빠는 사람들 별명을 여러 단어로 이어 부르는 걸 좋아했어요. 그에 따르면 나는 '끈질긴 피아노 지킴이'라니, 나는 '끈질긴 나무 타기 오빠'가 있어 정말로 좋다고 대꾸하곤 했었거든요.

이리스 젤린은 오랜만에 집에 와도 곧 떠나곤 했다. 그래서 야네는 시리의 엄마라고 해도 자기 여동생을 데려갈 수는 없으니, 걱정할 필요가 전혀 없다는 사실을 확실히 알게 되었다. 이리스 젤린의 장례식에서 그는 이번에도 널 데려가지 않을 거라고 말했다. 그의 말에 충분히 동의하지만, 야네 오빠의 그런 위로에도 나는 한없이 움츠러들기만 했다. 내가 너무 비루하고 고통스러워 다시 꼬마 시리가 되어 피아노 아래로 기어들어가 눕고 싶었다. 일반인의 세계와 멀리 떨어진, 쌍둥이들의 섬 같은 피아노 아래로 숨어들고 싶은 마음만 간절했다.

바깥세상은 감히 나 같은 종자가 끼어들 엄두를 내서는 안 되는 곳이었다. 거기서 나는 다리를 오그리고 바들바들 떨고 있는데, 피아노의 다리를 타고 그들이 내려와 자꾸 나를 끌어올리려 했다. 그들은 늘 우리 같은 종자를 잡아먹고 싶어 안달이었다.

싱글가족의 탄생

내가 태어나던 해 모티머 G. 피셔 교수는 「인간 난모세포 복제와 단성생식」이라는 논문을 발표했다. 이 논문에서 그는 자신이 개발한 피셔 스위치의 작동법을 적용해 최초로 성인 여성의 복제에 성공했다고 보고했다. 논문에는 세포핵의 교환을 전자현미경으로 찍은 사진 및 복제된 세포가 두 개, 네 개, 여덟 개로 분열되는 과정을 차례대로 보여주는 모니터 사진들, 그리고 최종적으로 자궁에 착상한 배아의 초음파 사진도 실려 있었다. 이리스 젤린이 신원을 밝혀도 상관없다고 동의했던 바에 따라, 산모와 아기의 이름도 만천하에 공개되었다.

그 논문은 당연히 이 분야의 전문가들을 흥분시켰다. 뿐만 아니라 온갖 매체가 앞다투어 이 사건을 '인간 생식의 일대 혁명'이라고 보도하는 한편, 피셔 교수는 '진정한 싱글가족의 탄생'을 개척한 인물로 칭송되었다. 갓난아기를 품에 안은 이리스 젤린은 자신의 피아노 앞에 앉아 수많은 사진기자들을 위해 포즈를 취해 주었다. 어떤 기자는 성모 마리아 같은 자세를 해 보시라고 요청하기도 했다.

이후의 상황은 이리스 젤린과 피셔 교수가 예상했던 바와 똑같이 진행되었다. 처음 얼마 동안은 공식적인 논의가 쏟아지고 생명윤리 분야에서 새로운 원칙들이 세워져야 한다며 열띤 토론으로 이어졌으나, 뾰족한 대안은 마련되지 못했다. 일부 극보수 집단에서는 이 사회에서 여전히 유효한 윤리적 관습을 해쳤다는 이유로 피셔 교수를 고소하려는 우스꽝스런 해프닝도 벌어졌다.

하지만 이리스 젤린과 같은 입장에서 피셔 교수를 지지하는 이들이 독일을 비롯해 유럽 여러 나라 도시들에서 "생물학적 자율권을 보장하라!"거나 "생식의 자기결정권 수호!" 등을 외치며 가두시위에 나서기도 했다. 피셔 교수 역시 복제 연구 및 시술의 필요성에 대한 근거 확보를 위해 자신의 몬트리올 클리닉 '생클'에서 수행한 설문조사 결과와 함께 아래와 같은 대표적 사례들을 발표했다.

1. 오십 대 중반의 상당한 재력가인 독신 남성은 자신의 왕국과도 같은 대기업을 물려 줄 복제 아들을 낳고 싶다고 신청했다. 대리모를 통한 아이의 출산을 희망하고 있다.

2. 교통사고로 2년 전 외동딸을 잃은 사십 대 여가수의 사정인데, 이 비극적인 사건을 함께 극복하지 못해 남편과 이혼하고 혼자 지내고 있다. 그녀는 새로운 파트너를 만나 아이를 가질 생각이지만, 그 사이에 폐경이 되면 더는 임신할 수 없게 되니 서둘러 자기 몸으로 복제 딸을 낳고 싶다고 신청했다.

3. 오래전부터 아이를 갖고 싶어 한 레즈비언 커플은 임신과 출산 방식에 대한 의견이 서로 달라 좀 힘들었다. 나이 어린 쪽 파트너가 정자은행에서 기증자의 정자를 받는 걸 몹시 꺼려하기 때문이었다. 그건 레즈비언 철학과 안 맞고, 태어날 아이에게도 좋은 일이 아닌 것 같아서였다. 따라서 복제 아기, 즉 시대정신에도 딱 맞는 동정생식은 오랫동안 이런 문제를 고민한 두 사람에게 환상적인 소식이고, 최선의 해법이었다. 아무래도 부적절하다고 여겨졌던 남성들과의 타협 없이, 이제 드디어 레즈비언 커플의 고유한 모성 체험이 실현될 수 있다며 몹시 반가워했다.

4. 암으로 회복 불능 상태가 된 아내를 둔 어느 남편은 아내가 세상을 떠나기 전 그녀의 복제 딸을 만들어 대리모를 통해서 출산하고 싶다고 신청했다. 아내와 똑같은 복제 딸을 통해 그녀를 다시 만나게 될 날을 기약한다는 간곡한 소망이다.

5. 교통사고로 머리를 크게 다쳐 혼수상태에 빠진 네 살짜리 아들

과 똑같은 복제아들을 출산하고 싶다고 신청한 부모도 있다. 지금 상태로 보아 아마 오래 견디지 못할 것 같아 될 수 있는 한 서둘러 임상에 들어가고 싶다는 요청이다.

6. 심지어 신생아 딸을 복제해 냉동배아 상태로 보관할 수 있는지를 문의해 온 부모도 있었다. 만약의 사태에 대비해 이를 준비하면, 원래 상태와 똑같은 피부나 다른 생체 기관을 복원할 수 있는 원료가 되지 않겠냐는 생각이었다.

이런 작업 이후 복제인간의 임상에 대한 사회적인 인식은 목적 혹은 동기에 따라 크게 두 영역으로 구분되었다. 마지막 6번 경우처럼 순수 의학적 유용성의 목적에서 수행되는 영역이 '의료적 복제'인 반면, 나머지 경우는 시리 젤린의 경우와 마찬가지로 좀 더 심리적 동기에서 행해지는 '이기적인 자기복제'로 볼 수 있겠다.

모든 게 순탄히 굴러가도록 설계된 세계에서 나는 심하게 유복한 어린 시절을 보낸 편이라 내 정체성에 대한 고민은 아주 늦게야 시작된 편이었다. 하지만 돌이켜 보면, 개인으로서의 내가 존재했을지, 과연 나라는 독립된 사람이 존재한다는 사실만이라도 내가 제대로 알고 있었을지 의문이 든다. 어쩌면 당시 나라는 복제인간은, 거울을 앞에 서서 '나는 나!'라고 자신의 존재를 인식했다는 침팬지만큼도 자의식이 없었을 수 있다.

지구상의 생명체 중 오로지 인간, 그리고 그의 선조 격인 유인원들만이 한 살 반쯤 되면 거울을 보고 스스로를 인식한다고 알고 있다. 예를 들어 원숭이나 아이들 얼굴에 슬쩍 물감을 묻힌 채 거울을 보게 하면, 이들은 그 얼룩을 지우려 한다. 이런 반응을 두고 심리학에서는 한 인간이 독립된 '개인으로서의 나'라는 느낌을 갖기 시작하는, 즉 자의식이 생기는 증거라고 이야기한다.

그런데 나는 애초 '독립된 나'라는 감각을 배우지 못한 채, 오로지 '우리'라는 느낌만을 갖고 있었다. 이리스 젤린을 빼놓고는 어떤 생각도 할 수 없었고, 더 이상 살아갈 수도 없었다. 그건 우리 쌍둥이 자매 사이의 첫 비밀이었던 '나-너' 놀이와 마찬가지였다. 그건 무척 정서적인 것 같지만 실은 철저하게 계산적인 것이었다. 안온하지만 어딘지 욱죄는 것 같은 불길하고 무서운 느낌, 평화로운 것 같지만 실은 굉장히 폭력적인 이 놀이는 너무도 유별나고 정말 파악이 안 되는 내 유년기와 닮은꼴이었다. 대단히 이중적인 놀이였다.

나는 너고, 너는 나거든

이리스 젤린은 복도 끝 커다란 거울 앞에 시리와 함께 꼭 붙어서 서로 손을 잡고 있었다. 둘은 먼저 거울 속 자신들을 들여다보았다. 이리스의 눈길은 자신의 반듯한 이마 위에서 별 특징 없는 코로 내려와, 약간 성긴 왼쪽 눈썹과 단호해 보이는 턱을 훑은 다음 잿빛의 푸른 눈에 다시 멈췄다. 꼬마 시리도 마찬가지로 자기 얼굴을 보며 해사하게 웃었다. 그 다음 두 사람은 눈길을 바꿔 각각 상대의 거울 속 청회색 눈동자와 마주쳤다.

"눈이 몇 개니? 두 개야, 아님 네 개야?"

이리스의 질문에 시리가 답했다.

"두 개."

"이제 너는 나고, 나는 너야."

이리스의 설명에 아이가 따라 하며 웃었다.

"나너.", "너나."

"너가 자라 어른이 되면 나와 똑같아지는 거야. 그러니까 너도 유명한 피아니스트가 되는 거지."

어머니 이리스가 꼬마 시리에게 말했다.

"나는 더 커지고, 더 유명해진다!"

시리는 으쓱으쓱 신이 나서 크게 소리쳤다. 그리고는 문득 겁이 난 듯 물었다.

"그럼 엄마는 죽는 거야?"

"아냐, 아냐."

이리스는 얼른 그렇지 않다고 얘기했다.

"어른은 대개 70살, 혹은 80살, 그렇게 살아. 아직 시간이 많이 남았어."

"거북이는 300살, 그렇게 산다는데, 왜 사람은 그렇게 안 살아?"

"그건 그냥 그런 거야. 동물마다 다르고, 사람은 또 다르게 정해져 있는 거야."

이리스가 설명했다.

"유전자에 서로 다른 시계가 있어서 그런 거야. 유전자가 알아서 하는 거지."

"싫어. 엄마 죽는 거 싫어. 절대로 죽으면 안 돼."

꼬마 시리가 소리 질렀다.

이리스는 시리를 안아 올리며 말했다.

"네가 있으니까 나는 안 죽어. 나는 너고, 너는 나거든."

태초에 그녀의 말씀이 있었다

하지만 나너는 이렇게 아직 그대로인데, 너나는 죽어버렸다. 딱 보름 전에 그녀가 세상을 떠난 것이다. 그러니 이제 나너 혼자 무엇을 도모할 수 있단 말인가? 이리스가 세상을 뜬 후 나는 종종 긴 복도 거울 앞에 홀로 서보곤 한다. 하지만 내 곁에는 아무도 없다. 나는 여태 나만의 자의식을 가져 본 적이 없었고, 지금도 역시 그렇다. 하지만 피아노 연주자로 내 길을 가야 한다면, 고된 훈련보다 더 먼저 전제되는 일이 바로 그것이었다.

나의 경우 음악에 대한 사랑은 거저 주어진 거나 다름없었다. 이리스는 예술은 지식이 아니라 충동의 결과라는 말을 자주 했는데, 그건 맞는 말이다. 나는 음악을 연주하며 나를 풀어내야만 하는 사람이었다. 나는 흰 건반과 검정 건반의 마법에 저항할 수 없는 몸이었다.

아니 어쩌면 애초부터 그랬던 게 전혀 아니고, 이리스와 다다가 힘을 합해 나를 그렇게 피아노와 묶어버린 건지도 모르겠다. 물론 위협을 하거나 강압적인 방법은 아니었고, 사랑의 도취 상태로 그렇게 된 것일 수 있다. 이제와 생각해 보면, 처음부터 당신들은 나를 그렇게 길들여 놓은 것이다.

"나는 피아니스트가 될 거야, 나는 피아니스트가 될 거야!"

말 배울 때부터 마치 훈련받은 앵무새처럼 이 말을 쉴 새 없이 조잘거렸던 나는 어쩌면 조련된 원숭이와 똑같은 처지로 피아노 앞에 앉아 있었던 건지도 모른다. 이리스 젤린은 이에 대해, 만약 지금처럼 영원한 침묵에 빠져 있지 않았다면, 펄펄 뛰면서 아니라고 했을 것이다. 그건 특별한 음악의 유전자가 건반을 두들겨 내는 내 피의 소리, 내가 자기의 재능을 그대로 물려받은 것이었다고 고함을 쓰는 그녀의 목소리가 지금 내 귀에 쩌렁쩌렁 울리는 것 같다. 그리고 종종 이런 이야기도 했다.

"지금 네 안에서 이야기하는 게 바로 나야. 우리는 하나잖니."

그렇게 스스로도 결국 시인을 하는 것이다. 처음부터 그랬다고, 내 안에서 말을 하는 건 모두 자기였다고 말이다. 태초에 바로 그녀의 말씀이 있었던 거다.

나는 왜 아빠가 없어?

"**나**는 왜 아빠가 없어? 야네 오빠는 있는데!" 네 살 무렵 꼬마 시리는 그렇게 물었고, 이리스 젤린은 또 그 녀석 이야기네 싶어 짜증이 나는 걸 애써 참으며 이렇게 대답했다.

"너를 낳을 때는 아빠가 필요 없었거든."

그리고 이리스는 좀 단호하게 설명을 마무리했다.

"의사 선생님이 엄마를 도와줬어. 엄마 배에서 아기씨를 꺼내어 아기의 잠을 깨게 했거든. 그게 바로 너였어."

"그럼 난 엄마 배에 없었어?"

"왜 없어. 당연히 엄마 뱃속에서 자랐지. 그 의사 선생님이 잠에서 깬 아기씨를 엄마 배에 다시 넣어 줬는걸. 그러니까 엄마 배에서 다른 아기들처럼 자라 아홉 달을 꼬박 채우고 다시 밖으로 나왔지. 뱃속에 있는 동안 부르는 아기들의 이름을 태명이라고 하는데, 너의 태명은 케힌데였어."

이리스 젤린은 네 살짜리 꼬마 시리에게, 음악처럼 들리는 신비로운 이름 케힌데의 유래에 대해서도 그렇게 설명해 주었다.

엄마의 말이라면 나는 뭐든 그렇게 수긍했어요. 야네 오빠에게는 내가 케힌데였다는 얘기를 한 번도 한 적이 없어요. 그냥 나 혼자 알고 있기로 마음먹었지요. 내가 그런 얘길 했다가는 야네 오빠가 당장 "그런 게 어딨냐?", "너네 엄마는 거짓말쟁이!"라 할 것 같았고, 그러면 내가 많이 혼란스러울 것 같았으니까요.

이렇게 나는 아주 일찍부터 나의 특별한 엄마와 관련한 일은 뭐든 입 다물고 혼자만 알고 좋아하는 게 낫다는 사실을 배워버렸어요. 내 엄마는 세상에서 제일이고, 내게는 어머니이며 아버지, 언니이며 마술사, 또 작곡가이기까지 하니 세상 전부이기도 했잖아요. 그래서 나를 두 배, 네 배, 아니 여덟 배는 사랑한다고 생각했거든요. 그래서 엄마의 말이라면 무조건 따르며, 엄마의 입에서 나온 말들의 그물에 기꺼이 갇혀 살았던 거죠.

이토록 완벽하게 어울리는 화음으로 마치 한 몸 같았던 시절, 날카로운 불협화음 하나가 툭하고 튀어나왔어요. 당시 일은 아직도 너무 생생하게, 방금 찍은 사진처럼 선명하게 기억이 나요. 그때 내 귀에 들어왔던 낱말들을 하나도 빠짐없이 시시콜콜 다 기억하고 있어요.

시리가 다섯 살 무렵 피아노에 앉아서 어떤 작품을 연주하고 있을 때, 카타리나 할머니가 딸네 집에 들렀다 손녀딸과 갈등이 시작된 사건이 있었다. 애비가 없는 아이를 출산한 사건의 전말에 대해 딸에게 이미 설명을 들은 바 있지만, 이를 어떻게 받아들여야 좋을지 카타리나 젤린은 갈피를 잡을 수가 없었다. 이리스가 새로운 복제기술로 아이를 낳은 최초의 경우 중 하나라는 사실에 대해, 그녀는 정말 자기 딸다운 짓이구나 싶었다. 뭐든지 남들과는 달라야 하고, 어떻게든 남들을 능가하는 길을 찾아야 직성이 풀리는 고집불통이니 말이다.

카타리나 젤린도 처음에는 그저 할머니로서 아이가 건강하고 괜찮은 건지, 그게 불안한 마음이 전부였다. 그러다 별 탈 없이 자라는 시리를 보니 그런 불안은 점차 사라졌다. 하지만 아무래도 탐탁지 않은 카타리나 할머니의 시선이 말끔히 거두어진 건 아니었다. 딸을 방문하는 횟수가 줄어들더니, 언제부턴가 딸네 집에 와도 잠자리는 굳이 인근 호텔에 따로 잡았다.

부활절이나 성탄절 혹은 누구의 생일을 맞아 카타리나 젤린이 뤼벡의 딸집을 찾을 때면, 꼬마 시리는 본능적으로 할머니와의 시선을 피하곤 했다. 두 사람은 애초 서로 호감을 가진 적이 없었다. 할머니는 자신이 왜 그러는지 미안한 마음이 들기도 했다. 왜 다른 할미들처럼 저 아일 예뻐할 수 없는지, 본인 생각에도 정말 이상했다. 손녀딸을 어떤 방식으로 출산했든 뭐 중요할까 싶기도 했다. 기왕에 태어났고, 무럭무럭 건강하게 잘 자라는데 말이다.

괴물이 뭐예요?

ㄱ 아이는 카타리나 젤린에게 '그녀의 이리스'가 아직 어렸을 적 모습을 떠올리게 했다. 하지만 용모가 그렇게 닮았다는 건, 어느 집에서나 있는 일이다. 이리스와 시리는 남들보다 좀 더 닮았다고 할 수 있지만, 그게 뭐 그토록 안절부절못할 일인가. 카타리나 젤린은 이런 저런 생각을 해보며, 자신의 고약한 심사를 추스르려 나름대로는 애를 써봤다.

하지만 꼬마 시리가 30년 전 자기 딸과 똑같은 자세로 피아노 앞에 앉아서, 게다가 자기 딸이 제일 좋아한 바흐의 푸가를 똑같이 연주하는 피아노 소리를 듣고 있자니, 그 불편하고 께름칙한 이유가 분명해졌다. 이 아이는 손녀딸이 아니라 바로 자신의 딸이었던 것이다. 자기 곁에 있는 서른여섯 살 먹은 어른도 이리스지만, 피아노를 치는 다섯 살짜리 저 아이도 역시 이리스였다.

이 둘이 그렇게 동일한 사람이라면, 자신은 이 둘 모두의 어머니이고, 자신의 죽은 남편 역시 이리스만의 아버지가 아니라 시리의 아버지이기도 한 것이다. 그가 세상을 뜬 지 어느 새 30년이 지났는데 이제야 그의 딸이 태어난 것이다. 여러 생각들이 몰려오니 카타리나 젤린은 문득 눈앞이 어지러웠다.

게다가 피아노를 연주하는 아이의 실력은 이리스의 저 나이 때보다 못 하지 않으며 오히려 그를 능가한다. 카타리나 젤린은 목에서 비명이 터져 나올 것만 같아 양 손으로 입을 꾹 누르며 이를 참느라고 쩔쩔 맸다. 하지만 이 때 시리는 할머니에게 뭔가 심상치 않은 일이 생겼다는 걸 눈치챘다. 갑자기 입을 눌러 막다 다시 목으로 손을 가져가 아주 크게 끙끙대며 신음 소리까지 냈기 때문이다. 게다가 시리는 할머니와 눈이 마주치는 순간, 그 눈에서 뿜어 나오는 적대적 시선에 소스라칠 수밖에 없었다.

"괴물 같으니."

그렇게 내뱉더니 카타리나 젤린의 거친 숨소리는 곧 잦아들었다.

이리스는 그 소리에 기겁을 하며 피아노 쪽을 바라봤으나, 다행히 시리는 아무렇지 않은 듯 다시 제 손 위로 눈길을 돌리며 계속 피아노를 연주하고 있었다.

늦은 밤 시리가 잠자리에 들고 어머니와 둘이 남게 되자 이리스는 따지듯 물었다.

"낮에 괴물이라 한 게 나에게 한 얘기예요, 아니면 시리에게 그런 거예요?"

하지만 꿈자리가 편치 않았던지 잠에서 깬 다섯 살짜리 꼬마는 곧 침대에서 기어 나왔다. 복도로 서재의 문이 열려 있고 안에서 엄마와 할머니, 두 사람의 목소리가 들리자 발끝으로 살금살금 다가갔다. 불안한 마음에 엉거주춤 문가에 서 있던 아이는, 괴물이 누구냐고 따지는 이리스 젤린의 목소리를 똑똑히 들었다.

"너희 둘 다!"

역겨움을 토하는 듯 카타리나 할머니가 내뱉는 말이었다. 문 뒤에 서 있던 시리는 갑자기 복통이 난 듯 배를 움켜쥐고 몸을 구부렸다.

"그게 무슨 소리예요. 왜 그러시는지 한번 얘기 좀 해 봐요."

이리스 젤린은 자기 어머니를 다그쳤다.

"너는 내게서 모든 걸 앗아가는구나!"

카타리나 젤린은 씨근거리며 답했다.

"내 대신에 피아니스트가 되더니, 너를 키워낸 내 소중한 기억조차 다 망가뜨려. 최소한 그것만은 내 몫으로 남았던 꼬마 이리스에 대한 추억마저 못쓰게 하니!"

"내가 왜 엄마 몫으로 남아야 해요? 난 그러라 한 적이 전혀 없는데!"

이리스가 화를 내며 대꾸했다.

"그 빌어먹을 복제기술은 내게 소중했던 모든 걸 파괴하는구나. 내 목숨 같았던 걸 죄다 형편없이 만들었어. 그게 다 네 짓이야, 네 작품이야!"

카타리나 젤린의 목소리는 부들부들 떨리기 시작했다.

"그래서 난 저 애가 도무지 정이 안 들어. 그리고 이 따위 짓을 벌인

너에게도 화가 나서 참을 수가 없다."

그렇게 화를 내더니 아예 저주를 퍼붓기 시작했다.

"너는 나보다 더 후회할 거다. 저 아이가 널 살리기는커녕, 네가 나에게 한 것과 똑같이 널 파괴할 거야. 먼저 피아노 실력이 널 능가할걸! 그리고 내 보기에 저 애는 너보다도 더 냉혈한이 될 거다. 저 애한테도 난 엄마니까 잘 알 수 있어. 넌 이런 걸 한 번이라도 생각해 본 적이 있니, 이리스?"

이 모든 얘기를 하나도 빠짐없이 듣고 있던 아이는 겁에 질린 채 거기 서 있었으나, 그게 무슨 뜻인지 더 이상 알아들을 수가 없었다. 한 번도 좋아해 본 적 없는 할머니가 왜 갑자기 엄마가 된다는 거야?

이리스는 어처구니가 없다는 듯 웃음을 터뜨렸다.

"아니 세상에! 지금 무슨 악담을 그렇게 퍼붓는 거예요? 엄마가 얼마나 힘든 사람인 줄은 알고 있어요? 시리가 태어난 후 내가 얼마나 위로를 받는 줄 알기나 해요? 엄마의 그 알량한 자존심과 질투심은 지긋지긋해. 시리의 엄마는 당연히 나지, 왜 엄마가 여기 끼어들어요!"

"네가 이룬 그 모든 게 다, 그게 다 내 덕이라는 걸 넌 절대로 잊어버리면 안 된다! 내가 아니었으면 너 혼자 뭘 어떻게 할 수 있었겠니?"

"아 또 그 얘기, 정말 지겨워!"

이리스는 화를 내며 자기 어머니의 말을 끊었다.

"나는 그만 갈란다. 그게 나을 것 같다."

카타리나 젤린은 그렇게 화를 내며, 자리를 털고 일어섰다.

잔뜩 겁을 먹고 문 뒤에 서 있던 시리는 헐레벌떡 제 방에 돌아와 침대 속으로 들어갔다. 밖에서 현관문 닫히는 소리가 나고 이어 열쇠를 두 번 돌리며 잠그는 소리가 들렸다. 시리는 눈을 꼭 감은 채 바깥 기색을 살피고 있었는데, 잠시 후 이리스가 시리 침대로 들어와 곁에 누웠다. 그리고 시리를 끌어안아 자기 배에 아이 등을 딱 붙이자 마음이 진정되었다. 시리의 숨소리도 쌔근쌔근 차츰 고른 소리를 내더니 이윽고 편안히 잠이 들었다. 엄마가 곁에 있어 그런지 배가 아팠던 것도 금세 말끔해졌다.

다음 날 시리가 엄마에게 물었다.

"괴물이 뭐예요? 할머니는 왜 나더러 괴물이래요?"

"잘못 들은 거야. 할머니는 대물이라고 하셨어. 네가 바흐를 진짜로 멋지게 연주하니까, 큰 물소리처럼 들리니까, 그래서 대물이라고 하신 거야."

아이에게 이리스는 그렇게 둘러댔다. 꼬마 시리는 엄마를 빤히 쳐다보면서, 더 이상 아무 말도 하지 않았다.

다다 선생님은 착한 요정과 마법사는 절대 거짓말을 하지 않는다고 가르쳐 줬어요. 그런데 할머니가 나를 두고 괴물이라고 말했고, 나는 그 소리를 분명히 들었는데, 엄마는 내가 잘못 들었다고 거짓말을 했어요. 그러니까 엄마는 스스로의 마법을 깨버린 거예요.

사실 그때까지만 해도 엄마는 내 소리의 마법사였어요. 나는 엄마에 대해 오직 아름다운 이미지만 있었어요. 엄마가 여행을 떠나면 엄마 생각뿐이어서, 때로 엄마를 보려고 눈을 감곤 했어요. 그러면 금세 엄마가 눈앞에 어른거렸어요. 동화책에 나오는 파란 바탕에 금빛 별들을 수놓은 망토 차림이어서 정말 마법사 같아 보였어요. 하지만 엄마는 더 이상 마법사일 수가 없었어요. 내게 거짓말을 했으니까요.

그런 일이 있은 후부터 내게 당신은 이리스 젤린일 뿐이에요. 물론 나는 야네 오빠에게 괴물이 무어냐고 물어봤지요. 그랬더니 먼저 얼굴을 묘하게 찌푸리고 내가 웃음보를 터뜨릴 때까지 이히히히, 이히히히히! 계속 비명을 질렀어요. 우리는 프랑켄슈타인과 뱀파이어 모형, 플라스틱 요괴 인형을 꺼내놓고 함께 놀았어요.

나는 뭐든 야네 오빠를 따라 했으니, 더 이상 숨을 쉴 수 없을 만큼 요괴 인간의 비명도 열심히 흉내 냈어요. 어찌나 소릴 질러댔던지, 야네 오빠도 그런 괴성은 들어본 적이 없다고 두손 두발 다 들었지요.

그런 끔찍한 괴성을, 난 아직도 내지를 수 있어요. 내 목소리 들리나요? 저 바깥에 사는 아주 정상적인 보통 사람들! 난 당신들의 피를 빨아먹는 뱀파이어도 아니고, 죽지 못해 떠다니는 좀비도 아냐. 부디 피아노 앞 괴물이라 불러대며 내 심장에 그런 말뚝을 박지 말아요! 나는 그저 혼자서는 살 수 없는, 아무 힘도 없는 복제인간일 따름이야. 내가 아직 어렸을 때 어떤 거짓말쟁이 요정이 내게 마법을 걸었어요. '너는 내 생명'이라며 마술을 부린 거예요. 내가 여섯 살 때, 그 마법의 올가미를 씌워 놓았어. 그 몹쓸 덫에 걸려든 탓에 난 꼼짝달싹 못하게 된 거란 말이야.

음악으로 엄마를 낫게 해 줄 거야

시리가 일곱 살 되던 봄, 연주회를 마친 이리스는 다리에도 처음 이상을 느꼈다. 무대에서 퇴장하며 잠시 휘청했는데, 극장 계단 위에서 다시 비틀거리다 넘어졌다. 다음 날은 제대로 걷는 것조차 힘들 정도로 다리가 뻣뻣하게 마비되어 병원에 실려 갔다. 이는 시리를 출산한 후 처음으로 그 징후를 드러낸 다발성 경화증의 증세여서, 그녀는 먼저 근육 염증을 완화하는 코티손 주사를 맞았다. 일주일 후에는 다행히 회복의 기미가 보여 곧 퇴원을 할 수 있었다.

"며칠 후에는 다시 걸을 수 있겠지만, 예전과는 달라진다는 걸 아셔야 합니다."

의사는 말을 이었다.

"젤린 선생님, 지난 6년 동안 별 탈 없이 지내신 건 정말 대단한 행운이었어요."

"그럼 더 이상 그런 행운이 없을 거란 말씀이세요?"

이리스 젤린이 물었다.

"그건 잘 모르겠어요. 하지만 더 이상의 기적은 기대할 수 없다는 말입니다."

의사는 계속 충고했다.

"당분간은 활동을 중단하고 무조건 쉬어야 합니다."

집에서 시리는 피아노 앞에 앉아 몰두한 얼굴로, 소리를 제대로 만들어 보려 무던히 애를 쓰고 있었다. 똑바로 걸을 수도 없을 만큼 엄마가 아프다니, 아이의 눈은 겁에 질려 있었다. 이리스 젤린 역시 상처를 입고 또 죽을 수도 있다는 사실을 아이는 처음 알게 되었다. 소파에 누워 있는 엄마의 수심 가득한 얼굴을 본 꼬마 시리는 절박한 심정이 되어 마땅한 멜로디를 찾아내려 끙끙 애를 썼다.

그녀가 제대로 소리를 찾아낼 수 있다면, 엄마는 다시 웃는 얼굴로 일어날 것이다. 지극 정성으로 아이는 엄마를 위한 노래를 만들었다. 이리스를 위한 노래를 피아노로 치고 또 치며 엄마의 회복을 기원했고, 드디어 엄마의 웃는 얼굴을 볼 수 있었다.

이리스 젤린은 몸을 꼿꼿이 일으켜 세우고 아이에게 다가와 어깨에 손을 얹으며 말했다.

"지금 연주한 노래는 정말 훌륭해, 엄마 마음에 쏙 드는구나."

그녀의 칭찬에 아이는 이렇게 다짐했다.

"음악으로 엄마를 낫게 해 줄 거야."

"네가 열심히 피아노를 치면, 엄마는 이제 안 아파. 그게 세상에서 가장 좋은 약이거든. 너는 내 생명이니까."

"난 엄마의 생명."

꼬마 시리는 씩씩한 목소리로 이 말을 되풀이했다.

너는 내 생명

너는 내 생명! 나는 지금도 이 말을 잊지 못해요. 엄마의 그 말에 굉장히 설레었거든요. 내가 만드는 소리로 마법을 걸 수 있다 믿으며, 거울 앞에서 종종 엄마 모습을 따라하며 우쭐대고 또 활짝 웃어보기도 했으니까요. 우린 사실 일찍부터 굉장히 닮은꼴이었어요. 게다가 이리스 젤린, 당신 역시 내게는 생명이나 다름없었지요.

무서운 병마 탓인지 이리스 젤린은 점점 이전과 다른 사람이 되어갔다. 자신의 병에 대해 대책 없이 안일했던 시간을 마감하고 헛된 기대와 환상에서 벗어나야 할 때가 온 것이었다. 집에서 쉬면서 몸을 추스르며 그녀는 다니엘라 하우스만 선생에 대해 질투가 일기 시작했다. 시리와 다다 선생 사이의 익숙한 일상을 경험하면서, 잊고 있던 출산 초기의 감각들도 되살아났다. 딸아이를 두 팔에 안고 그 얼굴을 들여다보며 맛보았던 포근하고 달콤한 모성애를 새까맣게 잊고 있었단 생각에 당혹스럽기도 했다.

다시 옛날로 돌아갈 수는 없는 걸까? 하지만 시리는 더 이상 아기가 아니고, 자신의 삶은 아마도 많이 남지 않았다. 어린 딸에게 줄 것을 모두 넘겨주고 일러주려면 서둘러야 한다는 생각에 문득 조급증까지 났다. 딸아이가 야네를 따라 밖으로 뛰어가는 모습을 보고, 아이들이 어디를 가는지 모르고 있다는 생각에, 이제 쓸데없는 일에 낭비할 시간이 없겠단 생각이 더욱 확실해졌다.

나와 야네 오빠의 비밀을 아는 사람은 이 세상에 아무도 없었다. 용감한 나의 오라버니 야네는 시내 중심가의 그 오랜 고딕 건물, 성페트리 교회의 지붕 밑으로 살금살금 들키지 않고 들어가는 법을 알아냈다. 나를 거기 처음 데려간 건, 내가 여섯 살 때였다. 교회에서 이따금 무슨 행사가 있을 때면 그 준비를 하는 동안은 남쪽 방향 보조 출입문이 열려 있었다. 그리로 살짝 들어가면 예배당으로 통하는 문도 있지만 교회 탑으로 오르는 작은 문도 하나 있었다. 관리 아저씨는 그 문 열쇠를 맞은 편 구석의 전기배선함 뒤에 걸어두었다.

눈 깜짝할 사이에 야네 오빠가 문을 따고 열쇠를 제자리에 갖다 두면 우리는 탑에 이르는 계단 쪽 복도로 갈 수 있었다. 하지만 먼저 조용히 문을 닫은 다음 불을 켜야 했다. 꼬마 시리는 한껏 용기를 내어 저 높이 어둠 속으로 사라지는 나선형의 계단을 올려다보곤 했다. 손때에 찌든 밧줄을 꼭 붙들고, 곰팡내가 진동하는 좁은 벽 사이 계단을 차례차례 밟으며 꼭대기로 올라가야 하는 것이다.

교회 지붕 높은 꼭대기 바로 아래 넓은 공간은 미닫이창도 많고 전등도 여러 개 있었지만 여전히 컴컴했다. 마치 새벽빛이 일렁이는 것과 같은 그 공간에 들어서면 다른 행성에 착륙한 느낌이었다. 거긴 정말로 신비로웠다. 고딕 양식의 뾰족 꼭대기 천장 아래 벽면이 둥글게 마감된 공간은 얼음 벽돌로 지은 이누이트들의 이글루처럼 신기하고 참 아늑했다.

거긴 태곳적에 살았던 동물들이 잠에 빠진 공간과도 같았다. 그 널찍한 궁륭은 마치 태곳적 동물들의 우람한 등짝 같아서 절대로 그들을 깨우면 안 될 것 같았다. 하지만 공간 바닥, 즉 예배당의 천장 쪽에는 여기저기 가로지르는 나무 발판이 많고, 징검다리처럼 그걸 밟으면 발밑이 흔들리기도 했다. 그 맛을 음미하며 야네 오빠는 이렇게 속삭였다.

"이제부터 탐험 놀이를 하는 거야."

그 공간의 바닥 한 쪽에 천장 공사를 위해 남겨둔 작은 구멍을 막는 조약돌을 들어내고, 평평한 마룻바닥에 가만히 배를 깔고 누우면 뚫린 구멍으로 저 아래 예배당 전체가 한눈에 들어왔다. 저기 아래 예배당 바닥이 너무나 까마득하게 보여 천장에 닿은 뱃속으로 스멀스멀 뭔가 기어 다니는 것만 같고, 사람들은 어찌나 작아 보이는지 하늘의 구름을 타고 그 위에서 내려다보는 기분이었다.

어느 날 꼬불꼬불 나선 계단을 내려오다가 미끄러지면서 꼬마 시리의 손과 얼굴이 긁혀, 집에 오니 제법 부풀어 올랐다. 이리스 젤린은 불같이 화를 내면서 뭘 하다 그렇게 되었는지 캐물었다. 야네 오빠는 다 자기 잘못이라며 나선형 계단을 타고 교회 탑에 올라가서 놀다 온 얘기를 했다. 하지만 열쇠로 따고 들어간 비밀 문과 교회 꼭대기 천장에 숨어 들어가 놀았던 이야기는 하지 않았다.

이리스 젤린은 분에 못 이겨 야네의 따귀를 올려붙이고, 다시는 이런 쌍놈의 새끼와 함께 놀러 나가지 말라고 꼬마 시리에게 소리를 질렀다. 만약 다리 혹은 손이라도 부러졌으면 어떡할 뻔 했냐고, 피아니스트고 뭐고 끝장이라고 악을 써댔다. 하마터면 죽을 뻔 했던 거라고 마구 울부짖었다.

당신의 불치병은 곧 내가 세상에 태어난 이유였으니, 당신은 다시 내 존재 이유를 곱씹었겠죠. 엄마의 병은 엄마 자신을 짓누르는 압박이고, 그건 또 내게 고스란히 옮겨졌어요. 제2의 이리스 젤린을 키워야 한다는 압박은 무자비한 교육 프로그램이 되어 나를 훈육했지요. 모험을 즐기고픈 계집아이는 당장 그 버르장머리를 뜯어 고쳐야 했고요.

그날 야네 오빠와 내 비밀을 털어놓았다면 엄마도 마음을 풀 수 있었을지 모르겠어요. 그 오래된 성페트리 교회 지붕 밑, 이누이트의 이글루처럼 아늑했던 비밀의 장소는 우리만 아는 특별한 곳이라, 거기서 소원을 빌면 뭐든 이루어질 거 같았어요. 그래서 제일 뒤 저 구석에 박혀 있던 못에 끈을 묶어 소원쪽지를 돌돌 말아서 매달아 놓고, 벽돌 틈에도 여기저기 꽂아놓곤 했어요.

나선계단에서 미끄러져 집에 돌아온 날, 나는 당신이 음표를 그리는 투명 종이에 황금빛 색연필로 '나는 피아니스트가 된다.'라고 삐뚤빼뚤 적은 걸 매달아두고 왔는데, 겁에 질려 그 말을 꺼낼 수가 없었어요. 그 얘기를 했더라면 그때 엄마 마음이 좀 풀렸을까요?

아니, 엄마는 그 비밀 문을 영원히 잠가버렸을 거예요. 당신은 곧 전능하신 존재였으니까. 당신님의 소원만 이루시면 되지, 내 소원 따위는 아랑곳하지 않았잖아요.

시리의 일곱 살 생일에 이리스 젤린은 딸에게 아주 깜짝 놀랄 선물을 주겠다고 약속했다.

그녀는 아침 식탁에서 생일케이크에 촛불을 켜며 음악방에서 누가 기다리고 있다고 얘기했다. 굉장한 비밀을 얘기하는 것 같아 시리는 잔뜩 기대를 하고 천장이 높은 그 방으로 들어갔지만 아무도 보이지 않았다. 방 한 가운데에는 늘 그 자리에 있던 눈부시게 빛나는 까만 피아노만 덩그러니 공간을 지키고 있었다.

"아무도 없어!"

이상하다는 얼굴로 시리가 갸우뚱거리자, 그녀의 엄마는 딸의 손을 잡고 피아노 앞으로 천천히 걸어갔다.

"자, 소개할게."

이리스 젤린은 진지하게 말했다.

"여기는 그랜드 피아노 아저씨."

"알고 있는데 뭐."

꼬마 시리의 목소리에 실망한 기색이 역력했다.

"그런데 오늘부터는 이 피아노를 쳐도 돼. 엄마와 함께 쳐도 되고, 혼자서 쳐도 좋아."

피아노와 친구 놀이

엄마 이리스는 꼬마 시리의 눈이 반짝 빛나는 걸 슬쩍 보았다.

"우리 셋은 이제 더 많은 시간을 함께 보낼 거야. 그러니까 시리는 아저씨에 대해서 아주 잘 알아야 해. 음악가는 자기가 연주하는 악기랑 늘 함께 있으니까 쉽게 친해지고 더 잘 알게 돼. 입으로 부는 악기도 있고, 줄을 뜯는 악기들도 있잖아. 클라리넷은 손으로 구멍을 막거나 열기도 하고, 북처럼 손으로 두드리는 악기도 있고. 그렇게 악기를 만지고 주무르며 친해지는 거야. 그런데 피아노는 그렇게 손에 안기지 않아서 친해지는 게 훨씬 더 어려워. 그래서 다른 악기를 다루는 음악가들은 자기 악기를 잘 알고 친한데, 피아니스트들은 그렇지 않은 편이야. 하지만 시리는 정말 훌륭한 피아니스트가 될 거니까, 다른 사람들과는 달라야겠지?"

꼬마 시리는 피아노 의자에 앉아 있는 엄마 이리스 곁에 더 바짝 다가앉았다.

"정말 잘 알아야 사랑할 수 있단다."

이리스 젤린은 설명했다.

"그리고 정말 사랑하는 것만 진짜로 잘 연주할 수 있어. 그러니까 이리 와 봐, 피아노랑 친구 놀이를 하자. 아저씨랑 정말 친해지게 엄마가 소개해 줄게."

두 사람은 먼저 피아노 다리의 부드러운 곡선과 가운데 달린 금빛 페달들을 손으로 함께 만지며 골고루 쓰다듬었다. 그리고 나머지 몸체 곳곳도 손가락으로 짚어가며 피아노 뚜껑부터 악보 받침대, 피아노 자물쇠, 망치 등 하나하나 그 이름들을 불러주었다. 그런 다음에 시리는 피아노 뚜껑 위에 가만히 귀를 대고, 이리스는 여러 건반을 화음 소리가 나도록 눌러주었다. 그 울림들에 전율을 느끼며 꼬마 시리는 처음으로 행복감에 몸을 떨었다.

"피아노 아래로 들어가 아저씨 배를 두드려 보렴."

꼬마 시리는 엄마 이리스의 지시에 신이 나서 피아노 아래쪽으로 기어들어가 바닥에 등을 대고 이리저리 몸을 움직이며 처음엔 손바닥으로 탁탁탁, 다음엔 주먹을 쥐고 머리 위의 나무판을 쿵쿵쿵 두들겼다.

이어서 이리스 젤린은 자신의 작품 〈메아리〉를 연주하며 나무로 된 피아노 몸통 전체에 소리의 울림이 퍼지게 했다. 아래에 그냥 누워 있던 꼬마 시리는 파도처럼 출렁이는 피아노의 울림에 함께 몸을 떨고 환호하며 소리 질렀다.

"음악으로 비를 맞는 것 같아!"

다음은 건반 놀이 차례였다. 꼬마 시리는 엄마 이리스의 무릎에 기어 올라가 설명에 귀를 쫑긋 세웠다.

"소리는 손으로 두드리는 건반에서 나는 게 아니고, 작은 망치가 나무판을 때리면 거기 이어진 줄에서 나는 거야."

두 사람은 상아를 입힌 건반들을 함께 눌러가면서, 언제 어디에 그 압력이 닿게 되는지 그 느낌의 자리들을 찾아보았다. 피아노의 몸통 속을 들여다보며, 펠트로 마감한 나무망치들을 위아래로 움직이게 하고, 또 소리가 나는 줄들을 건드리며 손가락 촉감으로 그 진동들을 느껴보기도 했다.

피아노랑 친구 놀이가 끝나가자 꼬마 시리가 물었다.

"아저씨 이름이 뭐예요?"

"까만 아저씨라고 하면 어떨까?"

엄마 이리스의 제안에 꼬마 시리도 동의했다.

"그런데 아저씨 이름은 아무한테도 안 가르쳐 줄 거야."

꼬마 시리가 작은 목소리로 속삭였다.

"그래, 우리 쌍둥이만의 비밀로 하자!"

엄마 이리스도 속삭이며 대답했다.

"우리만의 두 번째 비밀! 너나."

"알았어요, 나너."

이리스 젤린이 특별히 꼬마 시리를 위해 개발한 새로운 연습 프로그램에 내가 더욱 열심히 용맹정진한 건 이때부터였다. 그녀는 나를 붙들어 두는 방법을 정확히 알고 있었다. 그녀와 함께 까만 아저씨의 가까운 친구가 되자, 아닌 게 아니라 한 동안 야네 오빠와 멀어질 수밖에 없었다. 그녀가 모든 걸 다 주었는데, 내가 뭘 더 바라겠는가?

이리스 젤린은 이 무렵 이미 신음악의 장르에서 가장 성공한 작곡가 중 한 명으로 평가 받고 있었다. 일찍이 작곡 분야에서 최고의 장학금이며 지원금을 휩쓸었고, 서른아홉의 나이였지만 국제대회에서 스무 차례가 넘는 수상을 했으며 여러 학교에서 교수직을 제안받았다. 여전히 연주활동도 계속했으나, 그보다는 작곡가로서 자신의 작품들을 초연하는 행사나 그와 관련한 인터뷰 형식의 연주회에 참석하는 경우가 더 많았다.

그렇게 다음 일 년은 쌍둥이들의 삶도 퍽 순탄했고, 이리스 젤린은 오페라 작곡까지 의뢰받았다. 먼저 주치의를 만나 아직 특이 증상은 없다는 진단을 확인한 후 그녀는 작곡 의뢰를 승낙했다. 작업실 서랍에는 오래전 구상해 둔 악상들의 스케치며, 악곡의 부분들을 모아둔 게 잔뜩 있었다.

이리스 젤린, 당신은 그 오페라 작품에다 나와 당신 그리고 우리 이야기를 많이 담았어요. 지난 세기 남미의 시인이 기록한 '에렌디라의 이야기'*는 분명히 그냥 골랐던 내용은 아니지요.

그 이야기에서 심술 맞고 뚱뚱한 할머니는 손녀딸 에렌디라를 마구 구박하고 부려먹으며 앵벌이 노릇도 시켜요. 촛불을 켠 채 쉴 틈 없이 일하다 너무 지쳐 선 채로 잠들었는데, 깜박하는 사이 그만 세찬 바람이 불어와 양초를 쓰러뜨려 집안으로 불길이 번져 몽땅 화마에 쓸려 버리죠. 욕심 사나운 할머니의 전 재산을 날려 버렸으니, 소녀는 몸을 팔아 그 피해를 메워야 할 운명의 덫에 빠지네요. 할머니는 남자들 돈을 뜯는 포주가 되어, 손녀딸을 데리고 전국을 돌며 생계를 해결해요. 그런데 에렌디라를 사랑한 청년이, 그녀의 사주를 받고 할머니를 죽여 버려요. 가엾은 청년은 살인자로 붙잡히고, 에렌디라는 혼자 살 길을 찾아서 도망가네요. 오랫동안 정의를 갈구했지만 결국 그녀 자신이 할머니랑 똑같은 파렴치한으로 타락하고 마는 이야기.

엄마가 작곡한 오페라는 우리들 삶에 대한 비유였겠죠. 그런 비유가 엄마 마음을 그토록 사로잡던가요?

---

* 라틴아메리카의 문학 전통을 대표하는 1982년 노벨문학상 수상작가, 콜롬비아의 세르반테스라 불리던 가브리엘 가르시아 마르케스(1927~2014)가 구전 설화를 작품으로 완성했다. 원제목은 『순진무구한 에렌디라와 그의 매정한 할머니의 놀랍고도 슬픈 이야기』.

난공불락의 요새

이리스 젤린은 아홉 달 동안 꼬박 여덟에서 열 시간씩 방문을 닫아 건 채 하루도 빠짐없이 그 작품에 매달렸다. 엄마를 찾아 시리가 방문을 두들겨도 열어주지 않았다. 다다 선생님이 부리나케 달려와 아이를 안고 가며 달래곤 했다. 덕분에 꼬마 시리는 야네 오빠를 따라 시내 곳곳을 쏘다녔지만 다다 선생님은 굳이 그런 얘기를 이리스 젤린에게 전하지 않았다.

꼬마 여동생을 데리고 야네 오빠가 신나게 내달리던 골목에는, '뒷마당 집'이라고 불리던 게딱지 같은 집들이 나타났다. 다닥다닥 붙은 집들 사이의 골목은 백설공주의 난쟁이들이 삽과 곡괭이를 들고 줄 지어서 들어가던 좁다란 지하 갱도를 연상시켰다.

어떤 날은 버스를 타고 해안 정류장에 내려, 갈매기를 쫓기도 하고 해초 사이를 뒤지며 멋진 보석을 찾기도 했으나 소득은 있을 리 없었다. 기껏 손에 들린 건 닳고 닳아 모서리가 매끈해진 초록빛 유리 조각들이었다. 또 해안에 버려진 긴 등받이 의자들을 가져다가 쌓으면 난공불락의 요새가 되어 해적놀이도 할 수 있었다.

"대장님! 성벽에 빨간 글씨 숫자는 뭐예요?"

꼬마 시리의 질문에 야네 오빠는 속삭이며 설명했다.

"그건 내가 쓰러뜨린 적군의 숫자!"

껄껄껄 웃음을 날리는 대장님 답변에 꼬마 시리는 끼욱끼욱 갈매기 울음소리 같은 살벌한 해적의 노래를 부르곤 했다.

아이들은 그 오래된 교회의 지붕 밑 공간으로도 다시 올라갔다. 한 번은 시리가 자기도 고양이가 있으면 참 좋겠다는 이야기를 했다.

"그 소원도 적어!"

야네 오빠가 설명했다.

"오늘은 짱 좋은 날이야! 저기 오른쪽 창문에서 햇빛이 쏟아져 들어와서 소원쪽지 매단 끈에 저렇게 딱 부딪히니까, 거기 적은 소원은 빛의 속도로 하늘까지 실려 가는 거야!"

드디어 오페라 작품이 완성되었고, 3개월 후에는 뉴욕에서의 초연이 확정되었다. 이리스 젤린은 거기 딸을 데려가려 했으나 꼬마 시리는 안 간다고 고집을 부렸다. 야네 오빠가 깜짝 선물을 줄 거라고 약속했기 때문이었다. 따라가지 않겠다는 딸의 저항에 이리스는 무척 충격이 컸다. 쌍둥이 동생 케힌데가 언니 따이우의 말을 듣지 않은 건 난생 처음이었다.

딸아이는 야네 오빠 쪽을 선택했다. 그건 아이들도 내버려두면 자기 필요한 만큼 알아서 먹는 것과 같은 이치였다. 나이에 따라 언제 무엇을 먹을지 본능적으로 몸이 알아서 하는 것과 꼭 마찬가지였다. 당시의 성장 과정에서 자신의 건강에 엄마보다 야네 오빠가 더 필요하다는 것을 몸으로 느낀 탓이었다. 꼬마 시리의 입장에서 어머니 이리스는 질리도록 취했던 반면, 건강하고 평범한 아이로 자라는 데 필요한 영양분은 심각한 결핍 상태였을지 모르겠다. 이리스 젤린의 복제인간이 엄마의 사랑만으로는 버틸 수 없어, 기어코 그걸 마다한 셈이었다.

모티머 G. 피셔 교수는 뉴욕의 메트로폴리탄 오페라 극장에서 초연되는 <에렌디라> 공연에 이리스 젤린이 손수 챙겨 보낸, 이번에는 한 사람만의 초대장을 접수했다. 그는 몬트리올에서 뉴욕까지 공연을 보러 날아왔다. 성황리에 공연을 마친 후 개막 축하의 술잔이 돌고 반갑게 떠드는 사람들 무리에서 그들은 금세 서로를 찾을 수 있었다.

"하나도 안 변하셨군요."

피셔 교수는 이리스 젤린을 보고 반갑게 인사를 건넸다.

"이렇게 다시 뵙게 되어 정말 기쁩니다. 따님도 잘 지내시죠?"

"고마워요, 잘 크고 있어요. 이번에 꼭 데려오고 싶었는데, 그러질 못했어요. 아이는 제가 자라던 모습과 정말 똑같아요."

피셔 교수는 여전히 결혼반지를 끼고 있었다. 하지만 이번에도 두 사람 다 그에 대해서는 한 마디도 하지 않았다. 오프닝 파티가 끝난 늦은 밤 그는 이리스를 호텔로 배웅했다. 그녀의 방에 함께 올라가기로 약속한 바는 아니었으나 그들 사이에는 암묵적 동의가 형성되었다고 볼 수 있었다. 그건 이리스 젤린이 바로 9년 전 그에게 저를 복제해 주세요라고 요구하던 당시, 두 사람 사이의 기류와 유사한 것이었다. 돌발적이던 그녀의 발언은 두 사람을 즉각 밀착된 동맹 관계로 결속시켰다. 당시의 흥분을 공유하는 두 사람에게 이리스의 부탁은 마치 "나랑 함께 자요!"라는 말처럼 뜨거운 여운으로 남아 있었다.

하나는 이루었으나 나머지 하나는 남아 있었다. 그래서 두 사람은 뉴욕의 호텔에서 만나 드디어 사랑을 나누었지만, 이는 처음이며 마지막이리라는 사실 역시 분명했다. 이리스 젤린, 그녀와 피셔 교수의 관계가 꼭 그랬으리라고 나는 확신한다. 인간은 누구나 자신이 잘 아는 것에 매달리기 마련인데, 그래야 안정감을 얻기 때문이다. 키스 한 번 하지 않은 남자와 아이를 만들었다는 건 아무래도 우스꽝스런 일 아니겠는가. 그래서 과학계의 대천사장 가브리엘 피셔와 은총이 가득하신 동정녀 이리스 젤린은 동침을 하게 되었으나, 이번에는 예수의 모친 마리아처럼 인간을 잉태한 게 아니라 철저하게 피임을 했다.

이제는 네가 나의 생명이야

야네 오빠의 깜짝 선물은 꼬마 시리가 갖고 싶다고 소원했던 고양이였다. 온몸이 까만데, 딱 발 하나만 털이 하얬다.

"얘는 하얀 건반이 딱 하나 있는 까만 피아노야."

장난기가 발동한 듯 야네 오빠는 설명을 더 보탰다.

"그 건반을 누르면, 야옹하고 소리가 나!"

시리는 두 팔로 야네 오빠 목을 끌어안고 새끼고양이도 실컷 쓰다듬었다. 이제 고양이는 꼬마 시리의 소유였다. 좋아하는 게 가까이에 있으면 정신이 산만해진다며, 이리스 젤린은 절대로 집에서 동물을 키우지 못하게 했었다.

꼬마 시리는 새끼고양이를 쫓아서 온 집안을 휘젓고 돌아다녔다. 음악방에 가서는 피아노 소품을 연주해 주기도 했다. 고양이는 귀를 쫑

굿 세우고 가만히 있었다. 하지만 한 눈을 파는 사이 고양이는 이리스의 작업실에서 시리의 품을 벗어나, 기다란 나무 책상 위로 기어올랐다. 거기엔 이리스가 악보를 옮겨 적는 반투명 오선지들이 펼쳐져 있었고, 빳빳한 질감의 종이가 바스락거리는 소리에 고양이가 기겁을 하며 날뛰는 바람에 책상에서 커다란 악보용 종이들이 모두 미끄러져 떨어졌다. 하필 그 위에 뚜껑이 반쯤 열린 채 놓여 있던 잉크병이 넘어지면서 이리스 젤린이 작업하던 악보들은 시커먼 잉크 얼룩으로 범벅이 되어버렸다.

꼬마 시리는 놀란 가슴으로 고양이를 품에 안고 부드러운 말로 살살 달래주었다. 하지만 정작 제 가슴은 좀체 가라앉지를 않았다. 아이는 엄마가 가지 않았으면 좋았겠다고 생각했다. 그러니까 이런 일이 생긴 거였다. 저 종이들은 그냥 다 갖다버릴 수밖에 다른 방법이 없다. 내 예쁜 고양이, 네가 그랬다는 말은 절대로 안 할 거야. 그랬다간 너는 여기 있을 수가 없어. 꼬마 시리는 고양이 이름을 이자벨이라고 지었다. 그리고 고양이 귀에 속삭였다.

"이제는 네가 나의 생명이야."

엄마는 미국 여행을 마치고 돌아와 현관으로 들어왔어요. 하지만 이번엔 엄마에게 달려가지 않았고 고양이를 두 팔로 안은 채, 나는 그대로 서 있었지요. 몹시 더러운 내 손과 이자벨에게 긁힌 상처를 보고 굉장히 화가 난 엄마는 눈에서 불을 뿜어댔어요. 게다가 엄마의 취향에 거슬리는 얼룩덜룩 무늬 원피스를 주워 입은 몰골에 당신은 더 기분이 상했을 거예요.

무대 조명이나 불편한 상황을 맞닥뜨리면 나도 엄마처럼 왼쪽 눈썹이 씰룩이는데, 아마도 그걸 본 엄마는 마음이 누그러졌어요. 내 안에 있는 당신을 보았으니까요. 그래서 생전 처음으로 나를 향해 엄마가 걸어왔어요. 그리곤 두 팔로 나와 고양이를 함께 안아줬어요.

"시리, 너는 내 생명이야."

엄마는 그렇게 다시 내 귀에 속삭였어요. 그 목소리를 들으니 내 마음을 짓누르던 공포가 사라지고, 엄마의 냄새는 다시 까마득한 곳에서부터 아주 포근한 믿음을 되살려 주었어요. 엄마의 냄새와 엄마의 목소리가 내 몸 곳곳에 깊이 더 깊이 스며드니까, 나는 두 팔로 엄마를 끌어안고 엄마의 소리에 귀를 기울이고 엄마 목에 매달렸어요. 그렇게 킁킁 냄새를 맡게 되니까, 엄마를 영원히 사랑하여 다시 모든 걸 용서했어요. 엄마가 멀리 떠날 때 내가 흘렸던 서러운 눈물도 다 잊어버리고, 우리 둘의 시간을 훔쳐간 오페라 작품에 대한 분노도 모두 사라졌어요.

내 쌍둥이 언니! 엄마는 그렇게 다시 내 마음을 붙들었어요. 엄마의 포옹만으로 난 그렇게 속수무책이 되곤 했어요. 아마 그때 내게 고양이도 갖다 버리고 야네 오빠도 다시는 만나지 말라고 엄마가 얘기했다면, 난 주저 없이 그러겠다고 약속했을 거예요. 아닌 게 아니라 얼마 후 나는 이웃집 소녀에게 이자벨을 넘겨줬어요. 이자벨에게 귀중한 시간을 뺏기므로 함부르크 콘서트 이후, 나는 더 이상 고양이랑 놀 수 없게 되었잖아요.

우리가 함부르크로 가던 그해 9월, 고속도로에는 때 이른 가을바람이 몰아쳤던 기억이 나요. 연주회장에서는 늘 그랬듯 나는 야네 오빠랑 다다 선생님과 함께 맨 앞줄에 앉았지요. 그런데 문득 엄마의 음악을 생전 처음 들어보는 것 같아 굉장히 난감했어요. 엄마가 그 공연에 유난히 공을 들여 나를 준비시킨 때문이었을 거예요. 공연을 마치고 모두 갈채를 보내고 있을 때, 엄마는 무대에서 내려와서 내 손을 잡고 다시 올라가 쏟아지는 조명 아래 함께 섰어요. 거기서 우리는 관중을 향해 인사했고요.

"다음번엔 우리가 함께 연주할 거야."

무대 위에서 엄마가 속삭일 때, 청중들의 갈채 소리에 난 간신히 그 얘기를 알아들었어요.

야네 오빠와 다다 선생님과 함께 차를 타고 뤼벡의 집으로 돌아오는 동안, 나는 가능한 한 그들과 멀리 떨어져 있으려 혼자 뒷자리에 웅크리고 앉아 왔어요. 그들이 엄마와 나 사이 어디에도 비집고 들어오면 안 될 것만 같았거든요. 그 두 사람 사이에 내가 있을 곳이 없다는 생각도 분명했고요. 아니 그때부터 나는 엄마와 함께 무대에 오른다는 목표만 눈앞에 두고, 다른 일은 어떤 것도 생각하면 안 될 것 같았지요.

함부르크 공연 도중 뭔가 변화가 생긴 거였어요. 지금은 확실히 말할 수 있지요. 내가 나, 그리고 엄마, 아니 우리 존재에 대해서 새로운 자각을 시작한 거예요. 우리가 차를 타고 집으로 오는 동안 내 귀에는 계속 이리스 당신의 속삭임이 그치지 않았어요.

"너는 내 생명이야, 연습을 하렴, 그치지 말고 더욱 연습을 하렴!"

그래서 내 고양이를 얼른 넘겨버린 거예요.

후두둑 내 방 창문에 굵은 빗방울들이 내리치던 그날 밤, 잠자리에서 나는 눈물이 그치지 않았어요. 꼬마 시리의 두려움은 드디어 엄마와 함께 듀엣 연주를 하리라는 설렘과 뒤섞이며 더 무겁고 힘겹게 다가왔어요.

두 번째 유년기

이중주

갑자기 그 이름이 떠올랐다. '마쌍'이란 말은 진짜 재밌는 표현이다. 그 발음을 짧고 세게 하면 욕처럼 들릴 수도 있지만 부드럽게 늘이면 정다운 애칭 같기도 하며, 그 의미가 분명해 정말 쌈박했다. 이는 '엄마와 쌍둥이'를 붙여 짧게 줄인 말로, 화가 날 때는 분노로 이를 가는 소리 같지만, 그렇지 않을 때는 애교가 넘치는 호칭이 될 수도 있다.

이건 내가 여덟 살이 되기 직전 처음 생각해낸 이름인데, 당시까지 나는 늘 남들 말을 따라 했을 뿐이었다. 하지만 그 무렵엔 스스로 생각하기 시작하면서, 그냥 쌍둥이와 복제쌍둥이의 차이도 그 뜻을 이해하게, 아니 느끼게 되었던 것 같다. 아마도 그런 시점이라 이리스 젤린을 부를 적당한 이름으로 마쌍을 떠올렸을 것이다.

나는 복제로 태어났어요

초등학교 2학년 수업 시간에 자기집 족보를 컴퓨터로 작성하는 과제가 주어졌다. 시리는 여기서 '아버지' 란을 공란으로 남겨놓았고, 담임 교사는 그걸 굳이 고쳐주려고 했다.

"그러면 안 돼. 이 세상에 아버지가 없는 사람은 없으니, 최소한 '연락 두절' 혹은 '부모님 이혼' 칸에 표시를 해주렴."

"하지만 나는 복제로 태어났어요. 우리 엄마는 나를 낳을 때 아빠가 필요 없었대요."

시리는 거리낌 없이 자기 상황을 설명했으나, 이에 대해 아이들이 키득대자 그만 짜증이 나고 말았다.

"나는 엄마와 아빠가 아니라, 복제엄마만 있어요. 그게 우리 엄마예요."

"복제…… 엄마? 대체 무슨 소릴 하는 거니?"

담임교사가 시리에게 물었다.

"그 말은 내가 생각한 말이에요."

시리는 당당히 대답했다. 같은 반 아이들은 웃음을 터뜨리며 수군거리기 시작했다.

"얘들아, 조용히 하렴!"

담당교사는 아이들을 통제하고, 다시 말을 이었다.

"그리고 시리, 그럼 너는 빈칸을 그냥 놔두렴. 우리 프로그램이 그걸 받아들일지, 아니면 에러 메시지가 뜰지 함 보자꾸나."

아이들 몇이 다시 웃기 시작했고, 시리는 뭐가 그리 우스운지 참 이상했다.

저녁 때 시리는 엄마에게 학교에서 있었던 일을 얘기했고, 이리스는 괜찮다고 시리 편을 들어주었다. 여러 해 전부터 복제 아이들이 많이 태어났는데, 사람들이 바보 같아 아직도 잘 모른다고 했다. 심지어 이런 애들이 유전자를 조작해서 태어나는 줄로 잘못 안다며, 어떤 약으로도 멍청이는 고칠 수가 없는 거라고도 일러 주었다.

그러자 시리가 다시 엄마 이리스 젤린에게 물었다.

"나는 진짜로 아빠가 없는 거지? 다시 한번 잘 설명해 주세요."

이리스는 그녀의 책상 서랍에 모아둔 모티머 G. 피셔 교수 관련한 신문기사를 꺼내 왔다. 그의 손에서 성사된 첫 인간 복제에 대한 것이었다. 이리스 젤린은 그녀의 난모세포로 어떻게 복제를 만들었는지, 그 사진들을 보여 주며 시리에게 설명했다. 그래서 두 사람은 완전히 똑같은 일란성 쌍둥이가 된 것이고, 따라서 둘은 그토록 서로 잘 이해하고 특히 더 서로를 좋아하는 거라고 일러주었다. 이리스의 체세포 하나가 분열해 두 개의 세포가 된 사진, 자꾸 더 발달한 상태의 배아 사진들을 함께 보며 두 사람은 감탄을 연발했다.

"봐라, 이게 네 16주 때 태아 사진이야!"

"그러니까 엄마는 나의 마쌍이에요!"

시리는 신나게 손뼉을 치며 말했다.

"뭐라고?"

"나의 엄마쌍둥이, 그러니까 마쌍, 마쌍, 마쌍이 짱이에요!"

시리는 신이 난 듯 콧노래까지 불렀다.

"귀에 착착 붙는 말이네, 아주 예쁘고 재미있구나."

"그러니까 복제 딸은 마쌍이 있고, 복제아들은 빠쌍, 빠쌍이 있는 거야. 아빠쌍둥이!"

시리는 그런 단어를 찾아낸 일이 아주 신나고 기분이 좋아, 자기가 만든 말을 되풀이해 발음했다.

나는 피아니스트가 된다

그 몇 년 동안 우리 두 사람은 점점 더 가까워졌다. 나의 개성같은 건 말끔하게 씻겨 나갔다. 나의 감각과 행동 모두 이리스 젤린과 완벽하게 합치했다. 어린 아이 시선에서 그녀는 감탄의 대상이었고, 이따금 혼란을 겪게도 했다. 나의 마쌍인 그녀에게 나는 거의 중독 상태였다. 다른 부모들 입장에서 우리 둘의 관계는 내면적으로 훨씬 밀착된 것으로 보이기도 했다. 하지만 나는 어딘가 다른 곳으로도 좀 가고 싶었다. 그게 어디인지는 아직 몰랐다. 야네 오빠와 시내 골목을 쏘다니고 교회 지붕 밑 이누이트 이글루 같은 공간으로 숨어들던 일들도 아마 당시 내 가슴 속 어디서 자라고 있던 막연한 동경의 표현이었을지 모르겠다.

뭐라고 딱 집어 설명할 수는 없으나 이따금 몹시 힘들고 불편했는데, 아직 복제인간들이 감당해야 하는 독특한 상황의 문제들을 제대로 파악하지 못한 시점이었다. 그래서 엄마가 하라는 대로 그저, 시키는 일이라면 무조건 목숨 걸고 열심히 했다. 하지만 나머지 선택지가 따로 없으니까 나의 목표는 언제나 기, 승, 전, 피아니스트였다.

나는 정말로 열과 성을 다해 몇 시간씩, 며칠씩, 그리고 몇 달씩 죽도록 연습을 거듭했고, 새끼손가락을 움직이게 하는 얇은 근육들도 무척 탄탄해졌다. 큰 구실을 못 할 것 같아 무시하기 쉽지만 피아노 연주에서 새끼손가락의 역할은 가장 중요하다. 제일 높은 소리와 제일 낮은 소리를 바로 이들이 맡기 때문이다. 왼손과 오른손의 새끼손가락은 나머지 손가락의 움직임을 하나로 묶어준다. 그렇다면 나, 아니 당신, 그리고 우리를 그렇게 묶는 건 대체 무엇이었을까?

시리의 학교생활은 비교적 순탄했다. 특별한 노력 없이도 수업은 쉽게 따라갈 수 있었다.

같은 반 친구들은 시리가 훌륭한 피아니스트가 될 거라는 사실은 물론, 그녀의 엄마가 유명한 작곡가라는 사실도 알고 있었다. 그래서 자기들과 함께 놀 수 있는 시간이 없다는 점도 십분 이해했다. 시리는 조용하고 누구를 귀찮게 하지도 않았기에, 조금은 독특한 그녀의 분위기를 아이들도 그대로 인정해줬다.

하지만 특별히 우쭐대거나 거만한 건 아니었어도, 어딘지 다른 친구들이 범접할 수 없는 거리감이 있는 건 어쩔 수 없었다. 다른 아이들 부모들은 때로 시리네 모녀 사이에 느껴지는 그 일치감이 부럽고, 자기네 아이들도 좀 덜 수선스럽고, 시리가 제 어머니에게 하듯 그렇게 착하고 깍듯했으면 싶은 마음도 대개 비슷했다.

일란성 쌍둥이도 사실상 하나의 난자만으로 출발한 것은 아니다. 이는 학교에서도 상세하게 가르치는 내용이다.

"이들은 하나의 난자와 하나의 정자가 결합한 생명에서 비롯하거든."

내가 복제 아이라고 이야기하자, 담임은 그렇게 설명했다.

"이란성 쌍둥이는 별개의 난자 두 개가 별개의 정자와 각각 수정되어 나란히 성장한다. 하지만 일란성 쌍둥이는 이미 수정된 하나의 난

세포가 똑같이 둘로 나뉘어 자라는 거야."

　물론 나도 지금은 과학자들이 말하는 일란성 쌍둥이가 무언지 안다. 그건 수정된 하나의 난자에서 비롯한 것이다. 그리고 우리 같은 복제인간은, 인위적으로 이런 상태가 된 난자에서 발생하는 쌍둥이인 것이다.

　그런데 수정된 난자에서 분열이 시작되면 그 각각의 세포는 개별 생명으로 자랄 수 있는 잠재력이 있지만 어느 시점에서는 그 힘이 소멸된다. 바로 그 시점을 개체로서의 시작이라고 보는 과학자들도 있다. 그러니까 논리로만 따지면, 나 같은 복제인간 제조는 수정란 상태에서 출발하므로, 이후에 생겨날 별도의 개체성을 애초 탈색시킨 셈이라고 할 수 있다. 이러한 복제논리의 증명도 곧 등장하게 될 것이다.

세상과 완전히 단절된 곳

뤼벡에서 이리스와 시리 모녀가 살고 있는 집은 세상과 완전히 단절된 곳이었다. 유난히 돈독한 관계인 이 두 사람이 사는 집에 둘러진 담장이 워낙 높았기 때문이다. 누구에게도 그 담을 넘도록 허용하지 않았다. 시리의 학교 친구 중 누구에게도 개방한 적이 없고, 이리스의 남자 지인들도 마찬가지였다. 이리스는 여행을 자주 했으므로 남자들과 짧은 만남의 기회는 충분했고, 행여 잦은 만남이 당분간 이어지는 경우라 해도 시리가 잠든 후에 잠시 들렀다 날이 밝기 전에 떠나곤 했다.

이리스 젤린의 신곡을 처음 듣는 특권은 매니저인 토마스 베버가 누렸지만, 더 이상 그는 최우선 순위가 아니었다. 이제는 그 음악을 딸에게 먼저 들려주었다. 우선순위에서 밀린 토마스 베버는 마음이 상했다. 특히 여덟 살짜리 아이한테 그 어려운 현대음악을 듣게 하고, 게다가 평가를 기대하는 일이 정말 어처구니가 없어 보였다.

"그게 왜 이상하지?"

이리스는 토마스 베버에게 자초지종을 설명했다.

"시리는 음악에 대해, 특히 내 음악에 대해서는 아주 본능적 감각이 있어. 게다가 애들은 어른에 비해 뭘 감출 줄도 모르고, 괜한 고집도 없거든. 심지어 우리들 발목을 잡는 음악사의 지식이나 선입견도 없어. 그러니 어떤 고정관념에 따라 판단하지를 않는단 말이야."

하지만 이리스 젤린은 자신의 피아노 연주가 점점 더 한심스러웠다. 다발성 경화증 탓에 음악에 생기를 일깨우는 예민한 손놀림이 힘들어지고 있었다. 어깨와 두 팔, 두 손과 팔꿈치, 그리고 몸 전체에 더는 자기의 느낌을 고스란히 실어낼 수가 없었다. 모두가 둔탁해지니, 섬세함이 점점 사라지고 있었다.

건반을 제대로 누르는 것만 해도 다행일 만큼 증세가 심각한 날도 자꾸 늘어났다. 그런 날이면 이리스는 시리의 침대 곁으로 가 잠이 든 아이를, 자신의 복제인간을 가만히 들여다보며 오래도록 앉아 있었다. 점점 더 자신을 닮은 데가 눈에 띄게 늘어나는 잠든 아이를 그녀는 두 눈이 짓무르도록 열심히 바라보곤 했다.

그러니까 엄마는 과학자들이 정리한 목록을 놓고 나 아니 당신, 아니 우리의 외형을 죄다 비교해 보신 건가요? 일란성 쌍둥이니까 피부나 체형, 머리카락 굵기는 물론 같지요. 얼굴과 목, 손등에 나는 체모도 같은 양상이고, 눈썹의 길이와 모양과 빛깔, 양 미간의 거리도 그렇고요. 눈동자 빛깔과 구조, 눈꺼풀의 넓이와 형태, 각도, 신장, 두개골 크기, 코의 높이와 넓이와 형태, 치열과 치아 형태, 귀의 형태와 위치, 턱의 모양, 피부색과 주근깨 혹은 혈색 등 피부의 특징, 손과 손가락 그리고 지문 형태 등. 게다가 일란성 쌍둥이는 뇌파까지도 동일하다죠.

그래서 엄마는 마치 거울 속을 들여다보듯 내 안에서 벌어지는 온갖 변화까지 그 모든 걸 빠짐없이 알 수 있었어요. 그러니까 때 맞춰 그렇게 바이올린 얘기를 꺼내서 깔끔하게 마무리 지을 수가 있었던 거죠. 먼 옛날 엄마를 유혹한 그 멋진 악기의 우아한 자태는 엄마의 딸도 똑같이 매혹시켰어요. 바로 그때 엄마는 장롱에서 당신 아버지의 낡은 바이올린을 가져와 그 끔찍한 소리가 울리도록 현을 켰지요. 당신 어머니가 엄마에게 했던 바로 그 행동을 내게 고스란히 재현했던 거예요.

"피아노는 절대로 이런 몹쓸 소리를 내지 않는다."

엄마는 단호하게 얘기했어요.

"피아노는 스스로 소리를 만드는 기계야. 그 소리가 그대로 울리게 하면 되는 거지."

나는 바이올린 소리에 소스라치며 귀를 꼭 막고 소리 질렀어요.

"으으, 끔찍해!"

보통 사람들의 일상세계는 내게 아무 의미가 없었어요. 이리스 젤린, 당신이 보여주는 세상만으로 충분했으니까요. 그러니까 나로서는 도저히 이를 수 없는 음악 세계에 당신께서 더욱 더 몰두할 때면, 그럴수록 나는 더 고통스러웠어요. 그런데 하루하루 병세가 악화되니, 엄마는 남은 시간을 최대한 활용하고 싶었고요. 하지만 나는 엄마 몸이 자꾸 나빠지고 손을 덜덜 떠는 모습은 보고 싶지 않아 눈길을 돌리곤 했어요. 그런 병마를 마주하기에 나는 아직 너무 어린 아이였잖아요.

어떻게든 엄마의 병을 낫게 하고 싶었어요. 내가 더 피아노를 잘 친다면, 엄마가 나아질 거라 믿었지요. 엄마가 넘어져 걷지 못했을 때, 내가 다섯 살 때 받은 칭찬을 생각하면 분명 그랬거든요.

"너는 나의 생명이니까."

그래요. 내가 당신의 생명이에요, 마쌍!

여덟 살이나 먹은 시리는 이제 엄마가 옆에서 자신을 돌봐주지 않아도 엄마의 작업실 문을 두드리며 소리를 지르거나 울지 않았다. 하지만 다다 선생님이 말을 걸어도 심통이 잔뜩 난 얼굴로 아무 대답도 하지 않았다. 게다가 조금 더 말을 시키면, 엄마랑 한통속이라서 제 편을 들어주지 않는다고 욕을 하고 심술을 부리며, 점점 나쁜 버릇이 늘어갔다.

둘이 한 몸처럼 붙어 지내다 갑자기 홀로 남게 되었다는 쓸쓸함이 온몸으로 사무칠 때면 시리는 음악방으로 들어가곤 했다. 엄마가 일하는 작업실과 바로 붙어 있어서 행여나 방해가 되지 않을까 쪽마루 바닥을 살살 발끝으로 걸어 다니다 종종 나무로 된 까만 아저씨의 배 밑으로 기어들어가 누워 보기도 했다.

그럴 때면 마치 예배를 드리는 교회 안에 들어온 것 같았다. 행여 발자국 소리를 너무 크게 내면 그 거룩한 기운이 삽시간에 사라질 것만 같았다. 벌써 여덟 살이나 먹은 소녀가 되었으니 시리는 더 이상 마녀라든가 마녀의 요술 음악 같은 건 믿지 않았다. 그런 건 옛날 얘기에나 나온다는 사실을 이미 알고 있었다.

복제라는 말은 동화책에는 안 나온다. 동화책의 이야기는 모두 옛날이야기라 그럴 것이다. 그런데 '쌍둥이는 못 말려'나 그림동화의 '요린데와 요링겔'처럼 쌍둥이 얘기는 많이 나온다. 글자를 배운 이후 나는 복제라고 쓸 수 있고 읽을 수도 있지만, 그 뜻은 잘 알 수가 없었다. 외국말처럼 들리는 낯선 단어는 종종 그 말과 관련된 장소, 다른 나라의 산이나 강처럼 직접 그 먼 곳으로 여행을 가서 눈으로 실제 보고 몸으로 겪고 싶은 마음이 든다. 어린 아이였던 내게 복제인간이란 존재는 마치 내가 실제로는 가본 적이 없는 멀고 먼 나라의 낯선 동네인 것만 같았다.

내 아홉 번째 생일에 이리스 젤린은 나와 함께 우리 집 정원에 작은 은행나무 한 그루를 심었다. 그녀는 내게 은행나무의 심장 모양 이파리가 오랜 옛날부터 쌍둥이의 상징이었다며, 그래서 우리에게 건강과 행복을 갖다 줄 거라고 이야기했다. 아직도 엄마 말씀이라면 뭐든지 맹목적으로 믿던 시절이었다.

자기 길을 찾는 건 필생의 과업

시리의 열 번째 생일이 얼마 남지 않았을 무렵, 복제인간 제2호로 출생한 아이와 관련한 기사가 신문에 대서특필되었다. 그 무렵 생식의학발전위원회, 줄인 말로 '생발위(CRP)'가 설립된 까닭이었다. 그 사이 인간배아 복제 시술이 꾸준히 진행되어 국가 차원에서 이를 통제하게 된 것이었다.

인간복제 기술의 선두 주자인 모티머 G. 피셔 교수는 인터뷰에서 자신의 견해를 다음과 같이 밝혔다.

"우리는 이미 히포크라테스 이후의 시대에 살고 있습니다. 최후의 판단은 더 이상 의사의 몫이 아니라 의료 당사자의 몫이 되었습니다."

피셔 교수와 동료 의사들은 복제부모들과 그 자녀, 즉 복제 아이들에게 스스로의 존재를 더 공개적으로 드러내도록 독려했다. 일간지와 주간지들은 일제히 인간 복제라는 주제를 새삼 재조명했고, 방송에서도 연일 '복제 자녀, 찬성인가 반대인가?' 등의 제목으로 구체적인 주제에 대한 토론이 이어졌다.

복제아는 애초에 엄마나 아빠 둘 중 하나 밖에 없다. 즉 잉태 자체에 엄마 혹은 아빠가 배제된다는 사실도 더는 복제를 반대하는 논점이 될 수 없다는 게 새로운 중론이었다. 워낙 많은 아이들이 부모의 이혼으로 이른바 한부모 가정에서 남자나 여자끼리 살게 된 현실이니 구태여 이들에게 문제를 삼을 필요가 없게 되었다. 단지 차이라면, 복제아들은 잉태 당시부터 당연하게 한부모 가정에서 성장한다는 점이었다.

복제아는 제대로 자기 정체성을 발전시키기 힘들 거라는 우려에 대해서도 심리학자들은 이는 그저 사변에 불과하다고 일축했다. 일란성 쌍둥이를 대상으로 한 정밀한 연구 결과에서 그렇지 않다는 사실은 오래전 밝혀졌다는 것이다. 따라서 복제인간에 대해서 많은 사람들이 갖는 불안은 전혀 합리적이지 않다는 것이다. 그들은 지극히 정상적인 인간을 그대로 복제한 결과로서, 이는 마치 청사진을 찍은 듯원본과 한 치의 오차도 없는 존재이므로, 이들 역시 지극히 정상적이라는 설명이었다.

모티머 G. 피셔 교수 역시 동화에 나오는 쪼개진 영혼 따위는 어불성설이라고 못을 박았다. 자연과학적인 근거가 전혀 없는 얘기라는 것이다. 자연과학적 논점으로는 모든 식물과 동물, 심지어 인간까지도 어떤 면에서는 자신들 유전자의 노예라고 할 수 있을 만큼, 어떤 생명도그 틀 혹은 껍데기를 벗어날 수가 없다는 주장이었다. 이는 지구상 생명의 절정이라고 하는 호모 사피엔스, 즉 우리 인간 경우도 마찬가지라는 것이다. 따라서 복제인간도 정상 잉태된 모든 이들과 마찬가지로, 타고난 기질과 환경 사이에서 사투를 벌일 수밖에 없다는 설명이었다.

그들도 기를 쓰고 자기 안의 고유한 어떤 것을 찾아 끄집어내고, 그것을 세상에 드러내 보이면서 성장하고 또 변모하는 존재라는 것이다. 즉 복제인간이건 아니건 자기 길을 찾아야 하는 건 인간이라면 누구에게라도 필생의 과업일 수밖에 없고, 아무리 일란성 쌍둥이라도 그런 과정을 거쳐 서로 다른 개체가 된다는 설명이었다.

게다가 이런 실험은 자연 상태에서도 수시로 발생하는 일이라고 피셔 교수는 강조했다. 대략 천 명 당 서너 쌍 꼴로 일란성 쌍둥이가 태어나는데, 이렇게 자연 상태의 복제와 인공 복제 사이에 근본적 차이는 없다는 것이다. 따라서 사람이 개입했다는 이유로 인공 쌍둥이를 반자연적이라고 비난할 이유가 없다는 주장이었다. 심지어 이렇게 시차를 두고 태어나는 복제인간은, 그들의 유전자뿐 아니라 삶의 요소들을 서로 나눠야 하는 보통의 일란성 쌍둥이들에 비해 한결 여유가 있고 유복한 처지라고도 부연했다.

"이들은 결코 본인의 의지와 상관없이 누군가의 유전자에 몸을 빌려주는 거푸집 신세라고 할 수는 없겠습니다."

어느 토론회에서 피셔 교수는 그 점을 특히 강조했다.

"몇 년 전 첫 시도 후 이미 상당수의 복제아동이 태어나 현재 우리와 함께 살고 있으니, 이제 더 이상 복제인간의 금지냐 허용이냐를 두고 논란을 벌이는 건 의미가 없습니다. 우리의 당면 문제는 잘못된 편견과 선입견입니다. 복제인간도 나 그리고 여러분들과 똑같은 인간이므로, 그들이 마음 놓고 살아갈 수 있게 해줘야 할 것입니다."

내가 이 세상에 태어나 살아갈 수 있게 해준 건 어머니였다. 그러나 그건 오직 우리 둘의 쌍둥이 섬에서만 허용되는 삶이었다. 내가 '끈질긴 나무 타기 오빠' 야네를 졸졸 따라다닌 이유도 그래서였을 것이다.

그를 따라 시내 골목을 누비고 다니던 일이며, 점점 뜸하다 언제부턴
가 중단된 교회 지붕 밑 공간의 금지된 시간, 이들을 떠올리며 난 아
린 가슴을 달래곤 했다. 당시 나는 아직 열 살도 안 되었고, 야네 오빠
는 곧 열다섯이 되는 나이라, 우리 사이에는 아무래도 좀 어려운 점이
있었다. 나는 아직 아이였고, 야네 오빠는 이미 뺨 여기저기 수염도 돋
기 시작한 때였다. 그의 또래 친구들은 꼬마 시리를 데리고 여기저기
쏘다니는 야네를 놀려먹기도 했다.

게다가 나는 실제로 본 적도 없는 야네 오빠의 첫사랑 카린에 대해
무턱대고 질투를 하며 마구잡이로 화를 내기도 했다. 이를테면 내 생
일에 밥 먹으러 올 수가 없다는 야네 오빠의 얘기를 듣고는 전화기에
고래고래 소리를 지르며 다시는 오빠를 안 보겠다며 성질을 부렸다. 이
리스는 그런 나를 달래며 다시 한번 아주 깜짝 놀랄 생일 선물을 주겠
다고 약속했었다.

거꾸로 나라

이리스의 선물은 무려 450쪽에 달하는 두툼한 악보 뭉치였다. 표지
에는 '사랑하는 내 딸 시리의 열 번째 생일에 헌정'이라고 적혀 있었다.
제목을 읽는 시리의 얼굴이 환해졌다. 그녀의 어머니, 이리스 젤린이
딸 시리를 위해 새로 작곡한 오페라 〈5월 35일〉이었다.

이 작품은 원래 에리히 캐스트너가 1931년에 발표한 어린이 소설로,
'말을 타고 남태평양으로 떠나는 콘라트'라는 신나는 부제가 붙어 있

었다. 이 책은 이리스가 어렸을 때부터 좋아했고, 지금도 제일 좋아하는 책들 중 하나였다.

   며칠 후 어머니와 딸은 몇 주 후 초연될 이 오페라의 공연 연습을 지켜보았다. 그러느라 시리는 야네 오빠의 일은 새까맣게 잊어버릴 수 있었다. 이제 곧 링겔후트 삼촌이랑 그의 조카 콘라트 그리고 검정 말 카바요와 함께 옷장 속으로 들어가 남태평양으로 떠나는 모험에 함께 하느라 나머지 일에는 경황이 전혀 없었다.

이 오페라에서 나는 링겔후트 삼촌이랑 콘라트가 등장하는 세 번째 장면 '거꾸로 나라'를 제일 좋아했다. 그 나라에는 오직 아이들만 들어갈 수 있고, 또 아이들이 모든 걸 마음대로 결정했다. 그 나라에서는 아이들이 교육부 장관을 하니, 아이들 대신에 교사와 부모들이 학교에 붙들려 공부를 했다. 그 이야기에서 특히 이 부분을 좋아했던 이유는 아마 내가 속한 세계와 정반대의 모습을 보여주기 때문이었을 것이다.

   내가 속한 세계에서 이리스 젤린은 나에 대한 모든 것을 독단적으로 결정했다. 다른 집도 아이들 일은 대개 부모들이 주도하지만, 우리 집은 정말 상상할 수 없을 만큼 극단적이었다. 그녀는 나를 완전히 자기 마음대로 했다.

   "너는 내 생명이야, 절대로 그걸 잊어선 안 돼!"

   오페라 〈5월 35일〉의 초연 날짜에 맞춰, 내 생명이 있게 도와준 의사선생님이 비행기로 독일까지 날아오셨다. 모티머 G. 피셔 교수는 오프닝 당일 오후 우리 집으로 왔다. 그의 방문 소식에 나는 굉장히 긴장되고 설레었는데, 막상 나타난 모습은 별다른 감흥이 일지 않았다. 호감을 주는 외모에 동그란 테의 안경도 잘 어울려 멋있었지만, 난 별로 끌리는 데가 없었다. 아마 너무 큰 기대를 하고 미리 설렜던 탓에 그만큼 실망도 컸던 것 같다.

그런데 그만 가늘고 길쭉한 그의 손가락과 우아한 손 매무새가 나를 홀려버렸다. 이리스 젤린은 피아니스트에게 중요한 건 손가락의 훌륭한 기교와 반응 같은 기능이지 연주에 특별히 유리한 손 모양은 따로 없고, 그보다는 내면으로 듣고 이해하는 능력이 훨씬 더 요구된다고 누차 강조했다. 하지만 나의 이 뭉툭하고 투박한 젤린 집안의 손가락 모양새가 나는 정말로 역겹고 못마땅했다.

만약 피셔 교수가 내 친아버지였다면, 나는 그의 아름다운 손 매무새를 물려받았을 수도 있었겠다는 좀 황당한 생각이 머리에 스치자 더이상 그 남자에 대한 관심을 꺼버릴 수가 없었다. 그가 내 아버지가 아니라는 사실에 갑자기 화가 치밀었다. 그리고 이리스 젤린에게도 부아가 났다. 내가 그 남자처럼 아름다운 손을 갖는 걸 그녀가 원치 않았다는 사실이 야속했다.

그날 밤 나는 있지도 않은 아버지를 그리워하며 실컷 울었다. 혹시라도 그 아름다운 손 매무새를 가진 남자가 내 친아버지는 아닐까? 그가 유부남이니까 이리스 젤린은 혼자 모든 걸 감수하면서 저렇게 시치미를 떼는 건 아닐까? 나는 오랜 시간 별별 생각을 다하며 내가 모티머 G. 피셔 교수의 혼외 자식일 거라고 스스로를 달래곤 했다.

시리가 열두 살이 되자 토마스 베버는 어머니날 기념 공연을 기획하면서, 후반부는 시리와 이리스 젤린이 함께 등장하는 연주회를 제안했다. 어머니날 행사라 별다른 위험 부담이 없는 기회였다. 일반적인 어머니와 딸의 연주가 아니라, 소문이 자자한 젤린 쌍둥이가 데뷔하기로 했으니, 관객들은 무조건 환호할 태세였다. 입장권의 예매도 순조로웠고, 제2부는 방송국에서까지 적극 나서서 텔레비전 중계권의 구매 의사를 밝혀왔다.

이리스 젤린은 이번 프로그램에 〈이슬방울〉도 포함시켰다. 그리고 연주에 앞서 이 작품의 탄생 배경, 즉 복제 시술로 시리를 임신한 사연도 소개할 생각이었다. 하지만 시리는 어머니가 골라둔 밋밋한 검정드레스가 마음에 안 들었고, 그걸 입고 무대에 오를 일도 내키지 않았다.

"우리가 무슨 장례식에 가는 것도 아니잖아요. 어머니날 행사라면서!"

검정 의상은 어디에서든 잘 어울린다는 게 어머니 의견이지만, 시리는 대꾸도 하고 싶지 않을 만큼 그냥 싫었다.

"하지만 오늘은 진짜 안 어울린단 말예요."

이번에도 이리스 젤린은 시리가 그 옷을 안 입으면 연주 행사 자체를 취소해 버리겠다는 쪽으로 밀어붙였다. 시리는 결국 어머니 말을 따를 수밖에 없었지만, 공연을 시작하기 10분 전 화장실로 달려가서 스타킹 안에 말아둔 10센티미터 폭의 노란 장식 끈을 기어이 꺼냈다. 그리고 바스락 소리가 얄궂게 나는 그 끈을 엉덩이 쪽에다 몇 번 감아 나비 모양으로 예쁘게 매듭을 만들었다.

서둘러 일을 마치고 어머니 곁에 돌아왔으나, 그녀는 딸의 변화를 알아본 기색이 전혀 없었다. 어찌나 화가 났던지 시리는 무대 위로 조명이 마구 쏟아지는데도 평소와 달리 긴장조차 되지 않았다. 하지만 사회자가 두 사람을 소개하고 무대 위에서 이리스 젤린이 딸의 손을 꼭 잡자 금세 정신이 아뜩해져서 어느새 그 원망도 놓아버렸다.

눈부신 조명을 받으며 두 사람은 무대에 올랐다. 무대 중심에는 둥근 조명 아래 그랜드 피아노가 놓여 있고, 곁에는 텔레비전 방송국의 카메라도 대기 중이었다.

그 어머니날, 이제는 흑역사가 된 악몽의 공연! 내 드레스에 두른 노란 끈에 엄마는 눈길 한번 주지 않았어요. 엄마 눈길 한번 받고 싶어 그토록 애를 썼는데, 공연 전부터 엄마는 내 존재에는 전혀 관심이 없었어요. 나는 그저 들러리, 엄마의 과시용이었죠. 여러분, 여기 내 복제 아이를 보세요, 당신 마음은 그래서 흡족했던가요?

내가 할 수 있는 저항이라야 얼룩덜룩 옷 빛깔을 다르게 하고, 번쩍번쩍 장식 끈이라도 둘러보는 정도였지요. 열한 살 먹은 아이가 그 이상 뭘 어떻게 하겠어요. 만약 당신께서 그에 대해 화라도 냈더라면, 내 방식으로 하겠다고 감히 말로라도 덤볐을 거예요. 하지만 엄마는 내 노란 끈에 눈길 한번 주지 않아 그 알량한 승리조차 처참하게 베어냈어요.

다 선생님 손에 붙들려 왔는지, 어머니날 연주회에는 야네 오빠도 자리했다. 알록달록 한 아름 꽃을 준비한 두 사람은 무대 뒤로 건너와 시리에게 꽃다발을 안겨 주었다. 야네 오빠는 농담을 건네며 개구

지게 휘파람 소리를 냈다.

“이게 누구! 우리 여동생 맞아? 이거 완전 뽀뽀를 부르는 입술 되셨네!”

야네 오빠는 짓 나서 시리 입술에 뽀뽀를 했다. 시리는 당황스러워 손을 어디에다 둘지, 어디를 쳐다봐야 좋을지 몰라 쩔쩔매다 정색을 하고 말했다.

“그만 해, 용감한 오라버니가 이럼 안 되지!”

“오빠가 깜박 했네.”

여전히 들뜬 목소리로 대답하던 야네는 한 쪽으로 시리를 슬며시 밀면서 소곤거렸다.

“지붕 밑 이글루로 다시 가 볼까? 소원쪽지도 새로 걸고!”

시리는 고개를 짤짤 흔들었지만 자기도 모르게 배시시 웃음이 새나왔다. 야네는 그 틈을 잡아 속삭이며 다음 날 오후 다시 만나기로 약속을 했다. 이리스 젤린이 저만치서 나타나는 바람에 들키지 않게 서둘러 말을 맺어야 했다.

다음 날 시리는 꼬마 적 그 시절처럼 마룻바닥에 배를 깔고 거기 뚫린 조그만 구멍으로 저 아래 예배당을 다시 내려다봤다.

첫사랑 크리스티안

까마득히 저 아래를 내려다보니 옛날처럼 다시 스멀스멀 뱃속에서 뭔가 꼬물거리는 기분에 요즘 크리스티안에게 느껴지는 간질거림이 문득 떠올랐다. 그는 내 어머니 이리스 젤린이 1년 전부터 사귀는 남자친구였다.

그전에 오던 남자들에 비해 그가 더 자주 온 것은 아닐 것 같다. 하지만 우리 집에 오는 남자들에게 나는 한 번도 관심을 가진 적이 없어 누구도 유심히 살펴본 적이 없었다. 그런데 언젠가 듣게 된 그 음성이 내 귀를 몹시 현혹시켰다. 밤중에 듣게 된 그의 음색이 너무 좋아서, 어떤 사람인지 봐야겠다고 마음먹었다. 이미 여러 차례 잠들지 않고 깨어 있으려 노력하면서 그 목소리를 꼭 다시 듣게 되기를 고대했다. 그런데 어느 저녁 드디어 그 목소리가 분명히 부엌 쪽에서 들렸다. 서둘러 일어나 부엌으로 달려갔더니, 이리스 젤린은 아무렇지 않은 척하면서 그를 내게 소개시켰다. 나는 무서운 꿈을 꾸다 잠을 깨는 바람에 물을 마시러 온 것처럼 거짓말을 했다.

가까이서 듣는 크리스티안의 목소리는 더 근사해서 마치 말러의 교향곡처럼 울림이 좋았다. 그는 지방 출장이 잦은 편이지만 뤼벡에 살고 있으며, 직업은 건축가였다. 엄마보다 열 살이 아래라니까 나보다는 스무 살이 위였다. 두 사람에게 안녕히 주무시라는 인사를 하고 내 방으로 발길을 돌리는데, 눈웃음을 머금은 갈색 눈에서 나는 처음 그 야릇한 간질거림을 맛보았다.

이리스 젤린은 크리스티안이 집에 와 있을 때면 유난히 자주 시리가 들락거린다는 사실을 눈치챘다. 좀 거슬리기는 했으나 그에 대해 뭐라고 말을 꺼내지는 않았다. 그녀는 딸아이가 아무래도 아빠가 없어 생기는 환상 같은 게 있을 거라고 남자친구에게 설명했고, 그는 고개를 끄덕이며 동감의 뜻을 표했다.

"시간이 지나면 괜찮아질 거예요."

이리스가 물었다.

"우리 시리 예뻐? 그러니까 내 딸애가 정말 사랑스럽게 느껴지냐고."

"당신을 빼박았는데, 어떻게 안 그럴 수가 있겠어요?"

크리스티안이 답했다.

"하지만 시리는 아직 너무 어리잖아. 난 성숙한 여자가 좋아요."

다시 침대에서 빠져나와 문 밖에 와 있던 소녀 시리는, 안에서 흘러 나오는 어른들 대화는 말할 것도 없거니와 이리스 젤린의 웃음소리에 더욱 화가 치밀었다.

이렇게 소심한 충돌이 이어졌으나 우리는 여전히 완벽한 조화로 정점을 향해 계속 오르고 있었다. 더 이상의 일치는 없을 만큼 완벽한 조합의 이중주였다. 하지만 꼭대기로 오를수록 공기는 더욱 희박해, 그 지독한 사랑을 멈추지 않으면 둘 중 하나는 곧 질식할 수도 있다는 걸 알게 되었다.

나너-너나는 더 이상 놀이가 아니라 심각한 집착으로 변질되었다. 우리는 매일 만나면서 자꾸 더 비슷해지고, 더는 쌍둥이 놀이도 할 수 없게 되었다. 나는 열두 살에 초경을 했다. 이리스 젤린은 내게 샴페인 을 따라주며 드디어 여자가 되었음을 함께 축하했다.

"그래도 넌 내 생명이야."

이리스는 다시 그 말을 했다. 그러나 나는 그에 대해 생전 처음 아무 대답도 하지 않았다. 대신 스스로에게 자문했다. 그럼 나는 어떡해, 내 생명은 대체 어디 있는데?

있지도 않은 아빠에 대한 환상 따위는 전혀 없었다. 하지만 크리스티안이 왜 나를 보고도, 내 안에 있는 더 젊고 싱싱한 이리스를 찾아내 사랑에 빠지지 않는지, 그 점은 정말 궁금하고 답답했다.

열세 살이 되고 어느 날 아침, 나는 목욕탕의 거울을 들여다보다 거기에 엄마가 서 있는 줄만 알았고 깜짝 놀랐다. 왜 그렇게 무서웠을까? 내가 그녀의 쌍둥이란 사실은 오래전부터 알고 있었다. 키도 거의 같고, 재능도 마찬가지, 외모도 마찬가지다. 그런데 그게 왜 그다지도 끔찍했을까? 나는 거울 저편 상대에게 눈을 찡긋 해보았다. 그러나 어제만 해도 분명 나였던 상대가 다시 예전으로 돌아가지 않으려 했다.

이윽고 거울 속에 대고, "잘 잤어? 시리, 이나 닦아!"라고 소리치자 그녀는 비로소 다시 내가 되었다. 그래서 다시는 이리스 젤린의 잠옷을 몸에 걸치지 않겠다고 맹세했다. 하지만 그건 절대로 잠옷 탓이 아니었다. 내 영혼은 이미 이리스 젤린 탓에 크게 병이 들었고, 나는 죽을 힘 다해 이리스 젤린이 아닌 시리 젤린을 찾고 있었다.

다른 사람들의 눈에 두 사람은 여전히 조화로운 그림이었다. 그들 모녀는 정녕 모든 꿈을 이루며 사는 것처럼 보였다. 시리는 소규모의 연주회를 점점 더 자주 열어, 그녀의 어머니가 작곡한 음악들을 연주했다. 이따금 이리스 젤린의 건강이 불안했으나 아직은 그 증세가 급격히 악화되는 건 아니었다.

시리가 열네 살이 되던 해 봄의 일이었다. 순탄할 것만 같았던 쌍둥이의 행보에 기어코 불협화음이 터져 나왔다. 푸른 벨벳 의자에 앉아 시리가 〈메아리〉를 연주하다 마치 인형처럼 그냥 앞으로 고꾸라졌다. 시리의 머리가 피아노 건반에 부딪치며 쾅! 요란하게 소리를 내자 이리스는 비명을 지르며 달려왔다. 두 팔로 딸아이의 몸을 일으키고 윗몸을 끌어안아, 마치 꼬마 시리를 달래듯 이리저리 몸을 흔들고 얼굴을 매만지며 그녀는 거의 애원을 했다.

"아가, 제발 일어나, 정신 차려!"

시리는 어머니 품에 안긴 채 그 순간이 영원하기를 빌었던 것 같다.

"순환 기능이 떨어져 잠시 의식을 잃은 거예요."

이리스 젤린의 전화를 받고 달려 온 의사선생님의 진단이었다.

"이 나이 때는 호르몬 변화가 급격해서, 종종 있는 일이에요."

이리스는 의사 말이 맞을 거라고 믿었다. 사춘기가 시작된 탓이었다. 최근 들어 시리가 좀 무리해 연습하느라 이런 불협화음이 튕겨져 나온 것뿐이라고, 이리스는 열심히 스스로를 추슬렀다.

그때까지는 늘 '우리'만 있었거든요. 여러 해가 지나도 오로지 우리, 우리만 있었어요. 난 어렸을 적에 '나'라고 말하는 법을 배운 적이 전혀 없었어요. 나는 엄마를 너무 사랑했어요. 그러느라 오직 '우리'만 존재했으며, 그런 우리가 너무 강력해서 천하무적이 되었던 거예요. 쌍둥이의 사랑이라는 외피에 갇혀, 그 안에서 나는 손과 발도 꽁꽁 묶인 채 꼼짝달싹할 수가 없는 신세였어요.

갑자기 팔도 길어지고 포동포동 살도 붙은 사춘기 소녀는 좌충우돌 여러 모로 미숙하지만 언제나 그 생각을 떨쳐내지 못했네요. 나는 어떻게 해야 엄마처럼 될 수 있을까? 어린 눈에 비친 엄마는 여전히 예쁘고, 게다가 성공한 여성으로는 최고의 롤 모델이었으니까 나도 역시 그렇게 되기를 갈망했어요.

하지만 동시에 나는 그렇게 되고 싶지 않았어요. 엄마 마음에 들고 싶어서 정말 미친 듯 연습했지만, 당신이 뭐라 할까 봐 늘 두려웠어요. 더 이상 피아노를 두드리는 게 끔찍했지만 그래도 죽어라고 연습에 연습을 거듭했어요. 이런 갈등의 씨앗을 마음에 뿌린 생명은 곧 둘로 쪼개지지 않을 수가 없어요. 내 분열된 영혼은 도와달라고 크게 울부짖었어요. 하지만 이렇게 벌벌 떨고 있는 딸내미를, 행여 달래주고 지켜줄 아버지조차 내게는 애초부터 없었잖아요.

점점 더 엄마와 닮아가던 내 몸이 먼저, 이 천하무적 '우리'에게 반항했어요. 머리가 상황을 전부 파악하기 훨씬 전부터 몸이 먼저 알아챈 거예요. 왜냐하면 머리는 어리석도록 영리해서, 애써 그걸 피하려고만 하거든요. 우리의 뇌 역시 둘로 나뉘어서, 마치 샴쌍둥이처럼 두 몸이 하나로 붙었잖아요. 그리고 쌍둥이는 원래 그렇게 서로 들러붙으려 한다더군요.

난 그렇게 맹목으로 당신만 믿고 졸졸 따라 갔어요. 쌍둥이의 거울 방에 들어가면 엄마의 입에서 나오는 요술의 말이며 빽빽한 거울 속

일그러진 이미지에 다시 홀릴 수밖에 없었어요. 엄마 혼자 세상의 모든 맛을 음미하니까요. 엄마는 온갖 성공의 맛에 걸신이 들린 사람이라, 닥치는 대로 먹어치웠잖아요. 다음 차례 먹잇감은 바로 나였고요. 엄마 뒤를 졸졸 따라다니며 난 한 해 두 해 그렇게 세월만 먹고 있었나 봐요. 그래서 이제 걸음마 연습은 필요 없지만, 더는 아이가 아니지만, 그렇다 해도 아직 다 자란 어른도 아닌 거예요.

그런데 갑자기 이전보다 더 큰 몸집으로 전엔 몰랐던 '우리'가 날 위협하기 시작했어요. 나를 찾으려고 애를 썼지만 결국 내 앞엔 늘 당신 이미지 그리고 당신이 갖는 나의 이미지, 그렇게 자꾸 당신만 크게 보이니 뭘 어떻게 해야 할까요? 내가 뭘 하든 엄마는 나보다 먼저 거기에 있고, 모든 일을 나보다 앞서 훨씬 더 훌륭하게 해치웠거든요. 나는 그저 엄마의 삶을 처음부터 다시 한번 더 살아야 할 뿐이었어요.

게다가 엄마는 그 아이에 대해 사실상 그 존재조차 잊곤 했어요. 그래서 피아노를 치다가 머리를 처박고 쓰러졌을 때, 당신이 비로소 진짜 엄마가 되어 나를 향해 달려 왔을 때, 어떤 계산도 없이 달려와 나를 팔에 안고 다독여 줄 때, 난 그대로 눈을 감은 채 깨어나고 싶지 않았어요. 그리운 엄마 손길이 다시는 날 떠나지 않기를 그토록 열망한 거죠.

하지만 당신은 이제 더 이상 나를 그렇게 잡아 줄 수도 없고, 간절히 원한다 해도 나를 위로해 줄 수는 없게 되었네요.

변장놀이

열네 살이 되었을 때 시리는 처음 변장놀이를 시도해 보기로 했다. 속눈썹 라인을 따라 정성껏 아이라인을 그리고 마스카라도 칠했다. 어머니 립스틱도 하나 골라 입술에 바르고, 어머니 옷장에서 회색 투피스를 꺼내 입었다. 아직 어머니보다 4센티미터 작은 키는 굽 높은 신을 신어 감쪽같이 키울 수 있었다.

거울 앞에서 그녀는 머리카락을 귀 뒤로 쓸어 넘기고 쌍둥이 언니 이리스 젤린의 몸짓을 흉내 내며 거울 속에 대고 말했다.

"이리스, 이제 병원으로 가 볼까! 카타리나 할머니가 기다리신대."

그 노인네가 뤼벡에 왔다가 심한 독감에 걸리셨는데, 다 나았을 무렵 순환기 감염으로 병상에 계속 누워 계셨다. 담당 의사는 할머니가 칠십 넘은 고령이라 위험할 수 있다고 진단했으나, 이리스 젤린은 개의치 않고 미국으로 떠나 버렸다. 일주일 동안 진행될 이번 워크숍은 오래전부터 계획된 행사고, 이번에도 작곡가들이 참가 신청을 서두른 탓에 일찌감치 등록이 끝나 그 일정을 변경할 수가 없는 형편이었다. 미국으로 떠나면서 이리스는 자기가 없는 동안 매일 한두 차례씩은 할머니를 찾아뵈라고 딸에게 당부했다.

"알았어요, 제가 엄마를 대신할게요."

이리스 젤린은 그 말의 이중적 의미를 미처 알아채지 못했다.

아주 흡족한 얼굴로 시리는 거울 속 상대를 가만히 바라보았다. 일란성 쌍둥이들은 이런 바꿔치기를 아마 수시로 하고 놀 것이다. 드디어 그녀도 이 놀이를 하게 된 셈이다.

이리스 젤린의 걸음걸이, 그녀의 몸짓과 웃음은 시리 몸에서 저절로 흘러나오니까 따로 연습할 필요도 없었다. 하지만 두 사람 목소리나 말투는 종종 다를 때가 있다. 그래도 시리는 이리스가 할머니와 이야기할 때 특유의 음성을 충분히 기억해냈다.

"엄마, 안녕! 좀 어떠세요?"

모든 가사의 두 번째 선율처럼 살짝 거칠고, 어딘가 짜증 느낌이 도는 음색을 섞어가며 시리는 할머니께 던지는 인사말을 연습해 봤다. 몇 차례 반복하니 곧 시리의 귀에도 손색이 없는 완벽한 이리스 젤린의 음색이 만들어졌다. 할머니는 거의 아무것도 볼 수 없을 정도로 시력이 떨어진 반면, 소리는 오히려 더 잘 듣게 되었다고 했다.

가짜 이리스는 오후 세 시, 할머니 병실로 들어서며 충분히 연습해 온 인사를 했다.

"엄마, 안녕! 좀 어떠세요?"

마침 이부자리 정돈을 마친 간호사가 힐끗 돌아보고는 바로 밖으로 나갔다.

할머니는 무척 놀라며 물었다.

"너, 미국에 가지 않았니?"

"엄마 때문에 여행을 취소했어요."

시리의 대답에, 카타리나 할머니는 휘둥그레진 눈으로 그녀를 바라보았다. 시리는 충분히 쌀쌀맞지 못한 음색 탓에 그만 정체가 탄로 나지 않았나 싶어 눈치를 살피며 머뭇거렸다.

카타리나 할머니는 감격에 겨운 듯 아무런 말도 하지 못하고 그저 시리의 손을 붙들고는 손가락으로 쓰다듬으려 했다. 이번에는 더 들통이 나겠다 싶어 얼른 할머니의 손길을 물리치고 자리를 떴다.

다음 이틀도 연속으로 같은 시간에 병원에 도착한 가짜 딸은 똑같은 방법으로 노인네를 놀려먹었다. 가짜 이리스는 온갖 이야기에 어머니 말이 옳다고 치켜 주었다. 예, 그래요. 엄마 말이 모두 옳아요. 여태껏 내가 이룬 성공은 모두 어머니 덕분이에요. 하지만 손녀딸에 대한 이야기는 삼가 입 밖에 내지 않았다.

시리가 할머니 병실에 세 번째 들른 날, 병원을 나서는데 담당의사가 손에 CD 한 장을 들고 쫓아오며 그녀를 불러 세웠다.

"잠시만이요, 젤린 선생님! 방에 들르시는 모습을 위층에서 잠시 봤는데 벌써 가시네요. 실례지만 저, 여기 내일 날짜로 사인 좀 해주실 수 있으실까요? 아내 생일이거든요."

의사의 요청에 시리는 얼른 고개를 숙인 채 제대로 대답을 못하고 끙끙댔다.

"아니…… 저."

의사는 멈칫 숨을 고르면서, 음반 표지의 사진과 앞에 선 여성의 얼굴을 번갈아 살피다 난감한 표정이 되고 말았다.

"이런 세상에! 이리스 젤린 선생님 따님이셨네. 이제 알아보겠어요. 어머님과 그만 혼동을 해버렸네요."

의사는 연신 미안하다고 했다.

"그래도 사인은 해드릴게요."

시리가 웃으며 대답했다.

"어머니 젤린과 딸 젤린이 거의 비슷해요. 심지어 사인도 비슷한 걸요."

안 그래도 당황한 의사는 조금 머뭇거리며 그녀에게 만년필을 건넸고, 시리는 이리스의 사진 위에다 이리스 젤린의 이름으로 사인을 했다.

약속했던 바와 달리 시리는 다음날부터는 병원에 가지 않았고, 전화도 받지 않았다. 이리스 젤린이 한 주 후 미국에서 돌아와 병원에 어머니를 찾아 갔을 때, 할머니는 다짜고짜 딸에게 욕을 하고 잔소리를 퍼부었다.

"네 안에 뭐가 들었니? 어쩌면 나를 그렇게 함부로 대할 수가 있어? 며칠은 빼지 않고 매일 오더니, 갑자기 코끝도 보이질 않고 전화도 받지 않으니 대체 어떻게 생겨 먹은 거야."

"내가 지난 주 무슨……."

이리스 젤린은 변명을 하려다 갑자기 나머지 말을 꿀꺽 삼켰다. 자기가 없는 동안 시리가 필경 무슨 장난을 쳤구나 싶은 생각이 퍼뜩 들어서였다.

드디어 시리가 본격적으로 그녀의 자리를 대신한 모양이었다. 이리스 젤린은 그런 점이 내심 기쁘고 대견스럽기까지 했다. 이리스는 방긋 미소를 애써 지우면서 병상의 어머니에게 심심한 용서를 구했다.

"내가 너무 바빴어요."

카타리나 할머니를 속여먹으려고 엄마를 흉내 내기 시작했던 그 음색은 이후에도 내게서 좀체 떨어져 나가질 않았어요. 짜증이 섞인 듯한 거친 느낌이 그때부터 엄마에게 하는 모든 말에 묻어 나갔어요, 마쌍.

닮은 점이 더 늘었으니, 엄마와 조금이라도 다른 사람이 되어 보려고 그토록 용을 쓰던 꼬마 시리에게는 정말 난처한 경험이었지요. 뭘 하든지 나는 점점 더 엄마를 닮아갔으니까요. 나, 아니 당신, 아니 우리를 둘러싼 외피에서 점점 더 빠져나올 수 없겠다 싶어서 정말이지 난감했네요.

몇 주 후 카타리나 할머니가 색전증으로 임종하셨지만 난 할머니 장례식에는 참석도 하지 않았어요. 괴물이라며 나를 저주한 할머니를 용서할 수가 없었어요. 하지만 지금 생각해 보면 할머니 말이 옳았어요. 우리, 아니 나 그리고 당신도 괴물이 되었으니까요. 쌍둥이 괴물.

엄마는 내가 할머니 병원에 가서 장난을 친 일에 대해 전혀 야단치지 않으셨지만, 나는 사실 된통 꾸지람을 기대했어요. 카타리나 할머니를 화나게 하려던 게 아니고 엄마를 상대로 도발해 본 거니까요. 하지만 엄마는 오히려 재미있다며 이렇게 물었지요.

"나한테 왜 미리 말하지 그랬어? 바꿔치기는 함께 작당을 해야 더 재밌는 건데. 다음번엔 누구한테 장난을 칠까?"

"크리스티안에게 해 볼까요?"

나의 대답에 엄마 얼굴은 금세 굳어졌어요. 억지웃음을 지으며 별로 좋은 생각이 아닌 것 같다고 엄마는 거기서 내 말을 잘라냈지요. 그런 다음부터 엄마는 나를 전과는 다른 눈으로 보기 시작했어요. 그때 처음 엄마는 나를 경쟁상대로, 나를 드디어 독립된 존재로 보게 된 거예요. 나는 비로소 엄마를 범하는 방법을 알게 되었고요.

크리스티안은 도저히 더는 이리스와 시리를 한 자리에서 편안히 마주할 수가 없었다. 어느 날 그는 무심결에 두 모녀의 외모를 비교하다가, 이리스가 아닌 시리가 자기 마음을 더 설레게 한다는 사실을 깨닫고는 속으로 무척 당황스럽고 한편 부끄러웠다. 잠깐이지만 그의 시선이 시리의 시선과 마주치자, 시리가 이미 그의 속마음을 꿰뚫어 보고 있다는 사실을 알아차렸다.

그 일이 있은 후 크리스티안은 시리를 보고도 거의 미소를 짓지 않았고, 이리스는 이를 의아하게 여기며 단도직입적으로 물었다.

"왜 시리에게 그렇게 갑자기 냉랭하게 굴어?"

"그냥 신경이 곤두서고 그러네. 시리는 나를 아버지처럼 좋아하고 따를 나이는 이미 훌쩍 넘긴 것 같아."

"내가 시리와 한번 이야기를……."

이리스가 거들어 보겠다고 말을 꺼내자, 크리스티안이 질색을 하며 말을 막았다.

"부디 그러지는 말아요. 내가 알아서 할게. 무엇보다 내가 여기 오는 횟수를 줄이고, 당신이 우리 집으로 와서 만나는 쪽이 낫겠어."

이리스도 수긍하고 그러마고 했지만, 마음이 가볍지는 않았다.

더 이상 선을 넘지 마

나너-너나 놀이는 그 파장이 심각할 수밖에 없다. 이런 바꿔치기 장난을 하다 보면 쌍둥이 자매는 나도 너처럼, 그러다가 언제라도 같은 남자를 사랑하는 경우가 생길 수 있다. 그러니 복제인간이라 겪게 되는 참혹한 일상에 대해 이리스 젤린, 당신도 겸허하게 눈을 뜰 필요가 있었던 거다. 하지만 당신은 갑자기 더 이상 선을 넘지 마, 내 남자는 건드리지 마, 그러면서 발을 빼고 안 하겠다니, 당신 탓에 결국 우리의 놀이는 거기서 끝나버렸다.

얼마 후 내가 야네 오빠와 함께 다시 교회 지붕 밑 이글루 같은 공간으로 기어 올라갔을 때, 내 외투 주머니에는 특별히 다음 내용의 소원 쪽지가 들어 있었다.

"나는 지금 사랑에 빠졌어요. 그도 나를 사랑해 주길 빌어요."

야네와 서로 소원을 보여주기로 약속한 탓에 크리스티안이라는 이름은 쓰지 않았다.

"그 복덩이가 대체 누굴까?"

야네는 몹시 궁금한 모양이었다.

"설마 나는 아니겠지?"

"멋대로 상상하지 마!"

내가 대답했다.

"지금은 아니어도 뭐, 나중에도 그러지 말란 법은 없는 거 아냐!"

킥킥대며 밀고 들어오는 그에게 시리가 정색을 하고 응수했다.

"그럼 어떡해, 나는 더 이상 진짜 오빠는 없는 거잖아!"

시리의 목소리가 워낙 진지한데다 배신에 충격 먹은 표정까지 짓자, 야네는 그녀를 팔로 감싸 안고는 자기는 결코 여동생을 향한 사랑에 허우적대는 일은 없을 거라고, 아주 엄숙하게 맹세하는 시늉을 했다.

이렇듯 소녀 시리가 부쩍 자라면서 어른으로 변모하던 시기, 이리스 젤린은 감탄에 감탄을 거둘 수가 없었다. 자신의 야심찬 계획이 착착 이루어지고 있기 때문이었다. 아무리 보아도 아름답고 건강한 자신의 딸이 최고의 피아니스트가 되는 출세가도로 꾸준히 매진하고 있었다. 까만 아저씨와 함께 진행하는 피아노 연습은 여전히 이들 쌍둥이 자매를 하나로 묶어 주었다. 게다가 음악을 통해서 스스로를 더 표현하고픈 갈증, 그리고 아름다운 울림을 함께 느끼려는 열망은 두 사람 사이의 불화까지 차단해 주었다.

두 사람이 이중주를 연주할 때면 이리스 젤린은 특히 지나온 날 모두 빠짐없이 옳고 또 옳았다는 점을 온몸으로 느끼곤 했다. 그럴 때면 자신의 딸과 그녀의 젊음까지도 진정으로 사랑할 수 있었고, 그럴 때면 자기도 더불어 젊어질 뿐 아니라 마치 여신이 되어 저 위에 서서 온 세상을 내려다보는 황홀한 느낌으로 영원한 삶이 계속될 것만 같았다.

하지만 어둠의 그림자 또한 이리스 젤린을 향해 가까이 다가오고 있었다. 다발성 경화증 탓에 더 이상 편안한 휴식 자체가 힘들었다. 시리가 열네 살이 된 이후로는 이리스의 발작이 부쩍 잦아졌고 고통도 더 혹독해졌다. 발작 끝에 오줌을 싸버릴 만큼 호된 통증에 시달리는 날

이면 이리스는 부쩍 늙어보였다. 이제 겨우 사십 대 중반이지만 그런 날은 아예 노파처럼 벌벌 떨며 몸을 가누기도 힘들 지경이었다.

사람들은 대개 거울을 보면서 보고 싶은 모습만 보는 경향이 있다. 살포시 미소를 지으면 다시 젊어지기도 하고, 얼짱 각도로 고개만 살짝 돌려도 자신이 원하는 젊은 여성으로 금세 변하기도 한다. 하지만 이리스 젤린이 제 쌍둥이 여동생을 보고 있자면 그런 착각의 여지가 모두 막히고, 이 살아 움직이는 자신의 거울은 오히려 부담스런 상대가 되었다.

그런 마음이 들기 시작하면 제2의 이리스 젤린이 생겼다는 놀라운 사실이 이리스 본인에게 위로는커녕 훨씬 더 모진 고문으로 다가왔다. 자기 몸이 더 괴로울 때면 하루가 다르게 꽃처럼 피어나는 젊은 여성과 마주치는 일도 더욱 고역스럽게만 느껴졌다. 게다가 시기와 질투는 자신을 더 비참하게 만들어버려, 이리스는 공연히 심술을 부리며 딸에게 모질게 했다. 특히 크리스티안에게도 트집을 잡으면서, 시리를 마주칠 때면 그의 눈에서 유난히 빛이 난다며 생떼를 썼다. 아무려면 그가 시리를 좋아하지 않을 이유가 어디 있는가? 이리스와 빼닮았으나 훨씬 더 젊고 하루가 다르게 더 예뻐지는 것을! 이런 질투 탓에 이리스의 머릿속은 점점 더 새까맣게 타들어갔다.

나도 자꾸 두 가지 감정으로 분열이 되곤 했어요. 내가 엄마와 닮아갈수록 나는 내 몸속 내가 더 낯설어지고, 나 자신은 그런 날 의심스런 눈으로 바라보곤 했어요. 그럴수록 나는 점점 더 엄마의 소유물이지,

나 자신이 아니었어요. 하지만 더 이상 나는 엄마의 대신이고 싶지 않은데, 나는 결국 엄마의 복제일 따름이니 다른 선택이 없고, 나의, 아니 당신, 아니 우리의 확정된 유전자 프로그램에 따라 그대로 성장하는 수밖에 다른 선택이 없는 거잖아요.

쌍둥이들은 영원히 서로 다툴 수밖에 없다는 괴이쩍고 오래된 속설도 있어요. 둘은 각각 밝음과 어두움의 화신이라 하고, 선과 악이 대결하는 상징이라고도 하잖아요. 그래서 이들을 특별한 존재로 추앙하는 종교도 제법 있지요. 쌍둥이는 또 불행도 행운도 가져올 수 있다는 속신(俗信)이 있어, 그중에 좋은 기운만 발휘하라고 뭐든 넘치게 대접하고 최대한 기분을 맞춰주려는 거래요.

하지만 나는 이미 어린아이가 아니어서, 누가 어떻게 해 준다고 기분이 달라질 수는 없는 형편이었어요. 쌍둥이 섬에 다 큰 여자 둘이 함께 살려니, 거기가 너무 비좁아 그렇게 되었을 수도 있어요. 우리의 쌍둥이 섬에서 내가 입는 얼룩덜룩 의상은 전투복이 된 셈이니 평화롭던 시절은 옛이야기가 된 거였지요.

이리스 젤린, 당신의 생명줄은 점점 하강하는데 내 것은 상승하던 상황이었어요. 그 둘이 만나는 곳에서 격돌이 빚어질 수밖에 없었던 거죠. 이제 더는 나너, 너나가 아니라, 나 아님 너, 너 아님 나로 서로 갈리고, 게다가 난 어른이 되는 문턱에 도달했으니 우리는 서로 찢겨 나갈 수밖에 없는 시간이 된 거였어요. 내가 모든 걸 파악했으니 양 갈래로 나뉘는 길에 우리는 도착한 셈이었어요.

첫 번째 청소년기
불협화음

영어로 'I feel blue.'라 하면 슬프단 뜻이다. 그런데 독일어에서 똑같이 'Ich bin blau.' 내가 파랗다고 하면, 술에 취해 정신이 멍하다는 뜻도 된다. 이렇듯 파란 빛깔은 서로 상이한 뜻이 있다.

말로는 똑같이 파란 빛깔이라고 해도 이리스 젤린에서 시리 젤린을 만들어낸 실험실의 푸른 불빛은 으스스하고 차가운 반면, 지중해의 여름 짙푸른 하늘이나 이탈리아 카프리 섬 동굴처럼 눈부시게 경쾌한 빛깔도 있다. 청사진처럼 찍어내는 복제 역시 비슷한 양면이 있다. 뭐든 함께 나누는 쌍둥이 자매나 형제의 온기처럼 따뜻함이 있지만, 현실은 결국 그 모두 냉혹한 계산일 뿐이니 무한 사랑과 지독한 증오가 공존한다.

미국의 블루스는 노예들이 해방과 자유를 꿈꾸며 만들어낸 음악 장르였다. 나도 마찬가지였다. 나는 그녀의 복제일 따름이지 진정한 쌍둥이였던 적이 결코 없었다. 이런 사실을 난 열다섯 살에야, 쌍둥이들의 동호회 행사에 가서 처음으로 알게 되었다.

쌍둥이들의 무도회

시리는 그녀의 어머니에게 주말에 야네 오빠와 바닷가에 가서 놀고 오겠다고 이야기했다.

다음 학기부터 함부르크 대학에 가서 법학 공부를 하게 된 야네가 마침 천장에 창문이 달린 썬루프 중고차 한 대를 사자, 시리는 자기를 해안 마을 디버른으로 데려다 달라고 했다.

"거길 꼭 가려는 이유가 뭐야? 행사 슬로건이 뭐라 그랬지?"

시리가 자동차에 올라타자 야네가 다시 물었다.

"젓가락 두 짝이 똑같아요! 뭐 그런 거."

야네가 웃음을 터뜨리며 비아냥거렸다.

"허, 무슨 제목이 그런 노잼이냐? 정말 자괴감 드네."

"오빠는 안 들어가도 돼. 뭐 하고들 노는지 나만 살짝 보고 올게."

"뭐 하고들 논다고?"

야네가 다시 물었다. 시리는 어깨만 한 번 들썩이고는 아무 말도 하지 않았다.

디버른에 도착해 해안 쪽 작은 펜션에 싼 방을 하나 잡은 야네는 다시 시리를 차에 태워 중심가에 있는 군청에 데려다 줬다. 행사장 입구에 큰 글씨로 '제1차 국제 쌍둥이 대회'라 써진 현수막이 걸려 있었다. 유리 출입문이 열려 있어, 밖에서도 좌우 양쪽에 줄 세워진 꽃병들이 훤히 보였다. 시리는 안으로 들어가다 잠시 고개를 돌려 멀리 야네 오빠에게 눈인사를 했다.

시리가 참석자 명단에 등록하자, 담당 직원이 쌍둥이 자매 이리스는 나중에 도착하는지를 확인했다.

"감기가 독하게 걸려 참석을 못 하게 됐어요."

시리가 거짓 핑계를 댔다.

"아쉽네요. 내일 행사 중 가장 중요한 대회에 참석을 못 하겠어요. 제일 똑같은 쌍둥이를 뽑거든요. 일란성 쌍둥이시죠?"

직원의 질문에 시리가 답했다.

"우린 젓가락 두 짝이 아니라, 딱 붙어 하나가 된 포크로 보시면 돼요!"

시리의 엉뚱한 대답에 신이 난 직원은 계속 설명했다.

"우와, 장난 아니시네! 그럼 위트 자랑에 참가하세요. 쌍둥이 최고의 유머를 뽑는 시간도 있어요."

시리가 행사장으로 들어가자 군수님께서 막 환영사를 시작했다. 시리는 더 안으로 가고 싶었지만, 사람이 꽉 차서 움직일 수가 없었다.

"요즘은 쌍둥이가 대세인 시대입니다."

연단에서 군수님은 좀 엉뚱한 격려를 늘어놓으셨다.

"쌍둥이는 아마도 우리 고독한 현대인들에게, 새로운 가능성을 열어주는 시대정신이라고 생각하는 바입니다. 정보통신과 영상매체의 홍수 속에서 점점 독신으로 살아가거나 결혼해도 외동이나 하나 낳고 사는 현대인들은 그럴수록 더 안전과 공생을 추구하게 마련입니다. 이제 정녕 나 혼자의 시대는 저물고, 우리 둘의 시대가 오고 있습니다. 이는 비단 저만의 생각이 아니라, 사회학자와 문화비평가들의 새로운 주장이올시다. 오늘 여기 이 '우리 둘'의 새로운 시대를 대표하는 분들이 모이셨으니, 자리에 함께 하신 모든 쌍둥이와 부모님들을 격하게 환영하는 바입니다!"

군수님은 다들 활짝 웃고 있는 얼굴을 찬찬히 둘러보셨다. 대개 쌍둥이로 보이지만, 가끔 세 쌍둥이도 눈에 띄었다. 그들은 음료를 손에 들고 쌍둥이 자매나 형제 혹은 가족과 떠들고 있어, 어색하고 멋쩍은 얼굴로 서 있는 열다섯 살 소녀의 존재는 거의 드러나 보이지 않았다.

시리는 쌍둥이들이 모인 이유가, 자신들이 이 사회에서 예외적인 존재가 아니라 나름대로 고유한 규범이 되기 위해서라는 사실을 알게 되었다. 하지만 이 낯선 세계에서 자신은 더욱 외톨이라는 느낌이었다.

진행 순서에 따라 '편하게 인사하고 서로 사귀기'를 마친 다음, 무대 위에서는 두 살부터 일흔다섯 살에 이르기까지, 각 연령별 단체 촬영이 이루어졌다. 주최 측 남자 하나가 이제 드디어 열다섯 살 쌍둥이 차례니까 시리도 무대에 오르라고 강권했으나, 쌍둥이 언니가 함께 안 와서 사진을 찍을 수 없다며 그녀는 극구 사양하였다.

사진 촬영이 끝난 후에는 마술쇼가 이어졌고, 다음은 쌍둥이 자녀를 둔 부모들이 아이들 옷가지며 쌍둥이 전용 유모차 등을 교환하는 휴식 시간이었다. 초상화 작가 하나는 여기 온 수많은 쌍둥이의 얼굴을 스케치하고 있어, 시리는 그 모습을 오래도록 관찰하였다. 곧이어 쌍둥이 연구자의 특강이 시작된다는 안내가 있자, 사람들은 다시 떼 지어 들어왔다.

"이런 상황 한번쯤은 겪어보셨을 겁니다."

덥수룩한 수염의 연구자는 연설대에 몸을 기대며 이야기를 시작했다.

"무심한 얼굴로 시내를 활보하는데 갑자기 생면부지 아가씨 하나가 달려오더니, 반가워 죽겠다며 끌어안아요. 보통 사람에게 이런 일이 벌어지는 일은 거의 없겠지만, 당신이 만약 유명 연예인과 닮았다면 언제라도 벌어질 수 있는 일이죠. 그리고 당신이 일란성 쌍둥이여도 그런 일은 이따금 벌어집니다."

연구자 말에 동의하는지 연회장 여기저기서 수군거리고 또 킥킥대는 사람도 제법 많았다.

쌍둥이 연구자는 발언을 이어갔다. 쌍둥이들은 동시에 서로에게 전화하느라 서로 통화 중 신호를 받는 일도 흔하다는 얘기를 했다. 그리고 이들은 한날한시에 똑같은 외투를 사 입었던 경우도 종종 있다고 얘기하자, 사람들이 여기저기서 고개를 끄덕였다.

하지만 이런 류의 소소한 사례는 얘기꺼리도 못 된다면서, 본격적인 쌍둥이 연구로 들어가면 앞에서 자기가 얘기한, 잠시 웃고 넘길 그 정도 일화와는 차원이 다른 국면들이 드러난다고 먼저 밑밥을 깔았다. 그의 음성은 점점 더 우렁차고 심각해졌다.

시리는 뒤죽박죽 혼란스런 꿈에 빠진 느낌에 어지러웠다. 출구를 찾아 밖으로 나오려고 인파를 헤집고 간신히 몸을 빼는 중 띄엄띄엄 강연 내용이 귀에 들어와서 박혔다.

"유전적인 요소 말고도 한편으로는 환경적인 요소가…… 피부암이나…… 지적인 능력도…… 유전자 타입에 환경적 요소가 영향을 끼쳐…… 실제 용모를 결정짓는 표현 형질에…… 불안증을 일으키는 유형 역시 유전적 기반에 근거……"

도대체 문은 어디 있는 거야? 활기찬 박수로 사람들이 환호하기 시작하자 시리는 더욱 더 정신이 혼미하고 속이 메스꺼워 혼절할 것만 같았다. 너도 나도 그녀를 붙들려 작정을 한 듯 박수를 치고 팔을 흔들며 춤을 추는 것 같았다. 앞을 가로막는 인파를 뚫고 어떻게든 문을 향해 몸을 움직였다. 똑같은 눈 네 개가 그녀를 쳐다보고, 똑같은 코 두 개가 함께 냄새 맡고, 똑같은 입 두 개의 똑같은 말이 메아리로 돌아오자, 다음 이야기들이 사방에서 출렁거렸다.

- 우리 쌍둥이 언니 죽으면, 난 혼자서는 한 달도 견딜 수 없어 따라 죽을 거예요.
- 언제나 사람들이 우릴 혼동해, 신생아실에서부터 늘 그러고 살았어요.
- 우리는 일흔다섯 해 동안 줄곧 함께 살았는데, 단 한 차례도 다툰 적이 없어요.
- 똑같은 아이 둘이 갑자기 생긴 거예요. 어찌나 놀랐는지 몰라!
- 우리는 또 다른 쌍둥이들과 합동결혼식을 할 수 있음 정말 좋겠어요.
- 왜 쌍둥이들이 서로 다른 옷을 입고 다니는지, 난 정말 이해할 수가 없어요.
- 우리 쌍둥이 언니와 나는 아이도 같은 날 낳았어요.

다음 프로그램으로 토크쇼 '쌍둥이의 일과'를 예고하며, 그 사이에 록 그룹 '쌍둥이와 메탈 소년단'이 '쌍둥이들의 무도회'를 연주한다는 안내 방송이 이어졌다. 록 음악이 시작되기 직전 바깥으로 간신히 빠져나온 시리는 숨을 가다듬고 이제 다시 혼자가 되었다. 웅성대는 소음과 시끄러운 웃음소리는 활짝 열린 문밖으로도 크게 울렸다. 시리는 온몸이 얼얼한 상태가 풀리지 않아, 쌍둥이 화가들의 작품이 전시된 복도 벽을 두 손으로 짚어가며 걸음을 옮겼다.

거기서 본 어느 쌍둥이 예술가의 사진 작품을 잊을 수 없어요. 옷걸이 두 개에 미국 농구팀 시카고 불스 마크가 박힌 빨간 운동복을 입혀 함께 세워둔 사진이었어요. 상의에 달린 후드의 빈 공간이 마치 시신들 얼굴 같은데 퀭한 눈으로 날 응시하고 있었어요. 그런데 왼쪽 바지는 오른쪽 다리가, 오른쪽 바지는 왼쪽 다리가 없는 거예요. 쌍둥이 둘이 손을 잡고 의지해야 두 개의 다리가 되어 비로소 걸음을 뗄 수 있는 구도였어요.

그 사진을 들여다보면 볼수록 이리스 젤린! 난 드디어 나, 아니 당신, 아니 우리의 상황이 더욱 명료하게 이해되었어요. 똑같은 옷가지를 걸쳐 입은 이 외발 인간 둘은 우리와 똑같은 방식으로 서로에게 기대고 의존하는 관계였어요. 하지만 당신은 내게서 다리 한 짝뿐 아니라 팔도 하나 잘라 버렸잖아요. 당신은 모든 걸 다 갖고 있고 난 아무것도 가진 게 없었잖아요.

그날 행사에 온 쌍둥이 자매와 형제들은 모두 진짜로 하나였어요. 둘이 함께 자유롭거나 둘이 함께 그렇지 않았어요. 진짜 쌍둥이는 처음부터 함께 생기니까, 하나가 없이는 나머지도 살 수 없어요. 하지만 내가 기억하는 한 우리는 전혀 하나가 아니었어요. 당신은 원본이고 난 복제잖아요. 당신이 나를 만드셨고, 당신 혼자 힘을 가졌어요. 당신이 없었다면 나는 존재할 수조차 없었고요. 나는 그날 행사에 끼어들 수 있는 사람이 아니었어요.

나는 쌍둥이들 고유의 정서에 주눅이 들어 버티고 서 있을 힘도 없었기에, 결국 거기서 쫓겨난 셈이었어요. 오히려 그게 다행이었던 게, 그렇지 않았다면 아마도 복도에 걸려 있던 그 빨간 운동복 사진을 볼 수 없었을 테니까요.

쌍둥이들 주말 행사를 다녀온 이후, 이리스 젤린을 향한 시리의 시선은 몹시 달라져 아주 냉혹한 눈빛으로 변해버렸다. 지난 몇 주일 간 자신이 얼마나 모질게 변했는지 심지어 그녀 스스로 느껴보고자 했다. 이리스 젤린은 포크를 잡아 음식을 입으로 옮기면서도 이따금 손을 떨었다. 입술 사이로 음식을 흘리고, 툭하면 커피를 쏟기도 했다. 자리에서 일어서려면 의자 등판을 잡아야 했고, 몇 계단 내려갈 때는 몸이 떨려 손으로 벽을 짚어가며 간신히 걸음을 옮겼다. 그러느라 하얗던 벽지가 시커메져 버렸다. 시리는 화장실의 열린 문 사이로, 자기 어머니가 시간이 좀 걸릴 미팅을 앞두고서 기저귀를 차는 모습을 치욕스레 바라보았다.

이리스 젤린의 아름답던 곡선의 필체도 자꾸 각이 지고 삐뚤빼뚤해졌으며, 오선지 위에 마치 인쇄한 것처럼 완벽하게 그려 넣던 음표도 점점 모양이 일그러지고 균형을 잃어버렸다. 그토록 서글픈 모든 현실이 이리스 젤린과 자신을 구분하는 차이가 되었으므로, 시리는 이게 오히려 더 좋은 일처럼 느껴졌다. 이리스의 질병이 두 사람의 차이를 자꾸 벌리니 시리에게는 그게 행운처럼 여겨지기도 했다. 병마에 시달리며 이리스는 급속히 노화되었고, 시리는 점점 생기가 돌고 활짝 피었다.

시리는 이리스 젤린에 대한 연민조차 흐려지는 느낌이었다. 그걸 밀어내는 감정이 도대체 무엇인지, 본인조차 알 수 없었다. 지금 그녀가 이른 곳은 대낮의 감각은 물론이고 한밤중 꿈속에서도 허우적거림을 멈출 수 없는 감정의 무인도 같은 곳이었다.

아름다운 파란 나비

어렸을 적 내 방에는 나무로 된 작은 진열장이 하나 매달려 있었는데, 그 안에는 영롱한 빛깔의 파란 나비 한 마리가 들어 있었다. 이따금 이 나비가 짙푸른 날개를 활짝 펴고 하늘을 나는 걸 바라보는 꿈을 꾸었다.

그에 비해 내 신세는 꼬무락대는 뚱뚱 애벌레, 나비가 되려면 더 많이 기다리며 몸집을 키워야 했다. 머리 위로 윗도리를 벗어 올리듯, 이 벌레도 그렇게 허물을 벗어버린다. 하지만 여러 겹을 벗어버려도, 이 벌레는 제 한 몸 눕히고 쉴 수 있는 고치조차 짓지 못했다. 있는 대로 힘을 쓰고 기력이 딸리니 거기서 그냥 비틀거렸다.

나는 그토록 아름다운 파란 나비로 변신을 하지 못한 채, 온몸이 쭈

그러들고 말라붙은 애벌레처럼 결국 그렇게 최후를 마칠 것만 같았다.

절망에 허우적대던 시리는 마치 그 사진 작품의 운동복들처럼 어떻게든 제 몸 기댈 뭔가를 찾아 고군분투했던 것 같다. 하지만 당시는 복제인간이 워낙 드물어서, 그들이 자기 스스로를, 또 그들이 살아야 하는 이 세상을 제대로 이해하도록 도움을 줄 수 있는 문헌, 혹은 그를 도와 줄 전문 인력이 전혀 없었다.

그래서 무력감에 빠진 채 쌍둥이에 대한 자료라도 닥치는 대로 구해 찾아 읽으며, 최소한 그 많은 쌍둥이 중 하나라고 자신을 이해했다. 하지만 그런 자료를 찾아서 읽으면 읽을수록 복제인간은 인공수정을 통해 시험관 아기로 태어나는 일란성 쌍둥이와는 그 본질이 전혀 다르다는 사실만 분명해졌다. 더욱이 이런 고약한 차이에 대해 어떤 책을 읽어 봐도 그런 개념 자체가 나오지 않아, 점점 더 미궁으로 빨려드는 느낌이었다. 그러던 어느 날 이와는 아무 상관없는 기사를 읽다가 시리는 단박에 이게 바로 복제인간의 실체를 설명하고 있다는 사실을 깨닫게 되었다.

사랑은 한 몸이던 제 짝을 찾아가는 것

복제인간에 대해 정말 개뿔도 모르는 인간들이 모든 걸 너무도 단순하게 생각한 탓이었다. 그들의 엉터리 계산에 따르면 복제인간은 그저 일란성 쌍둥이일 뿐이다. 이렇게 단순무식한 생각이 그토록 오래도록 당연하게 여겨진 건 진짜 미치고 팔짝 뛸 일이었다. 쌍둥이가 문제될 게 없으니까, 복제인간도 문제될 게 없다는 얘기였는데, 이건 정말 해괴하고 어처구니가 없는 논리다. 쌍둥이가 자연의 섭리이니, 인간도 그걸 할 수 있게 내버려 두자는 엉터리 셈법이었다.

복제인간이 일종의 쌍둥이라는 이 아둔하고 괴상망측한 공식을 그럴 듯하게 꾸민답시고, 그들은 황당한 논거까지 동원시켰다. 현대인의 자아는 어차피 분열 상태인데다, 이제 더 이상 스스로를 지킬 근거 또한 없으므로 같은 인간이 둘이어도 무방하다는 억지 이야기였다.

어느덧 통속적으로 쓰이게 된 복제라는 말은 이제 하나의 의료기술을 뜻할 뿐이니, 어떤 편견이나 세태와 상관없는 가치중립적인 용어라고 믿게 되었다. 하지만 나는 그 본질을 제대로 이해시키기 위해, 그 차이를 확연히 드러내는 용어들을 만들어 저들의 무지몽매함을 결단코 깨부숴 버리고자 한다. 부디 더 이상 우리 같은 사람들을 두고 '복제' 혹은 '복제인간' 같은 표현은 삼가시라! 그건 사람의 새끼도 마치 병아리나 오리 새끼처럼 그렇게 강제로 부화시킨 결과로서, 절대로 있어서는 안 될 정말로 어처구니없는 일이기 때문이다.

이 사안의 본질은 사람을 강제로 생산한다는 점이다. 그건 도덕적으로 추잡스럽고 또한 피해자들의 고통이 동반된다는 점에서 성폭력과 대단히 유사하다. 두 경우 모두 피해자들은 자신에게 무슨 일이 벌어졌는지 이해하기까지 상당한 시간이 걸린다. 이 둘의 더 닮은 점은 가해자들이 신뢰를 담보로 피해자를 착취하지만, 이들은 완전히 자존감을 상실한 채 가해자를 오히려 사랑한다는 점이다. 그리고 이들은 세상과 단절하고 또래 친구들과 담을 쌓는다.

이는 나 자신의 경험이기도 하다. 이런 일이 발생했다는 것 자체가 수치스러워, 가능한 한 그에 대해 침묵하게 된다. 어떤 이들은 자신의 몸을 혐오하고, 더한 경우는 죽음에 이를 만큼 거식 증세를 보이며 스스로 허물어진다. 어느 날 정신을 잃고 피아노 건반에 머리를 처박았던 나와 똑같이, 폭력의 피해자들은 도와 달라고 비명을 질러보지만 재갈이 물린 듯 입 밖으로 그 소리가 나가지 않는다.

나 같은 피해자 입장에서 복제는 강제적 잉태의 결과이다. 이는 성폭력에 비견되는 출산폭력으로 보는 게 옳다. 이렇게 표현해야만 비로소 모티머 G. 피셔 교수도 이 사태의 진실을 이해할 수 있을 것이다. 그러니 복제와 관련해 제발 사랑 어쩌고 하는 소리는 집어치워야 한다. 물 위에 비친 자신의 그림자를 보고 사랑에 빠졌다는 나르시스가 연모한 상대는 세상을 떠난 쌍둥이 누나였지, 최소한 자기 자신을 숭배하거나 사랑한 건 아니었다.

복제인간을 출산시킨 출산 폭력의 가해자들, 그들은 남성도 아니고 여성도 아닌 제3의 성(性)이라고 볼 수 있다. 옛날 옛적 고대 그리스 사람들은 이미 그 존재를 알고 있어, 사랑의 신 에로스의 신화를 남겨 두었다. 거기에는 여자와 남자, 둘 사이에 생겨난 사랑의 유래가 담겨 있다.

신화에 따르면 여자와 남자는 원래 한 몸이었다. 손이 네 개, 발도 네 개, 얼굴은 두 개에 몸집이 동글동글한 이 자웅동체는 자유자재로 몸을 구르며 아주 날렵하게 움직이는 존재였다. 이 강력한 제3의 성

(性)은 모든 능력이 출중하고 기운이 넘쳐서 하늘로 가는 문으로도 밀고 들어가 신들을 공격할 태세였다. 제우스 신은 이런 돌발사태를 예방하고자 이들을 반으로 쪼개 여자와 남자로 떼어내니, 이들 반쪽짜리 인생은 서로 자기 몸의 반쪽을 찾아 헤매느라 도무지 정신을 차리기가 힘들었다. 이렇게 제 짝을 찾아 헤매는 원천이 '에로스' 즉 '사랑'이었다. 그러니까 사랑은 한 몸이던 제 짝을 찾아 원래의 자연 상태로 돌아가는 것, 둘이 다시 하나가 되려는 노력이다.

하지만 복제를 행하는 자들은 사랑의 힘으로 움직이며 뭔가를 합치는 일과는 정반대로, 끝없이 쪼개고 나누는 짓거리를 벌이고 있다. 그들은 하나에서 둘이나 넷, 혹은 여덟 조각을 만들어내는, 이 시대 제3의 성(性)인 셈이다. 이들은 여전히 신을 능멸하면서 자기들 스스로 창조주 노릇을 맡으려 한다.

이리스 젤린이 그렇게 했다. 어머니와 딸과 거룩하신 유전자 정신의 이름으로, 내 모습을 빼닮은 인간 하나를 만들라. 그 잔혹한 출산의 폭력을 통해 나, 시리는 이 세상에 온 것이었다.

이렇게 사안을 면밀히 분석하고 개념의 오류들을 분별해 보니, 비로소 내가 누구였는지 그 정체가 확연해졌다. 그렇게 복제의 의미를 온전히 이해하니 한결 마음이 가라앉고, 그게 진정한 힘이 되어 나는 생전 처음 어머니를 극복하는 자리로도 오를 수 있게 되었다. 더 이상 혼절하지 않게 되었고, 더 이상 내 몸을 혐오하지 않게 되었으며, 나 자신이 진정 아름답다고 긍정하므로 차츰 그렇게 느낄 수도 있게 되었다. 이게 누구의 죄였는지도 분명해졌고, 드디어 내 어머니와 그녀의 막강한 힘을 제대로 혐오할 수 있게 되었다.

　내가 어디를 가거나 가고자 하는 곳마다 그녀는 끊임없이 내 앞에 나타나 길을 막았고, 크리스티안에게 가는 길에도 역시 그랬다. 장애물이 계속 나타나면, 그건 어떻게든 제거해야 내 앞길을 갈 수 있는 것이다. 이리스 젤린이 없이는 나도 없다고 믿었는데, 그녀가 없이도 나는 홀로 이렇게 잘 지낼 수 있는 것이다.

　복제에 대해서 이만큼 생각이 명료해지고 논리가 분명해지니, 나는 그들에게 죽음까지 명령할 수 있게 되었다. 이리스 젤린, 당신을 처단하는 게 나로서는 살인이 아니라 자살이라, 그에 따른 처벌도 있을 수 없다. 범행에 쓰인 무기에 남은 지문도 당신 것과 동일할 테니 굳이 나를 그 사건에 끼워넣을 도리가 없다. 완전범죄란 이런 것이다.

　이토록 과격한 살해 욕망에 나 스스로 기겁한 탓이었던지, 이후 몇 주 동안 나는 아무런 영문도 모르는 내 어머니를 오히려 마음을 다해 돌봐 드렸다.

어느 날 이리스 젤린이 음악전문 출판사 대표와 저녁 약속이 생겨서 매니저인 토마스 베버와 함께 외출한 사이 크리스티안이 전화를 했고, 이를 시리가 받게 되었다.

　"나예요, 이리스! 오늘 집에 왔는데, 우리 언제 볼까요?"

　"크리스티안, 정말 보고 싶었어."

　시리는 아무런 망설임 없이 바로 이리스인양 대답을 했다. 이따금 그렇게 어머니 전화를 대신 받은 적이 있어, 상대를 감쪽같이 속이는 목소리를 낼 수 있었다.

그래서 오는 토요일 오후 다섯 시, 시리는 야네와 외출을 한다니 그 무렵 집으로 올 수 있겠냐고 크리스티안에게 물어보았다. 그리고 현관 열쇠는 갖고 있으니 자신은 침실에 누워 기다리겠다고 했다. 닷새 동안 기다리다 아무래도 목이 빠질 것 같지만 정말로 빠지지 않고 목이 붙어 있다면 토요일 저녁 바로 달려가겠다고, 달콤하고 그윽한 목소리로 크리스티안이 답했다. 그리고는 사랑한다고 말하자, 시리는 갑자기 가슴이 뛰고 뱃속이 울렁거렸다.

전화기를 내려놓는 시리의 손이 몹시 떨렸다. 거짓말을 하는 자신이 부끄럽기도 했지만, 한번은 겪어야 할 일이라고 생각했다. 혼란을 가라앉히느라 까만 아저씨 앞에 앉아 오래도록 피아노를 두드리며 마음을 진정시키고, 마치 이리스 젤린에 빙의라도 된 듯 자기가 완벽하게 연기를 해냈다고 생각하니 언짢던 기분도 많이 풀렸다.

하지만 이튿날부터 시리는 초조하고 불안해서 어쩔 줄을 몰랐다. 마냥 기쁘고 즐겁기만 했던 마음에, 특히 전화벨이 울리면 크리스티안의 전화일까 두려워 가슴이 쿵쿵거리고 정신이 혼미해졌다. 더욱이 이리스 젤린과 눈이 마주칠 때면, 뻔뻔스레 그녀를 속이고 있다는 마음에 얼굴이 후끈 달아올랐다.

"혹시 감기 걸린 거 아니니?"

이리스는 걱정스런 얼굴로 딸을 보며 물었다.

"열이 있는 거 아냐?"

딸의 이마를 짚으며 이리스가 걱정하자, 시리는 고개를 돌려 몸을 피하며 투덜거렸다.

"괜히 얼굴에 열이 나고 그러네. 사춘기 대신 갱년기가 오나 봐요."

이리스가 재밌다고 웃으며 다시 물었다.

"엄마는 뮌헨에 가야 하는데, 정말 혼자 있어도 괜찮겠어?"

"괜찮다니까요. 아픈 거 아녜요."

잠자리에 누워서도 시리는 토요일 생각만 했다. 이리스 젤린이 뮌헨 녹음실에 가서 젊은 연주자와 만나, 그녀의 작품 중 몇 곡을 골라새로운 CD 제작을 위해 연주하고 녹음하는 동안 크리스티안은 시리와 있을 것이다. 이리스 젤린이 뮌헨에서 자기 음악을 듣느라 정신이 없을 동안, 시리는 드디어 크리스티안과 사랑을 나눌 것이다. 이제 그녀는 드디어 처음으로 한 남자와 진짜 사랑을 나눌 것이다. 밤낮 꿈속에서나 만나던 그 사랑이 실제로 이루어지길, 꿈처럼 아름다운 사랑이 이제 드디어 실현되길 시리는 간절히 고대했다.

위로조차 없는 사랑

침실이 많이 어두웠지만, 그리고 내가 엄마 향수를 뿌리고 설사 엄마 가운을 걸쳤다 해도, 처음부터 그는 이상한 점을 모르지 않았을 거예요. 내 몸을 더듬고 내 입술에 키스할 때 그는 내 가슴을 쓰다듬으며 간절히 원했어요. 나는 피부가 빳빳해지고 몸이 굳을 만큼 긴장했지만, 뜨겁게 타오르는 상대가 나라는 사실을 그는 분명히 알아차렸어요. 더 어리고 탄탄한 이리스, 당시 그는 오로지 날 원했어요. 분명히 그는 당신보다 날 더 좋아했어요. 그건 정말 확실해요. 너무도 간절한 눈빛으로 날 바라봤거든요. 하지만 더는 용기가 없었던 거죠. 그토록 황홀하게 키스를 퍼부어대다 내가 침대로 유인하자 돌연 나한테서 벗어나 불을 켰어요.

"시리, 이건 정말 아닌 것 같다."

그의 태도가 갑자기 바뀐 거예요. 내가 그를 얼마나 사랑하는지, 몇 번을 더 이야기하고 사정해도 그는 아무 대답도 없이 고개만 흔들었어요.

"오늘 저녁 일은 완전히 잊도록 하자."

그가 먼저 타협을 청했어요.

"그럼 나도 이리스에게 아무 얘기도 하지 않을게."

하지만 그는 다시 내 입술에 달콤하게 키스했어요. 그게 모두 이리스, 당신 탓이었어요. 내 사랑도 당신 탓에 박살난 거예요. 나랑은 키스도 못하게 당신이 막은 거예요. 당신은 그를 독점하고, 누구와도 나누지 않으려 했어요. 내게는 첫사랑조차 당신은 용납하지 않은 거예요. 당신도 그 대가를 치러야 한다고 생각했어요.

나는 크리스티안에게 다시는 우리 집에 오지 말라 했어요. 만약 다시 온다면 나를 침대로 끌어들이려 한 아주 뻔뻔한 인간이라고 엄마한테 이를 거라고요. 그리고 이렇게 내뱉었어요.

"내 말을 들으면 엄마는 당신을 쫓아낼 거예요. 그렇게 하나 안 하나 두고 보세요. 엄마는 당신이 나를 바라보는 눈길을 이미 알고 있어요. 그러니 그냥 떠나요!"

크리스티안은 나를 보며, 내가 진짜 그런 마음이라는 걸 알아차렸어요. 그가 뭐라고 말을 꺼내려 했으나, 나는 아무 말도 하지 못하게 했어요.

"이 비겁하고 불쌍한 인간!"

나는 그렇게 욕을 해주고, 당신의 가운을 걸쳐 입고 방을 나왔어요. 아주 천천히 계단을 밟으며 아래층으로 내려 왔지만 그는 따라오지 않았고, 다시는 내 팔을 잡아주지도 않았어요. 내 방 침대에 누워 기다렸으나, 얼마 후 드디어 그의 발소리가 들려 가슴이 뛰고 설레었으나, 그 소리는 점점 멀어졌어요. 곧 현관문이 닫히는 소리가 났고, 실망한 나는 울음이 터져나와 베개를 두드리며 화풀이를 하고 실컷 울었어요.

다음 날부터 몇 주가 넘도록 벨 소리만 울리면 난 쏜살같이 전화기를 향해 달려갔어요. 하지만 크리스티안의 달콤한 목소리는 이후 한 차례도 못 들었어요. 누구에게도 내 속을 털어놓을 수 없고 그래서 위로조차 받을 수 없을 때, 사랑의 상처는 더 지독하게 아리잖아요.

시리는 어머니와 마주 앉을 때면 종종 그녀와 크리스티안이 사랑을 나누는 장면이 떠올라 괴로웠고 더욱이 그런 생각을 하는 자신이 역겹게 느껴졌다. 하지만 그 생각이 당최 머리에서 떨어져 나가지 않았다. 모녀는 이제 한 남자를 두고 다투는 연적이 된 셈이었다.

"꼭 사랑의 열병을 앓는 사람 같네? 혹시 누굴 짝사랑이라도 하니?"

저녁밥을 먹다 이리스가 문득 딸에게 물었다.

"누굴 사랑해요, 야네 오빠랑 나는 언제나 평행선 남매 사인데!"

"그럼 누구, 새로운 사람이 나타난 거야?"

이리스는 시리를 떠보려 했으나, 시리는 시큰둥하게 되받아쳤다.

"어떻게 그걸 다 아셨어요?"

내가 원한 건 당신의 몰락

우리가 함께 좋아했던 오페라 중에 리하르트 바그너의 <니벨룽의 반지>에 나오는 <발퀴레>가 있지요. 제1막에서 지클린데는 한눈에 반한 남자가 쌍둥이 오빠 지크문트라는 사실을 알고 환호하는 노래를 불러요.

"당신을 처음 본 순간, 당신이 내 사랑인 줄 한눈에 알았어요."

이 노래가 시작되면 엄마는 내 손을 꼭 잡았어요. 그 음악이 워낙 아름답고 감동적이라 나도 엄마처럼 눈물이 그렁그렁 맺히곤 했어요.

지크문트와 쌍둥이 여동생 지클린데는 숲에 들어가 사랑을 나누니, 이는 천륜에 어긋나는 일이었으나, 그들 사이에 사내아이가 하나 태어나지요. 쌍둥이 사이의 근친상간으로 태어난 아이 이름은 지크프리트, 그의 탄생은 신들의 몰락을 예고하는 사건이었죠. 늙은 신들은 점점 힘을 쓸 수가 없고, 그들의 법규 또한 무용지물이 되는 거예요.

자신을 복제시키는 행위는 출산 폭력일 뿐만 아니라 유전자의 근친상간이며, 감정의 근친상간이기도 해요. 그래서 우리 복제인간들도 지크프리트처럼, 아마도 애초에는 두 생명을 품고 있으며 게다가 악의 본성에서 나온 까닭에, 결국 우릴 만들어낸 자들의 힘을 완전히 뽑아 먹고 말 거예요. 우리를 만들어낸 어머니나 아버지의 몰락을 예고하는 거지요.

이리스 젤린, 내가 원한 건 당신의 몰락이었어요. 하지만 크리스티안을 빼앗을 수 없었고, 눈까지 어두워진 엄마에게 내 얼룩덜룩한 옷은 더는 신경을 거스르지 않아요. 그래서 마지막 희망은 바로 당신의 악기로 내가 더 뛰어난 연주자가 되어 당신을 끝장내는 것이라고 생각했어요. 하지만 끝끝내 당신은 스스로 전지전능하다는 망상을 떨치지 못해, 나란 존재는 그저 당신을 위해 모든 걸 감수하는 아이라고 확신했지요.

이리스 젤린은 그 사이에 다시 새로운 곡을 완성했다. 이름하여 〈메아리 II〉는 상당한 규모로 기획된 시리 젤린의 독주회에서 초연될 예정이었다. 그랜드 피아노 주변에 설치한 여러 개의 북과 입식 실로폰들을 두드리고, 심지어 장난감 피아노까지 두들기며 곡을 마무리하게 구성되었다.

"엔딩 부분은 해석의 아이러니가 되는 거지."

이리스 젤린의 설명이었다.

"진짜 못 말리겠네!"

시리 입장에서 이건 광대 노릇이나 다름없어 보였다.

"그러니까 결국 나는 장난감 피아노라는 거네요? 죽었다 깨어나도 나는 이런 곡은 연주할 수 없어요."

두 사람은 이리스의 작품을 놓고 처음 정말로 격렬하게 시시비비를 따지며 크게 다퉜다.

"그만하고 정신 차려라, 시리."

이런 식의 〈메아리 Ⅱ〉를 연주할 수는 없다는 시리에게, 이리스는 그렇게 못할 거면 행사 자체를 취소하겠다고 다시 으름장을 놓았다.

"내가 어떻게 정신을 차릴 수 있어요? 언제는 내가 내 정신으로 살았던 적이 있었나?"

시리는 스스로를 조롱하며 빈정거렸다. 이런 식의 오만방자한 말투를 얼마나 혐오했던가.

"시리, 너 왜 그래! 뭐가 그렇게 삐딱해? 리허설 기간이 얼마 안 남아 긴장이 되는 거니? 그럴 필요 없으니 걱정 마라, 아가. 아직 석 달이나 있으니까, 충분히 준비할 수 있어."

"제기랄, 난 더 이상 아기가 아니에요. 열다섯 살이나 먹었어. 크리스티안에게 물어보시지!"

시리는 문득 이리스 젤린, 제 어머니의 아킬레스를 건드리고 싶었다.

"너 그게 무슨 소리니?"

이리스 젤린이 한풀 꺾인 어조로 물었다.

"본인에게 물어보시라고요."

"하지만 지금 뤼벡에 없는 사람한테 어떻게 물어."

"지난달에 돌아온 걸로 아는데. 아무 연락이 없었나?"

시리는 짐짓 놀란 척 했다.

"그걸 어떻게 알았어? 아저씨가 집에 온 걸 네가 어떻게 알아?"

이리스는 많이 의심스런 눈초리로 자기 딸을 바라보았다. 시리의 왼쪽 눈썹이 움찔하는 걸 보고는 시리가 뭔가를 숨기고 있음을 알아차렸다.

"너, 아저씨랑 자기라도 했니?"

이리스는 그 말을 뱉어놓고 자기가 놀라, 질투심을 들켜버렸다는 게 민망하기 짝이 없었다.

"내가 답할 필요는 없을 것 같아요."

한껏 건방을 떨어대는 시리의 대답이 가뜩이나 불편한 이리스의 심기를 더욱 자극했다.

"이 못된 것! 아저씨는 너보다 나이가 두 배나 많은 사람이야."

분기탱천한 이리스의 고함에 시리가 또박또박 대답했다.

"그게 뭐가 어때요? 엄마보다 열 살이나 아래네요. 도로 가져가시든가요. 침대에선 별로 놀 줄도 모르더구먼. 그래도 그냥 나눠 쓸까요? 하나랑 노는 것보다 더 좋아할 수 있겠네요. 이번 주는 너, 다음 주는 나너랑 놀아도 좋고."

"괴물 같으니!"

이리스 젤린은 딸의 뺨따귀를 후려치고는 소스라쳤다. 자기 어머니가 하던 그대로 자기가 따라 하고 있었다.

"그렇다면 당신은 괴물을 낳은 어머니시죠."

시리는 경멸의 눈빛으로 그렇게 내뱉고는 음악방에서 나와 버렸다.

방문이 닫히자 이리스 젤린은 남자 하나 때문에 자제력을 잃었다는 사실에 부아가 치밀고 울컥 눈물이 쏟아졌다. 자신과 시리 사이에 감히 그따위 녀석이 끼어들다니. 그 어떤 것도 그녀와 시리를 갈라놓을 수는 없었다. 더욱이 그런 터무니없는 망상 따위에 놀아나지는 않을 것이다. 하지만 지금 당장 시리를 쫓아가는 일은 내키지 않았다. 그녀는 쌍둥이 중 앞에 온 따이우였고 시리는 뒤에 온 케힌데일 뿐이니까. 시리는 금세 자신을 추스를 수 있을 것이다. 연주회 준비를 위해 그 애는 여전히 목숨을 걸고 연습하니까.

음악은 뭔가를 향한 열망이라고, 엄마는 언젠가 그렇게 말했어요. 그런데 나, 시리를 구상할 당시 엄마가 진정으로 열망한 건 무엇이었나요? 정말로 영원한 생명을 꿈꾸었나요? 당신이 작곡하는 이유는 무엇인가요? 이건 특히 현대음악을 하는 사람에게 흔히 던지는 질문이에요. 오늘 난 당신에게 마지막으로 물어요. 당신은 왜 날 작곡했어요? A, T, G, C 염기의 화학적 불협 탓인지 그따위 DNA 구성은 내 영혼의 고통이며 당신 영혼에도 고통스러울 수밖에 없어요.

이리스 젤린은 딸아이의 뺨을 올려붙인 게 마음에 걸려, 쉽사리 잠이 오지 않았다. 그래서 결국 새벽 2시에 자리에서 일어나 시리 방으로 건너가서 딸이 잠든 침대 곁에 다가가 앉았다. 이 자리에만 오면 마음이 편안해지고, 자신의 복제 딸을 물끄러미 바라보면서 모든 게 정말 잘한 일이고 다 옳았다는 걸 새삼 몸으로 느끼고 마음으로 깨닫곤 했다.

하지만 이날 밤 시리의 앳된 얼굴을 바라보며, 이리스는 크리스티안이 대체 언제 어디서 자신을 속이고 시리를 만났을까를 생각하니 다시 속이 뒤집어졌다. 아니면 시리 혼자 모든 걸 상상하고 지어낸 것일 수 있다. 이리스의 취향은 곧 시리의 취향이니, 아무래도 시리는 거의 맹목으로 그를 좋아할 수밖에 없을 것이다. 하나의 심장과 하나의 영혼을 함께 나눈 쌍둥이 자매이니, 정서도 안목도 하나 아닌가. 이리스는 흘러내린 눈물을 얼른 닦았다.

두 사람이 동일한 삶을 살 수 없으니, 그럴 땐 어떻게 할까?

둘 중에 하나가 포기할 운명이라면, 살아갈 날이 좀 덜 남은 쪽이 사라지는 게 당연히 낫다. 논리적으로 보면, 쌍둥이 중 나이가 많고 병든 쪽에게 서둘러 안락사의 기회를 주는 게 맞다. 하지만 더 젊은 쪽을 없앨 수도 있을 것이다. 어차피 똑같은 병에 걸려 같은 고통을 받아야 할지 모르니, 일찌감치 구차스런 삶을 마감할 수 있는 것도 다행 아닌가? 온갖 몹쓸 생각이 점점 더 빨리 회전하며, 이리스의 머릿속에 회오리가 일었다. 너무도 낯설고 두려운 느낌이 엄습하며 온몸이 휘청거렸다. 그녀의 눈에 이제 눈물 대신 살기가 번득이고 증오가 끓어올랐다.

내가 깊이 잠든 줄로 아셨겠지만, 엄마가 바라보고 있는 동안 난 가만히 눈 감은 채 엄마를 지켜보고 있었어요. 엄마 눈에서 들끓는 증오를 보며 나는 비로소 내 몸 세포 하나하나까지 모두 진정한 내가 되었다는 느낌에 안도했어요. 엄마한테서 완전히 떨어져 나왔다는 사실에 속으로 환호했어요. 엄마가 나를 드디어 진지한 상대로 보게 된 거니까요. 처음으로 이리스, 당신에게서 완전히 빠져 나와 당신 앞에 마주섰어요. 비로소 1 대 1 대결이 시작되었죠.

사람들이 복제인간을 두려워하는 이유는 간단하다. 그건 일반 쌍둥이보다 우리가 훨씬 더 탁월한데, 바로 그 점이 불안하기 때문이다. 복제인간들에게는 일반인을 능가하는 요소가 잠재되어 있는 것 같다. 그건 아버지 혹은 어머니가 없이 성장하는 삶에 대한 보상일 수도 있다. 이런 사실을 나는 아마 첫 독주회를 준비하며 처음 느꼈던 것 같다. 나는 이리스 젤린을 대신 하는 피아니스트가 아니라 그녀보다 더 잘하려 했다. 이리스 젤린만큼 훌륭한 피아니스트가 아닌 더 탁월한 연주자로 우뚝 서고자 했다.

내게 그런 느낌이 들었던 건 열여섯 살 철부지의 대책 없는 패기만은 아니었다. 그건 내 안의 복제인간에서 비롯된 것이었다. 이제는 더 확실한데, 나는 이리스 젤린이 서른두 살까지 확보한 온갖 지식을 고스란히 받아서 태어난 셈이었다. 예컨대 음악을 해석하는 힘은 본인의 인생 경험에서 우러난다. 그러니 걱정이 뭐 있겠는가? 나는 애초에 월등한데 이리스 젤린보다 더 젊고 건강하니 더욱 매력적이었다.

파란 빛깔의 예쁜 연주복은 특히 엉덩이를 세련되게 살려주어 보는 이들을 매혹시키고, 연주 또한 청중들을 황홀하게 할 것이었다. 행사를 얼마 앞둔 시점에서 나는 스스로 아름답고 강하다는 느낌으로 충만했으며, 나 자신에 대한 믿음도 그 어느 때보다 확고했다.

그런데 몹시 정중한 박수갈채가 곧 멈춰버렸다. 연주가 끝나자 무대 앞으로 인사를 하러 나온 시리는 몹시 애를 태우며 다다 선생님과 야네 오빠를 찾아 눈을 맞췄다. 그들의 미소 덕분에 간신히 제 몸이라도 지탱할 수 있을 정도였다. 휠체어에 앉은 이리스 젤린은 매니저 토마스 베버와 어느 유명한 음악평론가 사이에 자리 잡고 있었다. 그런데 박수를 보내는 세 사람의 손도 연주자처럼 그저 기계적으로 움직였다. 당황해 어쩔 줄 모르는 시리의 눈길을 이리스 젤린은 애써 외면했다. 누구보다 그녀 자신이 시리만큼이나 참담한 심정이었다.

찬사가 쏟아지리라 기대했던 연주는 평균치에도 미치지 못하고 엉망이 되어, 세상에 그런 망신이 다시 없었다. 시리는 손가락과 팔목이 납처럼 무거워지고 머릿속은 점점 하얘져서 말 그대로 죽을 쑤었다고밖에 할 수 없었다. 기계인형처럼 그냥 건반만 두드리니, 무미건조한 소리들의 이어짐에 아무런 생명력도 느껴지지 않았다.

엄마의 DNA 가닥에 매달린 꼭두각시

곡을 해석하는 가운데 종종 벌어질 수 있는 일이었지만, 나는 그날 정말 만신창이었어요. 연주자는 작곡가의 지시를 성실히 지켜야 하나, 매 순간 자기 느낌과 정서를 통해 그보다 더 풍성하게 드러내 보여야 하잖아요. 그러지 못하면 음악이 죽어버리죠. 피아니스트 역시 음악 시장에 가면 거래 상품에 불과하지만, 그래도 자기 세계를 찾아 개성을 드러내야죠. 노예인 동시에 음악적인 반역을 저질러야 하는 거예요. 그래야 몸값이 오르잖아요.

그런데 내가 연주한 작품은 제목부터 '당신의 삶'이라, 그토록 확고한 엄마 삶의 노선과 여정에 빨려 들어 정신을 차릴 수 없었어요. 난 그걸 '나의 삶'으로 해석하고 싶었고, 청중의 박수갈채는 오로지 나를 향한 것이길 기대했어요. 하지만 나는 결국 이리스 젤린의 DNA 가닥 저 끝에 매달린 꼭두각시에 불과했어요. 게다가 그날 저녁은 그 가닥들이 모두 뒤엉켜 꼼짝달싹할 수 없게 된 꼭두각시가 악보에 찍힌대로 건반만 누르다 내려온 거죠.

무대 공포증 때문에 그런 건 정말 아녜요. 그건 말도 안 되는 핑계에요. 진짜 문제는 엄마와 내가 전혀 다른 기대, 상반된 생각을 갖고 있다는 것이었어요. 그토록 다른 나녀와 너나가 내 귀에 번갈아가며 서로 모순되는 이야길 했거든요. 그게 너무 혼란스러워 내 연주하는 음악 소리에 더 이상 귀를 기울일 수 없었어요. 서로 다른 요구들이 충돌하다 그 혼란 속에 기선을 제압하는 소리가 점점 더 크게 내 고막을 때렸어요. 그건 바로 당신, 나, 아니 우리 둘이 함께 조롱하고 비아냥대는 웃음소리였어요.

이리스 젤린 역시 시리가 눌러대는 건반 하나하나 피아노 소리에 함께 몸이 굳어, 마지막 화음이 종료될 때까지 매 순간이 너무도 길고 고역스럽게만 느껴졌다.

이토록 엉망진창으로 연주를 말아먹다니, 이리스 젤린은 민망하고 부끄러워 어쩔 바를 몰랐다. 이 속수무책 상황에서 행여 소리라도 지르지 않도록 스스로를 추스르느라 굉장히 힘들었다. 아이에게 쫓아가서 달래주고 싶은 마음이 일었지만, 한편 무대 위 저 복제인간을 향해 불같은 저주가 일기도 했다.

연주를 마친 시리가 허리를 숙여 인사할 때 파란 드레스에서 바스락거리는 소리가 났다. 시리는 더웠다 추웠다 온몸이 땀으로 흠뻑 젖었다. 겨드랑이에도 땀이 배어 검은 얼룩으로 보일 생각에 더 수치스럽고 민망했다. 다다 선생님에게 달려가고 싶은 마음이 굴뚝같았으나, 오히려 청중의 시선을 피하기 위해 다시 한번 더 깊이 허리 숙여 인사를 했다.

진열장 속 박제된 파란 나비

수백 개의 눈이 같은 시선으로 나를 보고 있었다. 쌍둥이를 향한, 복제인간을 향한 시선에 사람들의 끈적이는 호기심이 서려 있었다. 진열장 속 박제된 파란 나비처럼 그렇게 들여다 볼 작정으로 그들은 마치 곤충채집이라도 하듯, 잡아다 죽여 가두어 둘 심상찮은 눈초리로 나를 모두 그렇게 쏘아보고 있었다.

우리 쌍둥이들은 항상 규범에서 벗어난 인생들이었다. 옛날 같으면 바로 죽여 버리거나 로마의 로물루스와 레무스처럼 그냥 길에 버렸다.

샴쌍둥이들은 서커스단에 팔려가 사람을 울리거나 웃기는 광대 노릇을 하기도 했다. 아니면 일찌감치 알코올에 담겨 해부학 실험실의 진열장을 채우는 표본으로 제작되기도 했다.

현대에 와서 쌍둥이는 이른바 '생명 실험'의 본보기로도 주목받아, 살아있는 실험 재료로 관찰 대상이 되기도 했다. 둘로 나뉜 쌍둥이들은, 그렇게 나뉠 수 없는 보통 인간을 이해하는 방편이 되어 그들에게 마땅한 도움을 주어야 했다. 그래서 나치의 집단수용소에 붙잡혀 온 쌍둥이들을 상대로 서로 다른 분량 혹은 다른 방식으로 병원균을 주입해 서로 비교 관찰하며 측정하고, 적당히 괴롭히거나 토막을 내는 일도 서슴지 않았다. 인간이 어떻게 구성되어 있는지, 인종과 소질, 성격 형성에 대한 연구도 쌍둥이를 재료로 답을 찾으려 했다. 이런 생각은 드디어 우리 같은 복제인간의 출산으로 전개되었다.

그런데 저기 무대 위에서 떨고 있던 나는 사실 구경거리조차 아니었다. 그 행사에 참석한 청중들은 내 연주와 내 음악을 들으려고 온 게 아니었으니 말이다. 그들은 세계적 피아니스트 이리스 젤린의 복제인간에 대한 궁금증으로, 그녀와 나를 비교하려고 온 것이었다. 객석에서 수군대는 나에 대한 이야기가 충분히 들렸다. 카타리나 할머니가 나에게 내뱉던 '괴물'이라는 쑥덕거림이 여기저기서 다시 들렸다.

긴장된 걸음으로 시리가 무대에서 퇴장하자 고통스런 박수 소리는 곧 멈췄다. 그런데 비밀신호라도 주어진 듯 객석의 관중이 일제히 자리에서 일어나 이리스 젤린 쪽에 시선을 모으며 다시 박수를 보내기 시작했다. 청중들은 복제품의 연주만으로 흡족하지 않았던 것이다. 그들은 이 짝퉁 말고 진짜를, 오리지널 이리스 젤린을 호명했다.

"연주해 주세요!"

누군가 큰 소리로 먼저 외치자, 사람들이 모두 따라했다.

"연주해, 연주해, 연주해!"

이리스 젤린은 좀 놀랐으나 분위기에 압도당했다. 토마스 베버가 그녀에게 뭐라고 말하는 동안 이리스는 눈으로 무대에서 이미 사라진 시리를 찾고 있었다. 평론가는 이리스 젤린에게 허리를 숙이며 조용히 물었다.

"제가 무대 위로 안내할까요?"

이리스는 고개를 끄덕였다.

평론가는 이리스 젤린의 휠체어를 무대로 밀고 올라가 피아노 앞에 세워주었다. 객석이 곧 조용해지고, 사람들은 다시 자리에 앉았다. 이리스 젤린은 병든 손으로 객석에서 기대하는 〈메아리〉와 〈이슬방울〉 중 몇 곡을 연주했다. 두 오페라의 서곡과 방랑가곡 〈기쁨의 눈물이 흐를 때〉로 마무리했다.

그녀의 연주는 딸의 연주보다 훨씬 형편없었다. 하지만 그건 누구 귀에도 들리지 않았고, 아무도 알아차리지 못했다. 원본이 지니는 광채, 오리지널의 아우라는 그렇게 사람들의 감각을 마비시킨다. 그건 마모된 그림도 마찬가지다. 아무리 원본과 똑같이 복사해도, 그건 어떤 가치도 없는 것이고 진품에는 범접할 수 없는 것이다.

망가진 복제인간

당신은 그런 짓을 해서는 안 되는 거였어요, 마쌍! 나는 무대 뒤에서 창작자를 향해 열광의 박수를 보내는 청중들의 소리를 들었어요. 물론 그들이 옳죠. '유일하다'는 말이 괜히 있는 게 아니니까요. 인간은 모두 유일해서, 똑같은 인생 두 개가 존재할 수는 없잖아요. 그건 나처럼 그냥, 있어서는 안 되는 거죠.

오리지널인 엄마를 향해 쏟아지는 우렁찬 박수 소리를 듣지 않으려 나는 온몸을 부들부들 떨며 기를 쓰고 귀를 틀어막았어요. 망가진 복제인간, 삶의 목표가 어긋난 쓸모없는 인생, 나 자신이 너무 옹색하고 비참하고, 당신에게 배신당했다는 느낌도 떨칠 수가 없더군요.

그런데 불쑥 야네 오빠가 와서 내 곁에 있었어요. 내가 간절히 기다린 건 이리스, 당신이었는데, 당신 대신 그가 나타나 나를 안아주고, 위로해 주더군요.

"오빠 차 타고 우리 바닷가에 좀 가자."

내가 부탁했어요.

"며칠만 지내다 오면 안 될까?"

이리스, 당신을 다시 보기가 힘들 것 같았어요. 이제나저제나 행여 엄마가 나를 찾아서 불러주기만을 간절히 바랐지만, 천천히 무대 뒤쪽 출구로 내 발길을 돌렸어요. 당신 삶을 다시 지켜내기에 내 연주는 너무도 수준 이하였던 게죠.

음악평론가들은 조심스런 입장이었다. 시리의 데뷔에 대해 듣기가 거북할 정도로 이해심이 넘치는 평들이었다. 기대에 대한 압박감이 너무 큰 탓이었다. 유명한 어머니를 의식하지 않을 수가 없으니 당연한 결과였다고, 아닌 게 아니라 청중의 대부분은 본 공연보다 그 어머니의 '감동적인 등장'에 더 관심이 컸다고 했다. 어쨌든 그 공연은 아주 특별했고, 심금을 울리는 무언가가 있었다고도 했다. 그러나 시리 젤린의 실패는 그날 컨디션이 좋지 않았다거나 무대 울렁증을 극복하지 못했다는 식의 무조건 감싸는 투가 대부분이었다. 그에 비해 '모두를 실망시킨 시리 젤린의 첫 연주회 - 흐리멍덩한 청사진'이라는 제목을 뽑고 직설적으로 혹평한 기자도 하나 있었다.

"그 사람은 그래도 날 진지하게 대해주기는 했네. 다른 기자들은 동정 일색이잖아."

야네 오빠가 그날 연주의 평론 기사들을 읽어주자 시리가 말했다.

야네는 이게 모두 천둥벌거숭이 여동생을 위한 '현실 적응에 필요한 집중 훈련'이었다고 평했다. 긴 등받이 의자에 누운 채 바다를 바라보며 야네 오빠가 시리에게 물었다.

"공연 또 할 거야? 다시 한번 도전해 볼 수 있겠어?"

한참을 망설이다 시리가 대답했다.

"아마."

음악이 없는 삶, 연주회가 없고 이리스 젤린이 없는 삶, 까만 아저씨가 없는 삶을 시리는 아직 상상할 수가 없었다. 소리의 마술사 이리스 젤린의 마법에 걸린 탓이었다. 하지만 바깥 세상에 대해서 시리는 스스로에게 물어보곤 했다. 경계 너머의 삶은 어떤지, 이리스 젤린의 마법이 미치지 않는 자유로운 곳은 어떤지, 점점 더 궁금한 건 사실이었다.

"언제라도 오고 싶음 와. 우리 여동생에게 작은 방 하나는 내줄 수 있으니까."

야네 오빠의 제안이었다.

"함부르크가 젊은 사람들한테는 여기 뤼벡과는 비할 수 없이 좋은 곳이야. 활기찬 곳이고 재밌는 일이 훨씬 많으니까. 너도 와서 지내다 보면 다른 생각도 할 수 있는 여유가 좀 생길 거야. 그러다 보면 진짜 좋은 사람 만나서 연애도 할 수 있을 테고."

스스로도 훌륭한 제안 같아서 야네는 점점 더 확신에 차서 말했다.

"진짜 좋은 사람은 야네 오빠지. 진짜 좋은 오빠."

조심스럽게 시리가 말했다.

"당근이지. 그건 영원무궁토록 변치 않을 맹세였잖아. 나는 언제라도 네게 '열 일 제치고 달려오는 오빠'라니까! 그런데 넌 먼저 너네 엄마와 좀 떨어져 있는 게 좋을 거 같아."

"그럴 수 있을지, 잘 모르겠어."

시리는 곰곰 생각하다, 발가락으로 차가운 모래를 비비며 발등까지 밀어 넣었다.

"그게 제일 시급해!"

야네는 손을 뻗어 시리를 일으켜 세운 후 함께 해안을 따라 걸었다. 바닷바람이 피부에 닿자 시리는 머릿속도 개운해지고, 마음도 한결 가뿐해졌다.

두 사람은 곧 '흐리멍덩한 청사진'이란 표현에 대해서도 히히거릴 수 있게 되었다. 야네가 그건 참 놀라운 반어법이라고 빈정거렸다. 파란 드레스를 굳이 입고 간 까닭은, 그걸 입어야 사진이 선명하게 나올 거 같아서 아니었냐며 짓이 난 야네가 키득거렸다.

시리는 좀 약이 오른 듯 해안에 널브러져 있던 해파리를 집어 야네에게 던졌으나, 재빨리 고개를 피하는 바람에 살짝 비껴갔고, 야네는 계속 시리를 놀리며 저만치서 소리 질렀다.

"우리 집에 오면 방이 좁아서, 이 뭐든 집어던지는 버릇은 들여놓을 자리가 없네."

공들여 준비했던 연주회가 폭삭 망한 탓인지 이리스 젤린은 며칠 동안 눈으로 보는 것도 제대로 작동되지 않았다. 쌍둥이 자매가 자기 곁에 있지도 않은데 그 아이 모습이 계속 자기를 괴롭히다니, 참으로 우스운 노릇이었다. 언제부턴가 시리는 따라 하지도 않는 나녀-너나 놀이를 이제는 이리스 혼자 하고 놀았다. 하지만 싱싱했던 이리스 젤린은 더 이상 없고, 거울을 마주한 두 형상 모두 병들고 늙어 모든 현실이 두 배나 더 참담하였다.

다니엘라 선생님이 이리스 젤린에게 아이들이 함께 여행을 떠났다고 얘기했을 때, 그녀는 당장 시리를 한 집에서 안 봐도 되니 오히려 다행이다 싶은 마음이었다. 자신의 연주로 인해 시리가 얼마나 더 부끄럽고 참혹한 꼴이 되었을지 그녀는 당연히 알고 있었다. 하지만 여전히 예전과 같은 박수갈채, 알량한 위로라도 놓치고 싶지 않은 심정을 자제하지 못했던 탓이었다. 지난 몇 달 동안 가파른 속도로 힘이 빠져, 이제는 마음대로 몸을 움직일 수 있는 날이 얼마 남지 않았다는 느낌이 더 절박해진 탓이기도 했다.

몇 달 전 길에서 두 번이나 넘어진 후로 이리스 젤린은 혼자서는 밖에 나갈 엄두가 나지 않았다. 사람들은 젊은 여자가 길에서 비틀거리며 넘어지는 걸 보면서 "술 취했나 봐." 혹은 "대낮에 왜 젊은 여자가 부끄럽지도 않나."하는 식의 뜬금없는 혐오를 드러내곤 했다. 이런 민망한 일을 겪은 후부터 그녀는, 외출 시에는 휠체어를 타는 쪽으로 마음을 바꿔 먹었다.

이리스 젤린은 어느 신문과의 인터뷰에서 자신이 다발성 경화증을 앓고 있으며, 그래서 더 이상 어떤 연주회에도 응할 수 없다는 사실을 공식적으로 발표했다. 하지만 건강이 허락하는 한 앞으로도 작곡은 계속하겠다고 이야기했다.

누군가로부터 연민의 대상이 된다는 게 너무 자괴감이 들어, 일상의 사소한 일에도 죽을힘을 다해야 한다는 것을 이리스는 시리에게도 말하지 않았다. 세밀한 신경조직에 염증이 퍼지며 자꾸 연결이 끊기고 장애가 늘어, 어떤 날은 온몸의 신경이 타들어가거나 아예 붕괴되느라 지지직 하는 소리가 귀에 들리는 것 같았다. 그럴 때는 생각까지 뒤엉킨 실타래가 되어 그 시작도 끝도 찾을 수가 없었다. 어떤 때는 생각 자체가 두 동강이 나 버리거나 서로 무슨 연관이 있었는지를 잊어버리기도 했다. 게다가 악상이 떠올라서 악보에 옮기려 해도, 펜 끝이 악보의 오선을 벗어나기 일쑤였다. 그러면 다니엘라가 달려와 또박또박 받아 적었다. 그러나 지난 번 연주회는 정말 독약이었다. 그날의 흥분이 좀체 가라앉지를 않아 손과 다리는 전보다 더 심하게 떨렸다.

다행히 약이 잘 듣고 음악이 있어, 그리고 몇 주 동안 혼자 지내며 휴식한 덕에 건강이 많이 회복되었다. 병세도 가라앉고, 눈앞에 어른 대던 병든 쌍둥이의 환영도 사라졌다. 그런데 상태가 나아질수록 야네에 대한 분노가 자꾸 끓어올랐다. 그런데 시리를 자기에게서 떼어놓는 방해요소가 그놈이라고 생각하니 오히려 마음이 좀 진정되었다. 이제 다시 야네를 잘라내고, 딸에게 멋진 선물을 준비해야겠다고 마음 먹었다. 이리스 젤린은 다시 딸을 위해서 새 작품을 준비하기 시작했다.

저기 먼 나라 - <떼라 론다나>

이리스 젤린, 당신은 이미 시야가 흐려져 앞뒤 구분도 할 수 없고, 더 이상 우리의 대결에 필요한 힘 또한 넉넉하지 않았어요. 사실은 쉬고 싶을 따름이었지요. 그래서 플루트와 클라리넷, 현악 사중주와 피아노 가 연주하는 젤린 쌍둥이, 우리가 평화롭게 살아가는 저 먼 나라 <떼 라 론다나>의 이야기를 펼쳐 보였을 거예요. 엄마가 느꼈던 감정들을 표현할 소리를 찾아 어느 때보다 더 공을 들였고, 결국 그토록 애달픈 그리움을 소리로 담아냈어요. 그건 엄마의 복제, 엄마의 새로운 생명 에 대한 갈망이었을까요? 아니면 죽음을 향한 여정으로 새로운 걸음 을 내딛고자 하신 건가요? 이 작품에다 엄마는 모든 근심을 쓸어 담았잖아요. 이 〈떼라 론다나〉가 엄마의 마지막 작품이라는 사실을, 엄마는 아마 예감했던 모양이에요. 하지만 이 작품이 당신 앞에서 내가 연주할 최후의 작품이라는 사실은 예상하지 못했을 거예요.

일주일 후 시리는 돌아왔고, 두 사람은 한 주일간 있었던 일을 서로 이야기했다. 하지만 두 사람 모두 그날의 연주에 대해서는 몹시 삼가며 차마 입 밖으로 그 말은 꺼내지 않았다.

그런데 이리스 젤린이 탁자 위에 오래된 신문 스크랩을 올려놓았다.

"너 보여 주려고 찾아둔 거야. 처음엔 나도 얼마나 혹평을 받았는지, 함 읽어봐라. 나도 너랑 똑같았어. 나도 무대울렁증이 갑자기 도져서, 기계인형처럼 뻣뻣하게 연주했거든. 누구나 겪은 일이니까 괜히 포기하고 그럼 안 된다. 자꾸 더 연습하면 다음번에는……."

"무대울렁증이 아니었어요."

시리가 말했다.

"그리고 다음번이 또 있을지, 아직 잘 모르겠어요."

"무슨 소리야. 다음 기회야 금세 또 있지!"

이리스는 시리의 어깨에 손을 얹으며 말을 이었다.

"내가 도와줄 테니 걱정마라. 마음고생이 얼마나 심했을지 충분히 알아."

"그걸 어떻게 알아요? 내가 어땠는지, 그걸 정말 알 수 있어요?"

시리는 이리스의 손길이 더는 자기 몸에 닿지 못하게 몸을 빼며 뒷걸음을 쳤다.

"우리 둘만을 위한 새로운 곡을 하나 완성했어. 한번 연주해 보겠니?"

이리스의 물음에 시리는 마지못한 듯 고개를 끄덕였다.

햇빛이 화사한 5월의 첫 번째 일요일, 환한 봄빛이 음악방으로 쏟아져 들어왔다. 시리는 까만 아저씨 앞에 앉아 평소와 마찬가지로 반짝이는 검은 몸체를 쓰다듬는 인사를 하다, 문득 마룻바닥에 고무바퀴가 구르는 소리가 들려 깜짝 놀랐다. 집안에서도 휠체어를 타고 다니는 모습을 본 적은 없었는데, 이리스 젤린은 몸을 반듯이 세우고 휠체어에 앉은 채 작업실에서 가져온 악보들을 피아노의 악보대에 올려놓았다.

"그렇게 불편하세요?"

시리가 물었다.

"괜찮은데, 오래 서 있는 게 좀 힘들어서 그래. 오늘 오전에 여기저기 바쁘게 다녔더니 더 많이 피곤하네. 혹시 비틀거리다 또 넘어지는 일이 있음 안 되니까."

이리스 젤린이 악보들을 반듯하게 올려놓으며 말했다.

"네 마음에 들지 어떨지 궁금하다."

시리는 의자를 잡아당겨 똑바로 앉으며 피아노 뚜껑을 열었다. 그리고 피아노곡의 제목을 읽었다.

"'떼라 론다나'가 무슨 뜻이에요?"

"저기 먼 나라."

이리스 젤린이 대답했다.

"슬픈 이름이네요."

"조금 그렇기도 한데, 일단 함 쳐 봐! 시리, 넌 아직 내 생명이야!"

넌 아직 내 생명

아 제발! 그 말은 하지 말았어야 했어요. 더욱이 그때는 아니었어요. 끔찍한 연주회를 치른 직후라 그 말은 더 이상 저주도 아니고, 그냥 희롱이나 다름없었거든요. 엄마는 그런 눈치가 정말 없는 사람이에요. 나는 그때 피아노의 검정 건반 두 개는 쌍둥이, 세 개는 세쌍둥이로 보여 식은땀이 흐를 지경이었는데. 난 두 손을 들어 정확한 연주 자세를 했어요. 똑같이 생긴 양 손이 마치 거울에 마주한 듯 가지런히, 그리고 엄지손가락 가운데가 서로 맞닿았어요.

똑같이 생긴 이 손들이 정말 내 걸까? 첫 음정을 누르려는데 손가락들이 꼼짝하지 않아서 이게 더 이상 내 손가락이 아니었어요. 그건 내 것이 아니라 이리스 젤린 당신 손이라, 내 말을 듣지 않는 거예요. 그럼 대체 내 손가락은 어디 있는 거야? 어디로 사라진 거야? 방금 보았던 내 손가락들, 그게 다 사라지고 그 자리는 어느새 검은 구멍이 되어 버렸어요.

"어, 어디 갔어? 내, 내 손이 더 이상 보이질 않아!"

공포에 질려 나는 말을 더듬다 죽을힘을 다해 비명을 질렀어요.

"으아악!"

엄마도 덩달아 소릴 지르며 날 향해 휠체어로 돌진했어요. 휠체어 손잡이가 까만 아저씨 몸체에 부딪혀 모서리가 크게 긁혔지요.

"움직여 봐. 손가락에 쥐가 나서 그런 걸 거야. 요새 연습을 안 해서 그러는 거니까, 다시 함 움직여 봐!"

엄마는 마구 다그쳤어요. 하지만 어떻게 할 수가 없죠. 손가락이 없어지고 보이지 않는데 어떻게 움직일 수가 있어요?

"해 봐! 건반을 두드려!"

나를 잡고 마구 흔들어대며 엄마도 혼비백산했고, 공포에 질린 엄마 눈이 섬뜩했어요. 나를 그대로 두고 엄마는 휠체어를 밀어 옆방으로 달려갔어요.

그 순간 우리는 똑같은 공포에 떨었어요. 엄마와 마찬가지로 다발성 경화증이 시작되나 보다. 유전자 탓에 이 끔찍한 병도 함께 도지는구나 하는 공포에 새파랗게 질려버렸지요.

간신히 정신을 수습하고 엄마는 토마스 베버 아저씨에게 전화해 다급히 부탁했어요.

"시리가 아파. 당장 의사를 데려와 줘요!"

나는 계속 검은 구멍들의 왼쪽과 오른쪽 건반들을 번갈아 보고 있었어요. 그런데 불현듯 하나도 두렵지 않고 마음이 편안해지며 가뿐한 느낌이 들었어요. 나는 내내 새장 안에 갇혀 있었지만, 그 문이 열려져 있어요. 내 손이 먼저 달아난 거였어요. 열린 문 밖으로 가볍게 훨훨 날아갔어요.

병원에 가서 하루 종일 종합검진을 받았는데, 의사는 이번 증세가 심각한 결과를 초래할 수 있으니 조심하라고 경고했어요. 그리고 내 눈에 보이던 검은 구멍들은 안구 주변 편두통에 따른 부작용일 수 있다고 얘기했어요. 지나친 긴장과 과로, 불안과 공포의 후유증으로 종종 나타나는 현상이라고요.

손이 없어졌는데 의외로 시원섭섭한 느낌이었어요. 손이 없으니까 피아노 연주를 할 수가 없고, 그렇다면 굳이 당신 곁에 머무를 이유가 없는 거예요. 그리고 이미 난 엄마의 건강을 회복시킬 힘이 없었거든요.

더는 어린애가 아녜요

"**절**대 포기함 안 돼! 이 어려움을 우리 함께 이겨보는 거야!"
시리가 다시 집에 오자 이리스 젤린은 쫓아 나와 다짐을 했다.

"혼자서도 할 수 있어요."

시리가 새침하게 대답했다.

"물론 잘 하겠지! 하지만 내 생각엔……."

"무슨 생각이든, 더는 알고 싶지 않아!"

시리가 갑자기 악을 쓰며 대답했다.

"나에 대해 언제나 뭐든 다 안대! 제발 착각하지 말아요. 나는 너가 아니라 나예요. 이제 더는 억지 좀 쓰지 말라고요!"

시리가 음악실로 돌진하자, 그녀의 어머니도 보조기에 몸을 의지해 부지런히 뒤를 따랐다. 쾅 하고 피아노 뚜껑이 닫히는 소리와 함께, 시리가 주먹으로 까만 아저씨를 내리치고 피아노 다리에 발길질하는 소리가 들렸다.

이리스 젤린은 얼어붙은 듯 그 광경을 음악방의 열린 문 앞에서 모두 지켜보았다.

"아저씨가 뭘 어쨌다고 그러니?"

이리스 젤린은 애써 마음을 가라앉히며 얘기했다. 절대 함께 소리 지르지 말자고, 간신히 스스로를 다잡았다.

"며칠 푹 쉬는 게 좋겠다. 그리고 다시 시작하면 돼. 처음부터 다시 시작하자. 얼마든지 잘 할 수 있으니까, 아무 걱정 마. 엄마는 오늘 악보출판사 사람과 약속이 있어. 토마스가 좀 일찍 데려다 줄 수 있겠지. 시리도 지금은 혼자 있고 싶을 거야, 그렇지?"

이리스 젤린은 시리의 청회색 눈동자를 바라보며 다시 당부했다.

"따로 하는 것보다 둘이 함께 하면 언제나 더 강한 법이야. 너는 나, 나는 너, 그러니까 엄마는 널 두 배로 사랑해, 그렇지?"

"아 그 말장난, 제발 좀 그만 해요! 난 더는 어린애가 아녜요!"

이리스는 아무 대꾸도 하지 않고, 보조기의 방향을 돌렸다. 그리고 마룻바닥 위로 힘겹게 걸음을 옮겼다.

이리스 젤린이 나가자, 시리는 이 방 저 방 들락날락 온 집안을 헤매고 돌아다니다, 까만 아저씨의 배 밑으로 기어들어가 한참을 누워 마음을 가라앉혔다. 그리고 나무다리 여기저기가 긁히고 상처 난 자국들을 쓰다듬으며 미안하다고 사과했다.

복도 끝 자기 방으로 걸음을 옮기며, 이렇게 복도가 길게 느껴진 게 처음이라고 생각했다. 시리는 가방 두 개를 챙겨 짐을 싼 후 야네 오빠에게 전화해, 함부르크 중앙역에 오후 4시 45분에 도착 예정이라고 알렸다. 돌아오는 표는 사지 않았다.

케한데는 더 이상 따이우를 따르지 않기로 했어요. 현관문을 잠그고 바깥으로 나온 나는, 출생시에 터뜨리지 못했던 울음을 그제야 터뜨렸어요. 모든 인간은 세상에 태어날 때 울음을 터뜨린다죠. 그래서 나도 힘껏 소리를 질렀어요. 정말로 새로 태어난 기분이었거든요. 근방에 지나가는 사람이 아무도 없어 다행이었죠.

시리는 기차를 타러 가는 버스 안에서 성페트리 교회의 높은 탑을 바라보았다. 네 개의 모퉁이마다 작은 망루가 달린 교회의 뾰족 꼭대기, 그 천장 아래 둥근 공간 구석에는 아직도 소원 쪽지들이 걸려 있을 것이다. 종이는 누렇게 변색되었을 테고, 온 정성으로 소원을 써넣은 잉크도 이제는 그 빛이 바랬을 것이다.

시리는 눈물이 쏟아졌다. 거기 적은 소원 중에서 단 한 가지도 이뤄진 게 없었다. 위대한 피아니스트의 꿈도 깨졌고, 첫사랑 크리스티안도 다시는 만날 수 없을 것이며 더는 다른 사람을 만나 사랑할 수도 없을 것 같다. 이글루 공간 마루 틈새로 아래를 내려다볼 때, 그리고 크리스티안을 바라볼 때, 온몸으로 퍼지던 그 간질거림도 이제 영원한 작별의 시간이 된 것이다. 그 모든 것과 헤어진다는 생각에 더욱 복받쳐 눈물이 앞을 가렸다.

가장 쉬운 것부터 바꾸기 시작했다

지구상에서 벌어진 온갖 생물학적인 성취 중 가장 엄청난 건 역시

인간의 자유의지라고 할 수 있을 것이다. 자유의지를 작동시키면 유전적으로 물려받은 어떤 것도 무력하게 만들 수가 있다. 진정으로 원한다면, 우리는 스스로를 바꿀 수도 있다. 그래서 나는 가장 쉬운 것들부터 바꿔가기 시작했다. 가구들까지 포함해 야네 오빠 집 내 방을 검정과 파랑으로 덧칠했다. 내 어머니는 실내의 벽은 언제나 흰색만 고집했기 때문이었다.

다음은 외모였다. 외모는 우리 내면에도 큰 영향을 끼친다는 굳은 믿음으로 나는 극단적 변화를 시도했다. 머리를 짧게 자른 후 새까맣게 염색하고 불타는 빨강으로 브릿지도 넣었다. 마지막으로 눈 빛깔도 브라운 칼라렌즈로 바꿔버렸다.

거울 앞에서 새로운 제스처와 걸음걸이, 몸동작들도 바꿔가며, 젤린 집안 내력들은 모두 지우는 연습도 했다. 웃을 때 머리를 흔들거나 코를 약간 찡그리는 버릇도 잊으려 연습했고, 입술은 진한 빨강으로 칠하고, 전과는 비교할 수도 없이 알록달록 요란한 옷을 골라 입었다. 원칙이라면, 전과는 전혀 다른 사람이 되는 거였다.

"그건 보통 열두 살, 열세 살 애들이 하는 거 아님?"

이렇게 딴죽을 걸며 야네 오빠는 이따금 여동생 일에 간섭도 했다.

"시간 많으니까 맘대로 해 보셔! 그래도 학교는 요령껏 빼먹으시고."

태어나서 처음 속이 뒤집어질 만큼 술을 마신 건 그 무렵 열여섯 살 때였다. 야네 오빠와 그 친구들을 따라 클럽에 갔다가, 음악적 소양 덕분에 나는 낯선 리듬도 쉽게 익혀 춤판에 금세 어울렸다. 그날 처음 남자와 잠을 잤는데, 상대는 함께 온 오빠 친구들 중 하나였다. 나보다 열 살 위였지만 굉장히 편안하고 기분 좋게 유도해 주었다. 하지만 그를 사랑하게 된 건 또 아니었다. 인생의 필수과목을 통과한 정도고, 남들 다 하는 '정상적 과정'을 차례대로 밟았던 셈이다. 그렇지만 어떤 것도 특별히 좋지는 않았다. 내 자유의지가 작동하는 한 그럴 수밖에 없다. 그런데 그 힘도 역시 무소불위는 아니어서, 특히 밤이 되면 그 힘이 소진되는 경우가 많았다.

꿈을 꾸면 나는 여전히 무대 위에서 연주를 하고 박수 세례를 받고 있었다. 때로 꿈에서 엄마를 만나면, 그녀의 꿈에도 내가 나왔을 거란 생각이 다음 날에도 계속되었다. 나는 벌써 까만 아저씨와 엄마가 그리워서 베개에다 머리를 파묻고 아이처럼 찔찔 짜댔고, 그러면 야네 오빠가 달려와 집에 전화라도 해 보라고 나를 달랬다. 이별이 너무 고통스러우면 굳이 그걸 다 견딜 필요는 없다면서 달래주었다.

하지만 나는 절대 그렇게는 안 할 거라고 답하곤 했다. 이번에는 그녀가 나를 따라와야만 했다. 어쨌든 난 그럭저럭 잘 견뎌냈다. 열심히 학교에 출석했고, 가르쳐 주는 것들도 순순히 따라 배웠다. 하지만 엄마, 난 당신을 기다렸어요. 어서 당신이 와서 악몽에서 날 구해주기만 소망했어요.

은혜도 모르는 복제품?

시리는 그 호된 시련을 무사히 통과했다. 두 달 남짓 후 이리스 젤린 쪽에서 드디어 전화가 와서 만나자는 제안을 했다. 야네 오빠의 집은 엘리베이터가 없는 5층 건물의 꼭대기인데도, 시리는 함부르크로 오시라고 했다. 아픈 엄마가 계단을 오르는 게 얼마나 힘든 일인지 잘 알고 있지만, 행여 쌍둥이의 섬으로 다시 끌려들어가 오래된 마법에 갇히게 될까 너무도 두렵기 때문이었다. 야네 오빠가 방에서 기다려 주겠다고 약속한 이 집에서 엄마를 맞는 편이 한결 든든하게 느껴졌다.

여기 있어야 그동안 애써 구축했던 보호벽이 제 구실을 해, 쌍둥이 자매의 이름으로 마구 쳐들어오는 막강한 전투력을 감당해낼 수 있을 것만 같았다. 이리스 젤린은 이튿날 저녁 여섯 시경 들르겠다고 바로 응답했다. 토마스 베버 아저씨가 자동차로 데려다 준다고 했다.

시리는 간밤에 한숨도 자지 못했다. 7월이라 무덥기도 했지만, 꼭 그래서만은 아니었다. 다음날 벌어질 장면이 계속 떠올라 나름대로 연습을 거듭할 수밖에 없었다. 완전히 딴 아이가 된 딸을 보면 엄마는 분명 기겁을 해 눈이 휘둥그레질 것이고, 자신은 상황마다 뭐라 말할지 생각하느라 거의 뜬눈으로 밤을 새웠다.

이리스는 다음 날 정각에 도착했다. 시리가 문을 열자, 아닌 게 아니라 예상한 바와 똑같이 그녀는 넋이 빠진 얼굴이었다. 그리고 아무 말도 못한 채 눈물을 삼키며 거기에 서 있었다. 그 광경은 몇 날 며칠 외로움에 떨며 시리가 흘렸던 눈물을 일시에 보상하는 것이기도 했다.

"내가 누군지 알아보시겠어요?"

시리는 아무렇지도 않은 듯, 이전과는 다른 아주 높은 음조로 말을 걸었다. 이리스 젤린은 그렇다는 고갯짓조차 힘겨울 만큼 충격을 받은 모양으로 거기 서 있었다.

두 사람이 부엌의 큰 식탁으로 가서 자릴 잡았고, 이리스는 목이 많이 말랐던지 시리가 건네 준 물 한 컵을 벌컥벌컥 한꺼번에 들이마셨다.

"걱정 말아요, 마짱! 내 유전형질은 어차피 엄마랑 똑같아요."

시리가 말했다.

"외형이 좀 달라졌을 뿐이에요. 이 표현형질이 별로 맘에 안 들어요? 이리스 젤린의 호화 짬뽕 시리 스타일!"

시리는 짓이 난 듯 빈정거렸다.

"엄마의 가르침을 난 아주 잘 받았어요. 언젠가 엄마가 음악은 질서와 혼돈 사이에서 시작된다고 말한 적 있죠? 생명도 질서와 혼돈 사이에서 싹트나 봐요. 난 혼돈을 통과하느라 지금 해치울 일이 상당히 많아요. 밀린 일이 꽤 되더라고요. 유전자의 발현은 예측 가능한 게 아니어서, 심지어 복제인간도 얼마든 엇나갈 수 있고, 타락할 수도 있답니다. 미처 몰랐겠지만, 난 실패랍니다."

"넌 타락한 것도 아니고, 실패한 것도 아냐."

이리스는 거의 애걸하듯 말했다.

"아뇨, 애초부터 그랬어요. 내 삶의 목적이 무엇이었죠? 한번 솔직하게 말해 보세요!"

시리의 말은 가혹했다.

"다 아는 얘기를 내가 왜 물어요? 날 세상에 태어나게 한 건 사랑이 아니었잖아요. 허술한 사랑 따위는 엄마 품격에는 안 맞지요. 엄마는 아주 확실한 걸 원하니까, 근친상간을 택했던 거죠."

"내가 널 얼마나 사랑하는데, 너 정말 해도 너무 한다……"

이리스는 중얼거리다 고개를 떨어뜨렸다.

"엄마는 너무 하지 않았고요? 내게 좀 너무 하신 건 아니었어요? 난 처음부터 계산해서 뽑아낸 결과잖아요. 예측 가능하고 계산 가능한 결과. 엄마의 인생 계획에 날 그냥 구겨 넣은 거잖아요. 모든 건 엄마의 계획에 따랐던 거고요."

"하지만 시리, 그래서 네가 불행했니? 내가 널 원했고, 너한테 모든 기회를 다 주려는 게, 그게 뭐 그렇게도 나쁜 거였니? 인간은 누구나 타인 안에서 자신을 찾아. 그게 사랑이야. 네가 좀 더 나이가 들어 세상을 더 잘 이해하게 되면, 다 좋아질 거야. 부모 자식 사이란 게 원래 그래, 이런 갈등은 우리뿐이 아니고 어느 집에서나 다들 겪는 일종의 성장통이야."

"하지만 복제인간은 내내 거기서 벗어날 수가 없을 걸요. 그런 갈등에서 평생 허우적대며, 헤어날 수 없을 거예요."

"이제 그만 해, 그렇게 함부로 입을 놀리지 좀 말아. 희생양 노릇은 네게 어울리지 않는다."

이리스가 저지하자, 시리는 자기 엄마에게 몸을 굽히며 다시 날선 공격을 시작했다.

"진짜 함부로 놀려볼까요? 난 오랫동안 피셔 교수를 내 진짜 아빠인 줄 알았답니다."

"시리, 너 정말 웃기는구나. 난 네게 모든 걸 있는 그대로 이야기했어. 한 번도 너를 속인 적이 없어."

"호, 그런 말 마세요. 날 완전 속여 놓고 왜 이러세요. 우리가 한 쌍의 괴물이라는 사실을 숨겼잖아요. 세상 사람 모두 넋을 놓고 우리만 봐요! 혀를 차며 엄마의 복제인간을 바라보는 끈적이는 시선들, 그에 대해 왜 한 마디도 안 해요? 상의 한 마디 없이, 아무런 대책도 없이 엄마는 날 밀어제치고 그들을 위해 연주했어요."

이리스 젤린을 침착하려 애를 쓰며 이야기했다.

"그래, 그건 내가 잘못했어, 나도 알아. 근데 내 말 좀 들어……."

"싫어요. 이젠 엄마 말 안 들어요."

시리는 엄마 말을 막아버리려, 제 귀를 틀어막았다.

"난 이제 내 얘기만 들어요. 게다가 그 얘긴 다신 안 들어. 넌 나의 생명, 넌 나의 생명! 정말 지긋지긋해!"

이에 질세라 이리스 젤린도 언성을 높이며 응대했다.

"아름답던 시간도 많았잖니! 넌 내게서 모든 걸 물려받아어. 사랑, 재능 그리고 네 음악에 필요한 온갖 후원으로 너는 흡족하고 행복했잖아. 그런데 이제 와서 왜 이러니? 모든 걸 다 집어 던진대. 다 망가뜨린대. 내가 정말 자괴감이 들어. 이 은혜도 모르는……."

이리스 젤린은 방금 하려던 말을 얼른, 목구멍 깊숙이 꿀꺽 삼켰다.

"은혜도 모르는 복제품?"

시리가 얼른 되받았다.

"그 말이 목에 걸려 안 나와요? 그런다고 뭐 진실이 묻히나요? 엄마의 복제품, 이 실패한 물건이 두렵고, 그것 땜에 숨이 막힐 것 같아? 그게 당신 명줄도 끊어버릴 것 같아요?"

시리의 얼굴이 막 일그러지더니, 손에 들린 과도가 어느 새 이리스의 목을 겨누고 있었다. 방금 전 사과 접시에 놓여 있던 칼이, 어떻게 자기 손에 들려 있는지 알 수 없었다.

"시리, 제발 그만 해!"

이리스 젤린이 애원했다.

잠잠한가 싶더니, 갑자기 시끄러운 소리를 내며 칼이 바닥에 떨어졌다. 시리는 깊게 숨을 들이쉬었다.

"이 복제인간이 당신 계획대로 자라주지 않은 거죠?"

시리가 자기 어머니에게 물었다.

"그럼 어떡할 거였어요? 갖다 버릴 거였나? 냉동실에 얼려놓은 대체물이 아직 또 있나?"

시리의 말투가 점점 더 경멸적으로 들렸다.

"오직 너 하나뿐이야! 제발 이제 그만해……."

"억울해서 어쩌지? 얼려둔 게 있었으면 이번엔 내 뱃속에 넣어 세 번째 쌍둥이를 낳을 수 있었을 텐데! 젤린의 쌍둥이 자매 수를 계속 늘릴 수 있잖아요. 할머니, 엄마, 딸 이런 쌍둥이 복제 가족으로 나다녀도 좋고!"

내가 왜 엄마 곁에 있어야 해요?

이리스 젤린은 문득 자기 어머니가 했던 말이 떠올랐다. 저 아이는 네가 나한테 한 것과 똑같이 널 파괴할 거다. 저 애는 너보다 더 냉혈한이 될 거야. 이 말이 시리에게 내뱉으려던 말과 머릿속에 뒤엉키며 점점 더 혼란스럽고 어지러웠다. 자신이 시리를 얼마나 사랑하는지, 얼마나 미안하고 가슴 아픈지, 무엇보다 그걸 제대로 알려줄 수가 없으니 더욱 힘이 들었다. 어떻게든 그걸 전하고 싶어 이리스는 끙끙대며 말을 꺼냈다.

"대체 왜 이리 모질게 구니?"

비탄에 빠져 한껏 웅크리고 앉은 이리스의 목소리엔 힘이 하나도 없었다.

"정말 너무 하는구나."

이리스는 눈물을 닦으며 말을 이었다.

"내가 더 이상 생각조차 제대로 못 한다. 몹쓸 병으로 뇌가 썩어 들어가는 모양이야. 이제 더는 작곡도 못 해. 제발 내 곁에 있어다오, 나한텐 너밖에 없잖니."

이리스의 눈빛이 심장을 후벼 팠지만 시리는 아무렇지 않은 듯 더 쌀쌀맞게 대꾸했다.

"내게 엄마가 필요할 때 당신은 한 번도 곁에 없었어요."

시리는 엄마를 비난했다.

"아무리 두드려도 엄마는 작업실 문을 닫아 잠근 채 열어준 적이 없어요. 내가 힘들 때 곁에 있어 준 적이 한 번도 없었어요. 그런데 내가 왜 엄마 곁에 있어야 해요? 난 엄마랑 똑같이 생겨 먹어서, 하는 짓도 진짜 똑같고 완전 싸가지야. 적어도 이런 점에선 대성공이죠."

"나는 이제 가봐야겠다. 이렇게 서로 헐뜯고 원망해 봤자 무슨 소용이니. 뤼벡에서 다시 보고 얘기 나누자."

시리는 대답하지 않았다. 아무 말도 없이 이리스를 현관까지 배웅했다. 힘에 부쳐서 쩔쩔 매며 계단을 내려가는 엄마를 보고도 그냥 문을 닫아버렸다.

만약 계단을 쫓아 내려가서 그녀를 부축했다면, 나는 다시 케힌데가 되었을 것이다. 문이 닫힌 후에야 비로소 그녀에게서 벗어났다는 안도 감에 나는 가슴을 쓸어내렸다.

커튼 뒤에 숨었어도 시동이 걸리는 소리가 들리고 토마스 아저씨 차가 움직이기 시작하는 것도 보였다. 그제야 창문을 열고 자동차가 골목을 빠져나가 저기 모퉁이를 돌아 사라지는 걸 물끄러미 바라보았다.

나는 울고 싶지 않아서 나는 눈물도 꾹 참았다. 그렇다고 내가 이 싸움에서 이겼다는 느낌이 드는 건 또 아니었다. 그냥 마음이 참혹했다. 마침 복도에서 야네 오빠 발소리가 나는 바람에 기분이 좀 나아지긴 했다. 나는 혼자가 아니었다. 혼자인 건 이리스였다. 그건 그녀가 자초한 일이었다. 그녀는 모든 사람 위에 군림했고, 그렇게 높이 홀로 있자니 외로울 수밖에 없었다. 그건 여신 노릇을 하고 살아온 대가였다.

색채는 음악과도 서로 통한다

시리의 열일곱 번째 생일에 야네는 이젤과 붓, 물감을 여동생에게 선물하며 넌지시 그림을 한번 그려보라고 권했다.

"색채는 음색과도 서로 통한다니 함 해봐. 빛깔에서 음악을 보는 사람들도 제법 있다더라. 그림도 음악 작품과 마찬가지로 일종의 구성이거든."

그림을 시작하며 시리는 전에는 몰랐던 자기 손의 굉장한 면모를 알게 되었다. 크고 힘찬 손가락이 이렇게 좋을 줄은 정말 몰랐다. 캔버스를 잡아당겨 단단히 고정하고, 물감도 정확히 섞고, 큰 붓을 자유자재로 놀리며 뭐든 정밀하고 힘차게 할 수 있었다.

생일 선물로 받았지만 그대로 처박아 둔 납작한 모양의 우편물을 시리는 서랍장에서 꺼내 뜯었다. 이리스 젤린이 보낸 것이었다. 거기에 편지 한 줄 따로 없이 〈이슬방울〉 악보 원본이 들어 있었다. 석 달 전 이리스가 함부르크로 시리를 찾아 온 이후 두 사람은 다시 만난 적이 없었다. 자동응답기에 몇 차례 안부가 남아 있었지만, 그에 대해서도 응답하지 않았다. 다다 선생님을 통해서만, 시리에게 다녀온 이후 어머니 상태가 점점 더 나빠지고 있다는 소식을 전해 듣곤 했다.

시리는 〈이슬방울〉의 악보를 한 장씩 꺼내 가위로 이리저리 오리고 접어가며 음표를 다시 배치하여 이들을 화면에 풀로 붙이는 콜라주 작업을 했다. 넓적한 붓으로 검은색과 파란색 물감을 발라 그 위에다 동그라미며 물결 모양도 그려 넣었다. 그 문양들의 움직임은 시리가 삶을 시작한 이후 줄곧 들었던, 그래서 지금도 자기 내면에서 들리는 음악의 리듬을 그대로 따르는 것이었다.

숨막히는 백일몽

나는 종종 젤린 자매가 함께 나오는 괴이쩍은 백일몽에 빠져들었다. 서커스단의 최고 인기 아이템으로, 우리는 함께 등장하는 신세였다. 우리가 어떻게 소개되는지, 보통 사람들은 그냥 미치고 환장할 구경만 하시면 된다.

"자, 여길 보세요, 여길 보세요!"

바람잡이가 수선을 떨며 관객몰이에 열을 올린다.

"머리 두 개에 손이 네 개 달린 샴쌍둥이 피아니스트, 이리스와 시리가 이제 무대 위에 등장합니다."

우리는 막 입장을 마쳤다. 하지만 잠시 기다리시라. 바람잡이가 다시 나설 차례다.

"신사숙녀 여러분, 안녕하십니까? 이제 괴물 쇼를 시작합니다. 전 세계를 강타할 명물 쇼 되겠습니다. 오늘 여러분은 21세기 샴쌍둥이를 보시겠습니다. 복제인간 쌍둥이 우리 클로운을 위해 장막을 걷고 조명 부탁합니다. 알록달록 어릿광대 클라운(clown)이 아니고, 하하하하, C, L, O, N, E, 클로운, 우리의 복제쌍둥이 이리스와 시리에게 여러분, 힘찬 박수 부탁합니다.

이리스는 I, R, I, S, 시리는 S, I, R, I, 철자는 이렇게 거꾸로인데, 머리끝부터 발끝까지 생긴 건 완전 똑같은 복제쌍둥이, 이들은 지문도 같고 뇌파도 같다는 사실 알고 계시는지요? 이들 사이에 서로 생각이 전달될 때면 불꽃이 튀니, 가까이 가시면 굉장히 위험합니다. 높은 전압에 감전되지 않게 조심하셔야 합니다. 이들은 인간일까요, 혹은 기계일까요?

시리와 이리스가 관중석을 한 바퀴 도는 동안 여러분께서는 이들을 만져보셔도 좋습니다. 막간을 이용해 샴쌍둥이 이름의 유래가 된 창과 엥 이야기를 들려 드릴까 합니다. 가슴뼈에서 배꼽까지 붙어 있던 이들 형제는 1811년, 오늘날 태국이라 불리는 샴에서 태어났지요. 그래서 샴쌍둥이라는 이름이 생긴 건데, 미국 서커스단에 와서 전국을 유랑하며 이름을 날렸답니다. 이들은 각자 결혼도 하고 아이도 여럿을 낳았어요. 창이 먼저 죽자 이를 지켜 본 엥도 곧 뒤따라 세상을 떠났답니다. 하지만 그 이름은 인구에 회자되며 여전히 살아 있습니다. 하하하!

우리는 오늘 한 몸으로 태어난 이들 자매를 갈라놓을 겁니다. 두 사람의 팽팽한 대결에 여러분은 증인이 되신 겁니다. 각각의 개체로 나뉠 수 있느냐, 없느냐가 오늘의 관전 포인트 되겠습니다. 이리스와 시리가 이제 짧은 곡을 연주하니 들어보시기 바랍니다. 네 개의 손과 머리 하나, 두 개의 손과 머리 두 개, 네 개의 손과 머리 두 개, 어떤 조합도 가능합니다.

두 자매를 묶고 있는 심리적인 끈을 지켜보세요. 아주 견고하지만, 두 피아니스트의 목에 느슨히 감겨 있어요. 그걸 찬찬히 살피면서 약간의 상상력을 발휘해 보셔도 좋겠습니다. 아뇨, 제일 앞줄에 앉은 숙녀 분께서 그게 탯줄이 아니냐 하시는데, 그건 아닙니다. 이 끈의 소재는 훨씬 더 질기고 신축성이 더 좋은 쌍둥이의 지독한 사랑이랍니다.

이제 두 사람은 각자 피아노 앞에 앉는데, 눈에는 잘 보이지 않을 만큼 가느다란 끈으로 묶여 있어요. 화음이 울릴 때면 바퀴가 달린 피아노들은 더 멀리 굴러가, 더 세게 잡아당기면 늘어난 끈이 끊어집니다. 그런데 정확한 시점에 딱 맞춰 끊어지지 않으면 목이 졸려 치명적일 수 있어요. 아니 복제인간 둘이 똑같이 짝 소리를 내며 가운데가 갈라질까요? 하하! 두 사람은 힘도 똑같고 몸무게도 똑같거든요. 이제 결전의 시간이 다가옵니다. 결판이 나느냐, 나지 않느냐? 그건 아직 장담할 수가 없어요.

유명한 이리스 젤린이 그녀의 작품 〈메아리〉와 〈이슬방울〉 중 몇 곡을 연주할 예정이고, 만만치 않게 유명한 시리 젤린은 그에 맞춤한 즉흥 연주로 맞설 겁니다. 친애하는 신사 숙녀 여러분, 세계 최초로 진행되는 이 행사의 증인이 되어 주세요. 샴쌍둥이의 분리는 수술실에서 피를 쏟다가 실패할 때가 있지만, 오늘 이 행사는 흥미진진한 연주회 방식으로 진행됩니다. 음악의 힘은 이렇게 위대합니다.

이제 조용히 해주실까요? 샴쌍둥이의 완벽한 분리가 최초로 진행됩니다. 제가 신호하고 중계를 하겠습니다. 복제인간은 준비하라, 시작!

첫 화음이 시작되네요. 서로의 뇌파와 목숨을 잇는 심리적 끈이 당겨집니다. 점점 팽팽히 당겨져요. 어느 쪽 끈이 먼저 끊어질까요?

이리스? 시리? 이리스는 잘 버텨내는 것 같네요. 더 젊은 시리도 힘차게 화음을 누릅니다. 피아노가 움직이네요. 그런데 반격도 만만치 않아요. 이리스 젤린도 지금 화음에 트레몰로, 꾸밈을 넣는 등 온갖 기량을 동원해요. 끊어질 정도로 끈이 팽팽해졌는데, 아직은 붙어 있어요.

시리의 얼굴이 새파래집니다. 제일 앞 숙녀 분, 피가 튈 일은 없으니 일어나지 말고 자리에 앉아 계세요. 그 끈에 피가 들어 있진 않거든요. 결정의 순간이 다가오는 것 같네요. 예, 끈이 끊어지는 모양인데, 브라보! 무슨 일인가요? 이리스 젤린이 의자에서 끌려 나왔어요. 숨을 안 쉬는 것 같은데. 아, 진정들 하세요, 아직 숨은 붙어 있답니다. 조무사들이 다 처리할 거예요. 의사도 대기 중이고.

신사숙녀 여러분! 흥분의 도가니로 치달았던 오늘 대결에 힘찬 박수 부탁드립니다. 저기 웃고 있는 오늘의 승자 시리 젤린, 여러분께 허리 숙여 인사드립니다."

난 그녀와 떨어져 있느라 함부르크에서 조용히 지내고 있었지만, 그녀에게서 완전히 벗어날 수는 없었다. 병세가 악화되었단 얘기를 듣고 마음이 너무 힘들어 그녀 곁으로 돌아갈 수밖에 없었다. 사랑이 의지보다 강했고, 쌍둥이 자매의 우애는 자유의지 정도는 곧 극복해 버렸다. 열아홉 살이 되면서 나의, 아니 당신, 아니 우리의 삶은 다시 한 몸처럼 엮이기 시작했다.

회자정리

사람들은 우리 복제인간에 대해 아주 천박한 상상을 하며 엉뚱한 얘기를 하는 경우가 많다. 내가 태어나기 한참 전 어떤 법률가는 다음과 같은 황당무계한 논리로 인간복제 금지를 반대, 즉 인간복제를 찬성하는 의견을 개진한 바 있다.

"미래의 복제인간 생산과 관련해, 당사자들은 그런 운명을 원하지 않을 것이라는 식으로 문제 제기를 하는 경우가 있을 것이다. 하지만 당사자들은 바로 이런 식의 문제 제기 자체를 당치않다고 여길 것이다……. 왜냐하면 그렇게 생산된 사람에게 복제는 곧 자기 생존의 기회일 뿐이기 때문이다."

이런 빌어먹을 주장은 어디서 비롯한 걸까? 복제되어 태어나는 것만으로 아닌 것보다 더 낫다고 확신하는 저들의 근거는 대체 무엇인가. 부디 당신들 편견에 우리를 끼워 맞추는 그런 한심한 짓거리는 삼가길 빈다!

무엇보다 '나'라는 절대적 확실성이 당신들에게는 당연하지만, 우리 복제 인생은 그걸 가질 수 없다. 그러한 확신은 깊은 성찰을 통해 얻어지는 게 아니라, 그냥 있는 것이다. 보통 사람은 이를 곰곰 생각할 필요가 없이 애초 마음 깊이 그런 확신이 있다. 이 세상과 스스로를 자기 눈으로 보고 인식하면서 자연스레 '나'라는 존재를 감지하게 마련이다. 삶의 매 순간 고유한 자신에 대해 그 존재를 확인한다. 하지만 복제인간은 그렇게 자신이 중심이 되는 '나'가 있을 수 없다.

나의 경우도 늘 이리스 젤린을 중심으로 상대적 존재일 따름이었다. 이름부터 이리스의 거꾸로였고, 존재 자체가 그녀 은덕의 산물이었다. 나 스스로가 마치 똑같은 모습이 겹겹이 들어 있는 러시아 나무인형 같았다. 비틀면 속에서 똑같은 게 자꾸 나오다 결국 아무 것도 나오지 않는, 그 아무도 아닌 게 바로 나였다.

아무도 아닌 존재, 그건 누구라도 그리 오래 감당할 수 있는 일은 아니다. 반 년 정도를 꼬박 그런 신세로 지내다가 아주 춥고 맑은 1월의 어느 날 나는 기차를 타고 뤼벡으로 향했다. 내 중심인 이리스 젤린을 보러 결국 그렇게 다시 길을 떠날 수밖에 없었다.

나의 도피 생활 도중 처음으로 뤼벡에 가서 그녀와 포옹하자 나는 마치 신화에 나오는, 남녀가 한 몸으로 자라고, 움직일 때는 공처럼 굴러다닌다는 그 자웅동체가 된 기분이었다. 그런데 이 반쪽이들이 서로 다른 방향으로 가려 하거나 가야 한다면 어떤 결과가 될까?

예를 들어 하나는 삶의 길, 다른 하나는 죽음의 길로 가야 한다면, 이 존재는 그냥 그 자리에 멈춰 설 수밖에 없을 것이다. 나 또한 더이상 저항할 힘이 남아 있지 않아, 거기서 꼼짝을 못한 채 발이 묶여 버렸다. 하지만 그건 휴식을 위한 정지가 아니었고, 전혀 평화가 없는 심각한 불행의 상태였다. 그걸 깨달은 순간 나는 그렇게 집으로 돌아간 것을 새삼 후회하면서 다시 달아나고픈 마음이 굴뚝같았다.

하지만 내 발은 납처럼 무거워져 도무지 움직여지지 않았다. 땅에 처박힌 돌멩이처럼 이렇게 꼼짝 못하는 상태는 꿈에서도 한번 겪은 일이다. 나도 어머니처럼 휠체어를 타고 있는 꿈이었는데, 내 것에는 아예 바퀴가 달려 있지 않았다.

나는 수시로 그녀를 벗어나려 가출을 시도했고, 양심의 가책을 느끼면서도 야네 오빠가 있는 함부르크로 돌아가곤 했다. 하지만 다시 엄마 생각이 나면 갑자기 불안과 공포로 몸이 떨렸다. 이리스 젤린의 불치병은 내 생명도 갉아먹었다.

그냥 곁에 있어 주시면 돼요

시리의 상태가 점점 심각해지고 있지만, 야네는 어떻게 도울 방법이 없어 심리학자를 찾아가서 여동생의 일을 상담했다. 신경성 우울증이라는 진단이었다. 전문가 입장에서 이는 만성 질환을 앓는 환자 가족에게 흔히 나타나는 증세라고 했다. 하지만 시리 경우는 환자가 시리의 친엄마인 동시에 쌍둥이이니, 그 강도가 더 셀 수밖에 없을 거라고 했다. 엄마가 고통을 겪는 반면 자신은 그렇지 않다는 사실이 빚처럼 쌓여 점점 더 정신적 압박을 견디지 못해 상대와 거의 같은 상태의 고통을 겪는 일이 드물지 않다고 했다.

"제가 어떻게 도움을 줄 수 있을까요?"

야네가 물었다.

"그냥 곁에 있어 주시면 돼요. 그것만으로도 굉장히, 아주 잘 돕는 거예요."

야네는 이미 최선을 다해 그녀 곁에 있어 주었다. 집안 청소며 음식 장만도 도맡아 했고, 학교 수업이며 과제도 빼먹지 않게 돌봐주었다. 친구들 모임이나 전시회에도 데려가 사람들과 어울릴 수 있게 거들었다. 시리도 열심히 사람들과 제법 대화도 나누는 편이었으나, 접하는 일이나 사람에 대해 어떤 의욕도 생기지 않았다. 그에 비해 그림 작업을 할 때는 얼굴 표정부터 한결 편안해져, 야네 오빠를 따라 시내 골목을 누비고 바닷가에 가서 해적놀이를 하던 시절의 기상이 이따금 다시 느껴지기도 했다.

하지만 시리는 야네와도 점점 멀어졌다. 학교에 가거나 어머니 집에 가지 않을 때면 그냥 온종일 침대에 누워 뒹굴고, 벽에 걸린 사진 하나와 몇 시간씩 뭐라 중얼거리곤 했다. 언젠가 시리가 외출한 틈을 타서 야네는 그 사진 액자를 떼어냈는데, 시리는 미친 듯 악을 쓰며 그걸 다시 제자리에 붙여놓으라고 했다.

"당장 다시 걸어! 안 그럼 다시는 오빠 안 볼 거야!"

아무 쓸모없는 존재 요하네스

그 무렵 내 가장 미덥고 충실한 친구는 요하네스였다. 동판화에 새겨진 모습이 전부였으나, 오직 그만이 나를 이해할 수 있을 것 같은 느낌이었다. 그의 사진은 쌍둥이와 관련해서 내가 수집한 자료에서 찾아 오려둔 것이었다. 나 어렸을 때 찍혔던 '시리를 안고 있는 성모 이리스' 사진을 넣어 두었던 아주 예쁜 나무액자에 마침 그게 딱 들어갔다. 그 액자는 엄마랑 함께 가서 구입했던 것이다. 요하네스 사진 액자를 침대 발치 위에 걸어 두니, 편안히 누운 채 시시때때 눈길을 주고 대화를 나누기가 아주 좋았다.

요하네스는 라자루스 콜로레도의 쌍둥이 동생으로, 이들은 17세기 이탈리아 제노바에서 태어났다. 라자루스는 정상적인 신체 크기로 성장했으나, 몸집이 아주 작은 동생 요하네스는 형의 가슴에 붙어살았다. 상체에 달린 머리는 힘없이 뒤로 젖혀져 있었고, 입은 헤 하고 벌린 채였다. 잠을 자는 듯 눈은 항상 감겨 있고, 작고 가는 팔과 다리는 형겊 인형의 팔다리처럼 그냥 달려 있었다.

이 반쪽이 인간은 스스로 음식을 취하는 게 아니라 형의 몸에서 영양도 공급되고 혈액도 공급되는 기생체였다. 그에 비해 형인 라자루스는 전문용어로 자생체여서, 상대를 지배하지만 실제 얻을 건 전혀 없었다. 요하네스는 그저 쌍둥이 형 몸에 붙어서 기생하는 아무 쓸모없는 존재였다.

요하네스의 사연을 서술한 책들 중에 아쉽게도 내가 요하네스에게 묻고 싶은 다음과 같은 질문들에 대한 답이 실린 경우는 전혀 없었다.

- 한 번이라도 눈을 뜨고 라자루스 형의 얼굴을 본 적이 있었나요?
- 라자루스 형이랑 서로 이야기를 나눈 적이 있었나요?
- 원래 실명의 상태였나요, 아니면 세상이 보고 싶지 않았나요?

- 생각으로 라자루스 형에게 어떤 영향을 줄 수도 있었나요?
- 라자루스 형이랑 서로 사랑했나요, 아니면 서로 증오했나요?
- 고유의 감정이나 느낌이 있었나요, 아니면 그것도 형을 통해서만 이루어졌나요?
- 당신도 나처럼 감정이 죽어버린 사람이었나요?

하지만 요하네스는 묵묵부답이었다. 내가 구하는 답을 그 또한 알려줄 수 없었다. 누구도 답해 주지 않았고, 수백 년이 지나 복제로 기생체를 생산하는 시대가 되었어도 그건 마찬가지였다. 대신 젤린 자매들에게 미래는 없다는 것, 그 사실 하나만은 확실히 알게 되었다. 현재의 블랙홀이 자꾸 더 커지며 곧 우리를 삼켜버릴 것이다. 요하네스의 삶이 라자루스에 묶여 있던 것과 꼭 마찬가지로, 나 또한 이리스 젤린의 삶에서 헤어나지 못한 채 그녀에게 대롱대롱 매달려 있는 꼴이기 때문이었다.

스무 살이 지나도 삶 저 바깥에서 허우적대다

유명 작곡가였던 이리스 젤린이 간병인의 보살핌을 받는 신세가 되었다는 소식은 처음부터 대중의 이목이 쏠린 관심사였다. 더는 작곡을 할 수 없게 되었다는 안타까운 소식과 함께 특히 신음악 장르에서는 엄청난 손실이라는 탄식이 이어졌다.

이리스의 병마에 대한 대중의 관심은 진심어린 동정도 있었으나 실

없는 호기심과 선정적 보도거리로 악용되는 측면이 다분했다. 이후 그녀의 음반 판매가 급격히 상승했고, 50세 생일 기념 공연에서는 신고 전음악의 탁월한 해석자로 재평가되었다는 문구까지 남발되었다. 여러 공연에서 이리스 젤린의 작품이 전보다 더 자주 연주되고 여기저기 관련 기사도 이전보다 훨씬 많이 눈에 띄었다.

시리는 이들을 찾아 읽으면서 놀라움을 금치 못했다. 자기 엄마를 문화적 우상으로 여기는 여성이 상당히 많은데, 이들은 이리스 젤린을 그냥 작곡가가 아니라 아주 용감한 '현대의 성모마리아' 혹은 '생물학적 자기실현'의 선구자로 떠받들고 있었다. 그중 어떤 이들은 그녀의 복제 딸에 대한 근황과 함께 혹시 어머니의 뒤를 잇는지를 묻기도 했다.

오래 전부터 이리스 젤린, 그녀와의 인터뷰가 이루어지지 않다 보니, 여러 매체의 기자들과 음악을 공부하는 학생, 엄마의 팬들까지 많은 사람이 나를 찾아 왔다. 그들은 나한테서 뭔가 개인적인 이야기를 듣고 싶어 했고, 특히 우리 관계를 궁금해 했다.

그 질문들에 난 답하지 않았다. 엄마에 대해, 나 그리고 우리에 대해 아무 말도 할 수 없었다. 나는 삶 저 바깥에서 허우적대고 있었다. 그래서 이렇게 시간이 흐른 후에야 글로 정리하게 된 것이다.

나는 당시 열여덟 살이었고, 상상 속에서 다시 꼬마 시리로 돌아가 그녀와 나너 놀이를 했다. 그런데 내용은 완전히 달라져 있었다.

"네가 자라 어른이 되면 나와 똑같아지는 거야. 그러니까 너도 불치병 환자가 되는 거지."

어머니 이리스 젤린이 말했다.

"나는 더 미워지고, 더 아파진다!"

나는 짓나서 소리쳤지만, 문득 겁이 나서 물었다.

"그럼 엄마는 죽는 거야?"

"물론이지."

엄마는 씨익 웃었다.

"싫어. 엄마 죽는 거 싫어. 절대로 죽으면 안 돼."

내가 애원하며 소리 지르자, 엄마는 나를 두 팔로 끌어안고 말했다.

"네가 있으니까 우리는 함께 죽는 거야. 나는 너고, 너는 나거든."

나는 너무 무서워 온몸이 후들거렸다.

열아홉 살이 되었고 간신히 수능은 마쳤지만 더 이상 아무 힘도 남아 있지 않았다. 행여 낙오자가 될까 나를 많이 걱정했던 야네 오빠가 미술학교에 서류를 접수해준 덕에 얼떨결에 등록해 수업에 들어갔지만, 가을이 깊어질 무렵 그나마 끼적였던 그림이며 붓과 물감도 모두 내팽개쳤다.

어머니가 세상을 떠나기 전 마지막 2년 동안 시리는 종종 거울 앞에 서서 오래도록 정성을 들여 화장을 했다. 그럴 때면 입술을 움직이며 자꾸 뭐라고 했지만, 야네는 옆에서 바짝 귀를 기울여도 도무지 무슨 말인지 알아들을 수가 없었다. 시리는 더는 머리에 요란한 물을 들이지 않았고, 알록달록한 옷도 입지 않았으며, 이리스와 비슷한 취향으로 회색이나 검정 같은 무채색 옷만 입었다.

왜 그렇게 칙칙한 옷만 입느냐고 어느 날 야네 오빠가 묻자, 시리는 눈썹을 씰룩거리며 무뚝뚝하게 답했다.

"자기 껍데기에서 어떻게 빠져 나와? 게다가 이 껍데기는 내 것도 아닌데."

그녀는 연신 열아홉에서 스무 살 당시의 이리스 젤린 모습과 거울 속 자신을 비교했다. 병원에 입원해 있던 카타리나 할머니를 속여먹던 때처럼 이리스 젤린의 연기도 했다.

작곡가 이리스 젤린의 50세 생일을 기념해 그녀 작품들에 대해 한바탕 붐이 일었던 무렵에는 어느 음악가게에 들러 어머니 행세를 하며 고객들에게 사인을 해주기도 했다. 그녀가 가짜라는 걸 아무도 눈치채지 못했지만, 그런 짓거리도 재미가 없어서 그만두었다. 아무래도 그런 시절은 이미 지나간 모양이었다.

시리는 두 가지 삶을 가로지르는 경계를 넘나들며, 죽을힘을 다해 그 균형을 잃지 않으려 했다. 하지만 경계는 너무 희미하고 위태로워 때론 중심을 잃고 어머니의 삶 쪽으로 아니면 시커먼 암흑 속으로 곤두박질치기도 했다.

나의 분노는 폭발 횟수는 줄었지만, 한번 터지면 더 파괴적이고 더 흉포해졌어요. 이리스 젤린, 당신으로 인해 오염되고, 짓밟히고, 희롱당한 나는 폭력으로 잉태되었다는 느낌을 당최 떨쳐낼 수가 없었어요. 그 과도를 꺼내들고 내가 당신을 겨누었던 일이 생각났어요. 그리고 요란스런 소리를 내며 바닥으로 떨어지던 금속성 칼 소리도 다시 들렸고요.

나는 홀로 거울 앞으로 가서, 내 왼쪽 팔을 따라 손에서부터 어깨까지 가위 끝으로 쭈욱 그어봤어요. 차가운 금속이 목덜미에 닿자 온몸으로 소름이 번지더군요. 다음은 가위 끝을 나, 아니 당신, 아니 우리 심장이 팔딱대는 곳에다 옮겨봤어요. 그 가운데를 한 방 푹 찌르기만 하면 복제 쌍둥이의 이야기는 여기서 끝장이 나는 거겠죠. 재밌어서 혼자 낄낄거리니 어느새 날카로운 칼끝이 다시 목덜미를 간질였어요.

시리가 스물한 살이 되던 해 모티머 G. 피셔 교수가 마침 의학 관련 학술대회가 열리는 함부르크에 왔다. 이리스 젤린에게 먼저 방문소식을 알렸으나, 그녀는 만나고 싶지 않다고 했다. 피셔 교수가 다시 시리의 안부를 묻자 다니엘라 하우스만은 야네의 전화번호를 일러주었다.

야네와 시리, 두 사람을 저녁 식사에 초대하고 싶다는 전갈을 받은 야네는 즉시 호텔로 전화를 해, 약속장소에 꼭 시리를 데리고 나가겠다고 약속했다. 안 그래도 야네는 진작부터 피셔 교수를 만나면 시리가 이 절망적인 상태에서 좀 벗어날 길이 있지 않을까 싶은 마음이 간절했었다. 그는 피셔 교수에게 현재 시리의 상황을 숨김없이 털어놓았다.

"물론 나도 함께 갈 거야."

시리가 피셔 교수와의 만남에 시큰둥한 반응을 하자, 야네는 시리를 설득했다.

만나기로 한 이탈리안 식당은 별로 요란스럽지 않고 소란하지 않은 곳으로 야네 집에서 가까운 거리였다. 세 사람의 만남이 처음에는 좀 어색했지만, 피셔 교수가 먼저 인사를 했다.

"시리를 정말 꼭 보고 싶었어요. 어디 앉으면 좋을지, 뭘 먹을지, 무슨 얘기를 나눌지도 시리가 모두 알아서 해주세요."

그들은 여러 이야기를 나누며 즐거운 시간을 보냈다. 학교며 책, 최근 영화, 피셔 교수가 참석한 행사에 대해 떠들었다. 하지만 이리스에 대한 이야기는 아무도 꺼내지 않았다. 각각의 파스타와 거기 어울리는 와인을 시리가 골라 주문했는데, 와인을 들이켠 탓인지 무척 활기차 보여 야네는 마음이 한결 가벼웠다. 시리 덕분에 오늘 더욱 기쁘고 푸짐한 저녁이 되었다며 야네는 발그레해진 시리의 뺨에 뽀뽀를 했다. 피셔 교수도 유쾌하게 웃으며 그녀의 팔에 살짝 손을 얹었다.

그런데 시리의 얼굴에 갑자기 심각한 빛이 돌면서 말이 쏟아지기 시작했다.

"교수님은 어쩜 이렇게 손가락이 가늘고 아름다워요? 난 처음 봤을 때부터 교수님 손이 너무 예쁘고 탐이 났어. 우리 처음 만났을 때 기억하세요?"

모티머 G. 피셔는 고개를 끄덕였다.

"내가 막 열한 살, 아니 열두 살이 되었을 무렵이에요. 나는 그때 정말 이리스 젤린 같은 피아니스트가 되겠다고, 무지무지 연습을 했더랬어요."

시리는 모티머 G. 피셔의 오른손을 잡아 얌전히 제 뺨으로 가져가더니, 마치 동요를 부르듯 읊조렸다.

"아버지, 우리 아버지 손은 이렇게 아름다워, 너무나 아름다워요."

모티머 G. 는 좀 불편하고 속수무책인 얼굴로 야네를 쳐다보았다.

그가 거북해하는 걸 알아챈 시리는 더 세게 그의 손을 움켜쥐었다.

"교수님은 제게 아버지와 다름없는 분이잖아요? 그렇지요?"

그런데 시리의 음성에 갑자기 독기가 서렸다.

"내 몸을 만지는 게 불편해요? 당신이 만든 제품인데, 기분이 안 좋아? 내가 이러는 게 무서워?"

그리고 다시 얌전한 목소리가 되어 속삭이듯 말했다.

"우리 아빠, 아빠 손은 정말 고와요. 난 정말 보고 싶었는데, 아빠는 대체 어디 계셨어요? 우리 엄마는 이리스 젤린, 아빠는 없다 그랬지만 난 아빠가 얼마나 보고 싶었는지 몰라."

모티머 G. 피셔는 이제 좀 괜찮아진 모양이었다.

"네 어머니는 정말 특별한 여성이야."

피셔 교수의 말에 시리가 다시 정색을 했다.

"그만 하세요!"

시리는 그의 손을 팽개치더니 그의 어깨를 거의 의자에서 떨어질 만큼 세게 밀어붙였다. 야네가 얼른 일어나 시리를 꽉 붙들며 말했다.

"시리야, 왜 그래? 교수님이 너한테 뭘 어쨌다 그래!"

야네는 피셔 교수에게 고갯짓으로 먼저 가시는 게 좋겠다는 표시를 했다.

"벌써 11시가 넘었네, 늦었으니 집으로 가자!"

야네가 시리를 부축하며 말했고, 피셔 교수는 고개를 표시도 안 나게 끄덕이고는 천천히 발길을 돌렸다.

"더러워, 아 더러! 냄새도 아 구려! 손만 예쁨 뭐해, 저렇게 더러운데!"

시리의 말은 뚝뚝 끊겼으나 목청은 점점 더 거칠어졌다.

"저 의사 선생 예쁜 손이…… 아주 시궁창이야!…… 손 씻으러 가셨나?"

모티머 G. 피셔는 계산대 앞에 서서, 신용카드를 내밀었다.

"사람을 둘로 나누는 건, 그 사람을 죽이는 거야! 그거 몰랐지, 교수님아!"

시리가 목청껏 악을 써대니, 모티머 G. 피셔뿐 아니라 식당에 있던 손님들이 그 얘길 모두 듣게 되었다. 피셔 교수는 손님들을 향해 뭐라 중얼거리며 사과하는 시늉을 하고 벌겋게 된 얼굴로 먼저 식당을 떠났다.

당시 피셔 교수가 뭘 원했는지 나도 이제 이해가 된다. 이리스 젤린에 대한 이야기를 하며 그녀와 자신의 공동작업에 대해, 내가 제대로 이해하고 너그러이 수용하기를 바랐던 것 같다. 나의 이 글쓰기 작업이 마무리되면 그도 이걸 읽고, 조만간 다시 만나 제대로 이야기를 나눌 수 있었으면 싶다. 그날 저녁을 돌이키면 부끄러워 지금도 낯이 뜨거워진다. 하지만 당시 나는 제 정신이 아니었다. 이 세계에 발을 딛지 못한 채, 두 삶의 경계에서 미쳐 날뛰고 있었다.

당시 엄마는 급속도로 노쇠해갔다. 실제 나이는 쉰한 살인데 육십대 중반도 넘어 보였다. 매일 새 주름이 보태지고 저승꽃이 피어났다. 한 움큼씩 머리가 빠지고 손가락 마디가 불거져 나왔다. 늙고 쇠약해지는 나 자신의 모습을 퀵모드로 지켜보는 셈이었다. 아직은 우리 삶이 사슬처럼 묶여 있었다. 하지만 하루 빨리 죽음이 찾아와 그녀 혹은 나를 떼어내기를 정말로 간절히 바라지 않을 수가 없었다. 아니 우리 둘을 함께 데려가길 바랐던 것 같기도 하다.

시간에 구애받지 않는 절대공간

스물한 살 봄 이후로 시리는 아예 날짜를 정해서 규칙적으로 어머니를 방문했다. 이리스는 딸에게 더 이상 집으로 오라고 사정할 필요가 없고, 시리도 굳이 거절할 필요가 없게 되었다.

시리는 격주마다 화요일 오후에 뤼벡으로 출발했다. 오후 다섯 시에 도착하면 다다 선생님이 따뜻한 커피를 끓여놓고 시리를 맞아 그동안 있었던 일들을 함께 이야기했다. 그 다음 엄마가 계신 작업실로 자리를 옮겼다. 악보를 그리는 옛날 종이가 잔뜩 쌓여 있던 긴 나무책상을 치워버리고 그 자리에 병원용 침대가 놓여 있었다. 창문 밖으로 마당의 늙은 나무들이 한눈에 들어왔다.

이따금 이리스 젤린은 강경한 태도로 딸을 몰아세웠다.

"왜 피아노 연습을 안 해?"

이상하다는 듯 딸에게 자초지종을 따져 묻기도 했다.

"네가 얼마나 재능이 굉장한데, 나중에 얼마나 지독하게 후회하려고 그래? 지금 그렇게 게으름을 피우면, 그거 만회하기가 얼마나 힘든 줄 아니? 그걸 안 하면 대체 뭘 하고 살겠단 거야?"

"나도 몰라요, 난 아무짝에도 쓸모가 없어요."

시리는 그렇게 대답하곤 했다.

어떤 날은 한마디 말도 하지 않았다. 이불을 뒤집어쓴 엄마의 몸뚱이 구석구석이 통증에 시달리느라 숨소리도 멎은 듯 초점 없는 눈이 되어 있었다.

무너지는 엄마 몸이 어떤 고통을 겪는지 시리도 고스란히 느껴졌다. 그럴 때면 두 사람은 전처럼 한 몸이 되기도 했다. 딸의 모습을 바라보며 어머니는 젊고 건강했던 자신의 옛 모습을 보는 것 같아 위로가 되어 한결 편안한 느낌에 젖기도 했다.

하지만 견디기 힘든 때도 종종 있었다. 이리스 젤린은 시리에게 짜증을 내고 야단을 치며 심술을 부리곤 했다. 함부르크 그 야네 녀석 집에 가서 사느라 집에는 코빼기도 보이지 않고, 자기 돈으로 생활하면서 고마운 줄도 모른다고 욕을 해댔다.

그렇게 시간이 흘러 가을로 접어들자 이리스 젤린은 이제 딸조차 알아볼 수 없게 되었다. 낯선 이를 보고 당황한 듯, 시리가 들어온 방문 쪽을 물끄러미 쳐다보다 간신히 몸을 일으켜 침대의 버팀대에 달린 금속 삼각대에 기대고 쉿소리를 내며 소리쳤다.

"누구세요? 어떻게 들어왔어?"

모르는 이가 다가온다고 무섭게 느꼈던지 흉측한 몰골의 노파는 침대에서 죽어라고 악을 써댔다. 시리는 그녀를 두 팔로 끌어안으며 말하려 했다.

"엄마, 나야, 시리. 엄마 딸이잖아."

하지만 자신의 엄마였던 노파는 계속 시근거렸다.

"나가, 어서 나가!"

그러더니 다니엘라 하우스만을 찾는 눈치였다.

"어디 있어, 다다, 아 진짜 어디 가서 자빠졌어……."

시리는 뒷걸음질을 치며 방을 나와 복도에서 다다와 마주쳤다. 옛날 연주 여행 차 엄마가 집을 떠나면 시리가 울고불고 하다가 피아노 속을 기웃거리며 엄마를 찾던 시절 꼬마 시리를 달래주듯 다다 선생님은 그렇게 시리를 껴안아주고 위로해 주었다. 사람을 알아보지 못해서 저렇게 심통을 부리고 안절부절못하는 일이 잦아졌다는 이야기도 해주었다.

이리스 젤린, 내 어머니가 처음으로 나를 알아보지 못한 날, 나는 많이 당황한 탓인지 그만 음악방에 들러 까만 아저씨와 인사하는 일조차 잊어버렸다. 서둘러 복도 끝 커다란 거울 앞을 지나는 동안에도 엄마의 고함은 계속 들렸다. 나는 내가 쉴 곳으로 돌아가고만 싶었다. 더 이상 여기 있을 일이 전혀 없었다. 이집에서 나는 죽은 사람과 다름없었다. 밖으로 나와 신선한 가을 공기를 들이마시니 좀 살 것 같았다.

나무에서 떨어진 단풍진 잎은 석양 노을에 물들어 붉은빛과 황금빛이 더 짙게 빛났다. 오전에 내린 비로 촉촉해진 잎사귀 표면은 더욱 반짝거렸다. 뤼벡에서 함부르크까지 단거리 여행이지만 기차에서 내려 드디어 내 방에 돌아와 자리에 누우니, 요하네스는 여전히 그 자리에서 나를 기다리고 있었다.

"당신은 내가 누군지 알지? 그런데 바보 같은 울 엄마는 날 알아보지도 못하네."

나는 요하네스에게 계속 내 속을 털어놓았다.

"오늘은 내가 요하나라고 내 이름을 얘기했으면 좋았을 뻔 했어. 나는 당신과 똑같잖아. 그래서 혼자서는 꼼짝할 수도 없고 누군가에 의해 들려 다닐 수밖에 없는 무력감, 아무 것도 할 수 없는 그 살벌하고 으스스한 느낌을 난 알아. 그런데 당신은 결국 형과 함께 죽었나요?"

나는 내 고통의 반려자에게 물어보았다.

"죽는 게 그리 두려운 느낌인 건 아닐 것 같아. 더는 다툼도 없고 아무런 질문도 없는 편안한 휴식이 아닐까 싶어요."

과거와 현재가 함께 녹아내리고 있었다. 엄마가 날 알아보지 못하니까 내 존재는 그대로 소멸했다. 요하네스에게도 말했듯 난 시간에 구애받지 않는 절대공간의 꼭대기에서 이리저리 부유하고 있었다.

얼마나 더 살 수 있어요?

이리스 젤린의 상태는 악화일로였다. 12월 초 폐렴으로 입원해 그곳을 영영 떠나지 못했다. 시리가 스물두 살 되던 해 1월, 겨울 내내 구경도 못 해본 첫눈이 드디어 내린 날, 의사에게 시리가 물었다.

"얼마나 더 살 수 있어요?"

의사는 한 달이 될 수도 있고, 몇 달을 더 버틸 수도 있다고 답했다. 다발성 경화증으로 죽는 일은 없지만 대개 그 합병증으로 감염이 일어나면 치명적이 된다면서, 아무래도 올해를 넘기실 수는 없을 거라고 했다.

의사는 시리에게 어머니 뇌를 촬영한 CT 사진을 보여주었다. 하얀 반점들이 전체적으로 퍼져 있었다. 몸뚱이만 줄어드는 게 아니라, 지성이 죽고 인격도 죽어간다는 얘기였다. 이리스 젤린의 뇌 사진을 보고 있자니, 시리는 자신의 마비 상태와 무력감의 이유를 알 것 같았다. 이제 그녀의 감정에 맞대응할 상대가 사라진 것이다. 더 이상 엄마를 경멸할 수도, 함께 아파할 수도 없게 되었다. 그 모든 걸 자신을 향해 혼자 하게 된 것이다.

내 머릿속에도 그 하얀 반점이 퍼져가고 있다는 느낌이었다. 엄마도 나를 알아보지 못하고, 나도 역시 더 이상 엄마를 알아볼 수 없었다. 우리는 다시 하나의 머리, 하나의 심장, 하나의 영혼으로 똑같아지고 있었다.

중세 신학자들은 영혼이 하나여서 서로 나뉠 수 없는 쌍둥이들은 죽음 후 어떻게 되느냐를 놓고 격렬한 논쟁을 벌였다 한다. 예컨대 쌍둥이 중 하나는 착하게 살고, 하나는 악행을 일삼았을 경우는 특히 어려운 문제였다. 두 사람의 영혼은 함께 지옥의 불구덩이로 떨어질까, 아니면 주님의 나라에서 영원한 행복을 노래할 것인가, 아니면 드디어 영원히 분리될 수 있을 것인가?

나는 요하네스에게 물어볼 게 많았다. 쌍둥이 자매의 죽음에 대해, 복제 딸은 복제 엄마의 죽음을 어떻게 준비해야 하는지, 그녀가 세상을 떠나면 난 어떻게 해야 하는지 가르쳐 줄 수 있을까? 몹쓸 병에 걸리는 것도 유전적으로 정해져 있어서 나도 결국 엄마처럼 되는 건가? 내가 스물한 살이 아니라 엄마처럼 서른두 살이 더 많은 건 혹시 아닐까?

두 사람이 함께 자란 살과 뼈, 서로 나뉜 내장 기관만 찢어지기 힘든 게 아니잖아. 그들의 감정, 특히 복제로 찍어낸 감정은 두 사람을 단단히 묶고 있는데, 이제 죽음이 그들을 가를 수 있다는 건가? 나는 정말 그녀와 함께 죽게 되는가? 요하네스에게 물어볼 게 끝이 없었다. 하지만 속 깊고 과묵한 내 친구는 더욱 더 침묵으로 일관했다.

엄마 병실에 시리가 얼마나 오래 머물다 가는지, 그건 아무 상관없는 일이었다. 어떤 날은 아주 잠깐 얼굴만 보고 나와도 딸의 방문을 굉장히 고마워했다. 하지만 어떤 날은 한 시간도 넘게 침대 곁에 있다가 와도, 다음 주에 가면 다짜고짜 어디 가서 몇 달 동안 얼굴을 볼 수가 없었냐고 노여워 하는 식이었다.

이리스 젤린은 이미 세상 시간 너머에 살고 있었다. 어머니날 연주회인데 엄마 몰래 노란 끈을 묶고 나왔다고 욕을 퍼붓는가 하면, 따이우와 케힌데를 부르며 소리치다 오선지와 펜을 가져오라고 할 때도 있었다.

"여동생을 자꾸 찾으세요."

어느 날 간호사가 시리에게 물었다.

"여동생이 계신 걸 몰랐어요. 언제 한번 어머님을 보러 오실 수 없을까요?"

"망상에 빠지신 거예요. 여동생은 더 이상 없어요."

시리의 대답이었다.

간호원이 침대보를 새 것으로 가느라 이리스 젤린의 몸을 모로 뉘었을 때, 시리는 엄마 등 여기저기에 욕창이 생긴 걸 보며 자기 몸을 들여다보는 기분이 들었다. 온몸에 소름이 끼치며 이상한 장면이 시야에 들어왔다. 방안이 아주 추웠다.

"메스!"

주임 의사가 동료들에게 소리치며 절대 조심스레 진행해야 한다는 특별 지시를 내렸다. 수술대 위에서 이런 복제인간을 만난 건 처음이라고, 세포의 핵까지 추적하며 샅샅이 비교해 볼 수 있겠다고 했다. 푸른빛을 뿜는 네온 등 아래서 두 눈으로 확인하는 놀라운 현장, 이제 겹겹이 쌓인 노화의 비밀을 풀 수 있겠다고 했다.

"6월까지 얼마나 남았어?"

어떤 목소리가 들렸다. 내 몸을 다 열어놓고 언제까지 이렇게 내버려둘 것인가? 너무나 추운데, 이 흉측하고 차가운 금속 수술대 위에 언제까지 누워 있어야 하나, 시리는 그 생각을 하고 있었다.

"6월까지 얼마나 남았냐고?"

시리가 아는 목소리였다. 이리스 젤린의 음성이 틀림없었다. 시리는 해부실 수술대 위에 누워 있던 게 아니었다. 병상 곁 의자에 앉은 채 정신이 가물가물했던 것이다. 비스듬히 열린 창문을 타고 들어온 바람에 그렇게 한기가 들었던 모양이었다.

"6월이 언제나 오냐니까?"

답답하다는 듯 이리스 젤린이 다시 물었다.

쌍둥이 별자리가 눈앞에 나타날 때

엄마의 죽음이 언제일지, 난 그때 깨달았어요. 여름 하늘에 쌍둥이 별자리가 눈앞에 나타날 때까지 엄마는 죽음과 맞서 버틸 거였어요. 카스토르와 폴룩스 형제 별이 하늘에 떠오르는 걸 확인하고 드디어 마침표를 찍겠다는 계획이었지요. 엄마는 작곡가라 당신 삶도 그냥 내버려 둘 수가 없었던 게지요. 이리스 젤린의 삶을 마감하는 비통한 최후까지 가장 적절한 시기를 잡아 모든 게 소멸하는, 완벽한 작곡의 묘미를 살려낸 거였어요.

이제 와 생각하니 "봄이 한창이네. 5월 초순이니까."라고 내가 한 말에 대해 엄마가 조금 엉뚱한 답을 했던 것도 그래서였어요.

"임신하기 좋은 때구나."

엄마는 우리 두 사람의 삶이 시작된 때로 시간을 거슬러 올라간 거였어요.

"종소리가 들리지? 딩동댕, 딩동댕! 〈안나 페레나〉가 바로 그 형식을 따른 거였어."

엄마는 꼬마 계집애의 목소리로 그 노래를 부르다 스르르 눈을 감았어요. 그러더니 깜짝 놀라 일어나며 내게 물어요.

"내 일기장 갖고 있니?"

갑자기 정신이 돌아온 듯, 엄마의 말소리가 또렷해졌어요.

"그거 모두 너를 위해 작성해 둔 거니까, 잊지 말도록 해라! 그건 나의 유언장이야. 항상 너를 생각하며 기록해 둔 거야."

엄마는 다시 잠결에 빠져들며 낮은 소리로 중얼거렸어요.

"6월까지 대체 얼마나 더 남은 거니?"

그 순간 나는, 엄마의 일기장은 절대 읽지 않겠다고 다짐했어요.

초여름이 시작되던 5월 말 어느 따뜻한 밤, 야네는 비명에 잠을 깨어 시리 방으로 달려갔다. 땀에 흠뻑 젖은 몸으로 시리는 침대에 앉아 있었다.

"꿈을 꿨어."

시리는 꿈에서 엄청 무거운 혹 같은 게 가슴을 짓눌렀다고 야네에게 더듬더듬 설명했다.

"얼마나 무겁던지 정말 상상도 못 했어. 머리를 옆으로 돌린 채 팔다리는 대롱대롱 매달려 있어. 목이 마른지 숨을 깔딱깔딱해. 젖은 수건으로 내가 입술을 축여주려고 고개를 이렇게 세우는데 글쎄 얼굴이 우리 엄마야. 공포에 질린 얼굴로 눈을 뜨면서 나한테 누구세요? 어서 나가! 막 그러는 거야, 내가 그 몸통을 막 흔드는데 내 몸에 들러붙어 안 떨어져. 그래서 내가 죽도록 흔드니까 그제야 떨어졌어. 그래서 막 소리를 질렀어. 무지하게 아프고 피도 콸콸 날 줄 알았는데, 하나도 안 아파. 상처 자국도 없고, 시커먼 구멍…… 그런데……. "

시리는 적당한 표현을 못 찾고 계속 더듬거렸다.

"……가벼워. 그런데도 자꾸 계속해서 소릴 질렀어. 그러다 깬 거야."

야네는 시리 곁에 누워, 여동생 시리가 다시 잠이 들어 숨소리도 편안해질 때까지 그녀의 손을 꼭 잡아 주었다.

다음 날 다시 그 꿈을 생각해도 시리는 별로 무섭지 않았다. 이제 곧 모든 게 지나갈 거란 확신이 들었다. 저기 발치에 걸린 요하네스 사진을 이제는 치워버리자고 야네 오빠가 말해도 아무렇지 않아 그냥 찢어버리라고 편안히 말했다.

엄마가 있는 병원에 들렀더니 마침 간호사가 시리에게, 어머니가 이틀 전 끔찍한 악몽에 시달린 것 같았다고 말해 주었다. 온몸이 땀에 흠뻑 젖어 침대에 일어나 앉은 채 계속 비명을 질렀다고 했다. 그건 시리가 꿈에서 몸에 붙은 혹 같은 걸 뜯어낸 그 밤이었다.

시리가 침대로 다가갔지만 이리스는 딸이 온 줄도 알지 못했다. 조용히 자리에 누워 뭔가 좋은 기억에 젖어 있는 모양이었다. 시리는 어릴 때 엄마가 불러준 자장가 멜로디 몇 가지를 이것저것 낮은 소리로 불러보았다. 삶이 거꾸로 흐르고 있었다.

삶의 시작과 끝은 모두 휴식

시리가 스물두 살이던 해 6월 13일, 담당 간호사가 전화를 했다. "어머님이 찾아요. 임종이 가까운 것 같아요. 시간 맞춰 오시려면 서두르세요."

시리는 곧 역으로 달려가 기차에 올라탔다. 규칙적인 기차 바퀴소리에도 이번에는 마음이 가라앉지 않았다. 뤼벡에 도착하기 전 시리는 멀리 보이는 일곱 개의 탑을 헤아리며, 모든 게 저렇게 끄떡없이 제자리에 있다는 게 참으로 놀라웠다. 엄마가 죽으면 세상이 전부 무너질 줄 알았는데, 교회 밑 천장 아래 매달아둔 소원 쪽지 글씨가 세월과 함께 빛이 바래고 먼지가 되어버리듯 모든 게 그렇게 사라질 줄만 알았는데 말이다.

병실 창문이 다 열려 있어 방안에는 여름 기운이 물씬했다. 시리는 사투를 벌이고 있는 엄마의 손을 꼭 잡고 있었다. 이리스 젤린은 마지막으로 눈을 떠 딸을 보고는 얼굴에 편안한 미소를 띠어보였다.

미안해요 엄마, 내 피아노 연주 솜씨는 별로였어요. 그래서 엄마는 이제 진짜 죽은 거예요.

그동안 엄마 손가락은 너무 말라, 피셔 교수님 손가락만큼 가늘어졌어요. 죽음에 이르러서야 비로소 피아니스트의 가느다란 손가락을 갖고 싶은 소원을 이루었지만, 그런 손가락도 이제 더는 필요 없네요.

아래서부터 천천히 회색빛의 천을 당겨 당신 얼굴까지 모두 덮었어요, 마짱. 그리고 이제 너무도 무거운 적막이 우릴 덮었어요. 현미경으로 모티머 가브리엘 피셔 교수가 처음 엄마의 복제인간이 꼬물거리는 순간을 들여다봤을 때도 똑같은 적막이 흘렀을 거예요. 삶의 시작과 끝은 모두 그러한 휴식이에요.

하나의 동그라미가 닫힌 거였어요.

시리는 죽은 이의 얼굴을 들여다보며, 자신과 엄마가 함께 거친 꼬마 아이와 소녀 적 얼굴 모습들을 찾아냈다. 중년을 훌쩍 넘긴 훗날의 제 모습도 거기 보였다. 하지만 이리스 젤린이 마지막 숨을 거둘 때 병상을 지키던 젊은 여성의 모습은 갑자기 사라져 보이지 않았다. 애를 쓰며 그 모습을 찾았으나, 그건 허사였다.

시리는 거울 속을 들여다보듯 죽은 이의 시신을 향해 몸을 굽히고, 자신의 눈썹과 누운 이의 눈썹을 더듬으며 만져보았다. 그리고 콧등을 따라 손가락으로 그 윤곽을 각각 확인했다. 두 사람의 입술과 턱선도 만지며 그 똑같은 굴곡을 느껴보았다. 어디서 엄마의 굴곡이 끝나고 내가 시작되는지, 시리는 모든 걸 새롭게 이해하고 느껴야 했다. 둘 중에 누가 죽었고, 누가 아직 살아 있는가?

누군가의 한숨 소리가 들렸다. 자신의 입에서 새어나온 것이었다. 순간 시리는 아직 자신은 숨을 쉬고 있고, 아직 살아 있다는 것을 확실히 느꼈다. 하지만 이리스 젤린은 꼼짝도 하지 않았고, 뻣뻣하게 죽은 채 거기 누워 있었다.

시리의 눈에 결국 눈물이 맺혀, 이제는 울 수도 있게 되었다. 슬픔의 눈물이기도 했으나, 혼자 살아야 한다는 두려움 탓이기도 했다. 이리스 젤린의 복제 딸이며 쌍둥이 자매였으니, 두 관계에서 모두 홀로 된 셈이었다. 생존자로 남은 쌍둥이에게 세상에서 쉬운 것은 하나도 없다. 그런데 시리의 눈물은 이제 혼자 살아도 된다는 기쁨의 눈물이기도 했다.

나는 세상에서 유일하며 나뉘지 않는 개인

태어나 처음으로 나는 엄마를 그냥 바라볼 수 있어서 좋았어요. 엄마가 내게 뭘 원하는지 스스로에게 묻고 확인하며 노심초사할 필요가 없이 말이에요.

세상에 태어나 거의 22년 세월이 지난 어느 여름날, 나는 처음으로 '나'라고 말하면서 거짓을 말하지 않을 수 있게 되었어요. 생전 처음 나는 세상에서 유일하며 나뉘지 않는, 한 개인으로 존재할 수 있게 된 거였어요.

굳어진 엄마의 얼굴에서 핏기를 잃은 쌍둥이 자매를 보며, 그건 당신이지 내가 아니라는 사실이 어느 때보다도 확실해졌어요. 엄마는 이제 죽었다는 사실이 갑자기 분명해졌어요. 그 단순하고 간단한 걸 깨닫기가 그렇게 힘들더군요. 당신은 죽은 거고, 나는 살아 있다는 사실 말예요. 서로 다른 세계에 속한 우리, 이토록 두 사람이 서로 다르단 사실을 그 순간보다 더 잘 알 수는 없을 거예요.

내가 그렇게 느끼고 깨닫자 우리, 아니 나의, 아니 당신의 삶이 더는 이중적일 필요가 없더군요. 그래서 이 날은 내가 새로 태어난 날이라고도 할 수 있어요.

쌍둥이 섬으로의 귀환

이제 시리는 쌍둥이 섬으로의 귀환도 거리낄 게 없었다. 다시 공간이 충분해졌다.

"안녕하세요, 까만 아저씨! 정말 오랜만이야."

반짝이는 피아노 몸체를 쓰다듬으며 시리는 중얼거렸다. 그런데 문득 외로움이 몰려와서 전처럼 피아노 아래로 기어들었다. 그리고 하염

없이 눈물이 마를 때까지 거기서 그냥 울었다. 실컷 울고 기어 나오자 마음이 한결 평온해졌다. 그래서 피아노 뚜껑을 열어 줄들을 당기고, 나무판을 때리는 작은 망치들도 살펴보며 건반을 두들겼다. 그리고 피아노 의자에 앉자, 문득 손가락이 근질근질 다시 연주를 하고 싶었다.

♀ 몇 년 그렇게 피아노를 멀리했는데도 막상 연주를 시작하니 신기할 만큼 별로 잊어버린게 없었어요. 꿈속에서는 자주 연주를 한 탓이려나? 손가락들이 그리 힘들지 않게 제 자리를 찾아 건반을 두들겼어요. 〈이슬방울〉과 〈메아리〉를 섞어 장조와 단조도 바꿔가며 내 멋대로 연주했어요. 하지만 이번에는 엄마가 다시 부끄러우면 안 되니까, 정말 열심히 연습할 거예요. 엄마의 장례식은 내 연주의 고별식이기도 할 테니까요. 나로서는 이를 악물고 이리스 젤린, 당신의 진혼곡을 열심히 연습했어요. 그건 새로운 자장가이기도 했으니까요.

꽃으로 뒤덮인 이리스 젤린의 관이 제단 위에 놓여 있었다. 장례식의 마지막 순서로 시리가 등장하면 관이 놓인 자리의 바닥이 열리고, 이리스 젤린은 영원히 사라질 것이었다.

조문객이 상당했고, 시리는 다다 선생님과 야네 오빠와 함께 맨 앞줄에 앉아 있었다. 뒤쪽 어디서 속삭이는 소리가 들렸다.

"어쩜 저렇게 닮았어! 이리스 젤린이랑 아주 똑같아, 꼭 유령이 와서 앉아 있는 것 같아."

그런 따위 단어나 내빈들의 인사치례에 시리는 이제 신경이 쓰이지 않았다. 여러 사람이 추도문도 읽었는데 구체적인 내용은 기억도 나지 않았다. 오직 자신의 연주밖에 생각할 수가 없기 때문이었다.

"이제 고별을 기하는 음악으로 시리 젤린의 즉흥 연주를 들으시겠습니다."

토마스 베버가 이리스 젤린의 딸 시리의 등장을 알리자, 장례식장 여기저기서 술렁대는 소리가 들렸다. 천천히 피아노 앞으로 가는 동안 시리는 등 뒤로 찐득거리는 호기심의 눈길이 잠시 느껴졌다. 하지만 이런 정도는 더 이상 성가실 일도 아니었다. 이리스 젤린으로 인해 더 이상은 민망스런 꼴을 겪지 않을 것이다. 이리스는 죽었고, 따라서 시리는 유일하고 고유한 존재가 되었다. 이런 생각을 하며 시리는 건반을 두드리기 시작했다.

오직 엄마를 위한 연주

피아노 연주를 시작하자, 내 주변 모든 게 망각 속에 사라졌어요. 난 오직 엄마를 위해서만 연주했어요. 남들에겐 아직 안 보여도 엄마 몸속 어두운 곳에 내가 살기 시작한 시절, 엄마가 날 위해서 연주했잖아요. 나도 마찬가지였어요. 내 시작은 엄마의 끝이었고, 엄마의 끝은 나의 시작이 되었네요.

예정된 10분이 지나 그동안 엄마의 관을 치웠는데도 난 연주를 계속했어요. 첫 독주회를 준비하며 꿈꾸던 게 드디어 이루어졌어요. 청중들의 귀를 홀릴 수 있었거든요. 마지막 화음이 장내에 울려 퍼지자

한 남자가 벌떡 일어나 브라보를 외치며 계속 박수를 쳤어요. 그 사람은 자기가 어디 와 있는지 깜박 했던 것 같았어요. 그런데 다른 사람도 모두 일어나 제게 박수를 보냈어요.

이리스 젤린, 당신이 세상을 떠나고 나니 나 홀로 쓸쓸히 그렇게 외로이, 하지만 드디어 온전하게 내 몫의 박수갈채를 받게 되었어요.

장례 절차가 끝난 후 시리는 행사장 입구 토마스 베버 곁에 서서 조문객들과 악수를 나누며 감사의 인사를 했다. 하지만 내내 바다로 가고 싶은 마음만 굴뚝같았다. 오늘 저녁에는 야네 오빠랑 맨발로 해안을 달리고 싶어, 얼굴에 바람을 맞을 거야, 소금기로 짭조름해진 입술을 맛보고, 햇볕에 달궈진 따뜻한 모래에 등을 지지며 검푸른 하늘을 바라봐야지, 속으로 내내 그 생각만 하고 있었다.

악수를 하며 지나간 수많은 얼굴들, 모두 의미 없는 그림자일 따름이었다. 그런데 문득 단 한 순간도 잊어본 적 없는 그 눈동자와 마주쳤다. 시리의 첫사랑, 크리스티안이었다. 그를 보는 순간 시리를 안아주며, 꼭 만나고 싶었다고 귀에다 속삭일 것만 같은 상상을 했다. 둘 사이에 있던 이리스가 죽었다고, 내내 시리만을 생각했다고, 한시도 잊을 수가 없다는 말을 할 것 같았다. 시리는 얼굴이 달아오르는 걸 느꼈다.

하지만 크리스티안은 두 손을 뻗어 시리의 어깨를 토닥이고, 그녀 이마에 부드럽게 입을 맞췄다. 그게 다였다.

"훌륭하고 대견하구나, 엄마가 널 굉장히 자랑스러워하실 것 같다. 피아노 연주는 엄마를 더 흐뭇하게 해드렸을 거야."

그렇게 말하는 크리스티안의 눈이 촉촉이 젖어 있었다.

이 사람은 비겁하게 아직도 속마음을 말하지 못한다고, 시리는 생각했다. 아무 답도 하지 않고 다음 손님을 향해 시리는 얼굴을 돌렸다. 크리스티안은 시리의 어깨 위에 올렸던 손을 거두고, 인사도 못 하고 옆으로 비켜섰다. 시리는 더 이상 그에게 눈길을 주지 않았다. 그래서 장례식장을 떠나기 전 잠시 머뭇거리는 그의 모습도 보지 못했다.

조문객의 긴 행렬 맨 끝에서 불쑥 맞잡게 된 두 손은 시리가 너무도 잘 아는, 모티머 G. 피셔의 손이었다. 자신의 삶이 있게 한 이 남자도 멀리서 소식을 듣고 찾아와 그녀 앞에 서 있었다. 야네 오빠와 그를 만났던 몇 년 전의 일이 떠올라 시리는 뭐라고 말을 하고 어떻게 처신해야 할지 당혹스러웠다. 하지만 피셔 교수는 남들처럼 그녀의 두 손을 잡아 주었다.

"전부터 여쭤보고 싶던 게 있어요."

시리가 먼저 입을 열었다.

"우리 어머니를 사랑하셨나요?"

"아니야, 그런 감정은 결코 아니었어."

피셔 교수에게서 서글픈 심정이 엿보였다. 제 엄마를 빼닮은 이 아이가 다 자란 모습을 보니, 자신도 그 사이 얼마나 나이를 먹었는지, 가슴이 짠하게 저며 왔다. 이리스 젤린도 아마 자신보다 더, 젊은 시절 그녀의 얼굴을 수시로 마주하며 마찬가지 심정이 되곤 했을 거라고 짐작되었다.

"다시 피아노 연주를 시작하렴."

그는 시리에게 신신당부를 했다.

"부디 나와 약속해다오. 시리는 어머니처럼 굉장한 재능이 있는 사람이잖아."

피셔 교수가 나한테 바라는 게 대체 뭐야? 이리스도 죽었는데 그가 왜 다시 내 삶에 대해 이래라저래라 간섭을 하고, 무슨 충고를 하려 드는 거야. 그는 그럴 권리가 전혀 없었다. 난 얼른 손을 잡아 빼며 그에게 침을 뱉었다. 힘센 손에 붙들려 꼼짝 못하게 된 계집애처럼 죽을힘을 다 해서 그에게 대든 것이다. 그런데 그의 양복에 묻은 침을 보니 스물두 살이나 먹은 다 큰 여자가 그런 짓을 했다는 게 부끄러웠다. 그나마 가까이 있던 조문객 중에 그걸 본 사람이 없어서 다행이었다.

소리를 지르거나 몸을 피할 수도 있었을 텐데, 피셔 교수는 전혀 내색하지 않고 그대로 있어 주었다. 대신 조용히 손을 내밀어 내 머리를 쓰다듬으며 이야기했다.

"괜찮아, 미안하다고 안 해도 돼. 대신 조만간 다시 만나, 우리 꼬마 시리와 조용히 얘길 나눌 수 있었으면 한다. 시리를 위해서나 나를 위해서나 꼭 한번 그런 기회를 가져야 할 것 같아."

폭발시킨 분노가 너무 유치했단 생각에 나는 좀 풀이 죽어 대답했다.

"생각해 볼게요."

우리는 서로 다른 방향으로 각각 걸음을 옮겼다. 야네 오빠가 기다리고 있었고 나는 야네 오빠와 함께 바다로 갔다. 갈매기들이 귀가 따갑게 끼룩대는 소리를 들으며 마음을 달래고 싶었다.

돼지와 작곡가의 공통점

장례식이 끝나고 이틀 후 시리는 전에 어머니의 연주회를 관리하던 음반회사 뉴클래식에서 편지 한 통을 받았다. 회사 대표인 로저 뷔머는 먼저 애도의 뜻을 표한 후 이렇게 서두르는 형편에 대해 양해를 구하며 제안을 했다. 시리가 다시 연주를 시작했다는 소식을 들었다면서, 시리 젤린의 순회공연을 기획하고 싶다고 했다. 더 자세한 내용은 전화로 나누자며 연락처를 남겨 두었다.

시리는 그 편지를 받고 곰곰 생각하다 이틀 후 전화를 했고, 대표가 바로 받았다.

"뉴클래식, 뷔머입니다."

"이리스 젤린이에요."

"누, 누구, 시라고요?"

뷔머는 혼쭐이 나간 듯 했다.

"장난이었어요. 저는 시리 젤린, 그 딸이에요. 제게 편지를 보내셨죠?"

뷔머는 갑작스런 상황이 많이 혼란스러웠던 듯 자꾸 어색한 웃음소리를 내며 말했다.

"어쩜 목소리가 이토록 똑같으신지, 좀 당황했어요. 전혀 구별이 안 되네요!"

그는 곧 용건으로 들어가, 경제적인 관점으로 따지면 가능한 한 빨리 활동을 시작하는 게 유리하다는 점을 설명했다. 안타깝게 요절한 젤린의 이름이 새로 회자되는 이 시기를 놓치지 않는 게 중요하다고 강조했다.

"무슨 말씀인지 잘 알겠어요."

시리는 그의 말을 끊으며 자기 얘기를 했다.

"제가 먼저 이리스 젤린으로 등장하길 원하시는 거죠? 공연 1부 제목은 '무덤으로부터의 음악', 중간 휴식 후 2부는 다시 시리 젤린이 되어 제목은 '죽은 이들로부터 부활'로 붙이면 좋겠지요? 아니 더 좋은 제목으로, 아 '새로 태어난'은 어떨까요?

시리의 야릇한 말투에 뷔머는 더 당혹스러웠다. 꿀꺽하고 그가 침 삼키는 소리가 나더니 머뭇거리는 답이 돌아왔다.

"그렇게까지 구체적으로는 아직 생각을……."

그는 너무도 괴이쩍은 분위기에서 잠시 말을 끊었다. 다시 이었다.

"좀 도발적인 면이, 하지만 아이디어가 훌륭하고 참 괜찮은데, 제가 한번 제대로 검토해 보겠습니다."

이 남자는 내 헛소리를 진지하게 받아들이네, 시리는 어처구니가 없었다. 정말 모두 미친 거 아냐? 아니면 자기 혼자 다른 건지 시리도 아리송한 기분이었다.

"혹시 제 어머니가 즐겨 인용하던 문구를 알고 계세요?"

시리가 물었다.

"모르세요? 돼지와 작곡가의 공통점이요! 죽었을 때가 몸값이 제일 비싸다네요."

로저 뷔머는 아주 큰 소리로 껄껄 웃었다. 하지만 더욱 기괴한 그녀의 농담에 아까보다 더 난감하고 갈피를 잡기가 힘들었다.

"나중에 다시 전화 드릴게요."

시리는 짧게 인사하고 수화기를 내려놓았다. 그리고 단호한 걸음으로 거실 서랍장을 향해 걸었다. 두 번째 서랍 맨 오른쪽 바닥에 커다란 가위가 그대로 있어, 목도리 아래쪽에 있던 그걸 천천히 끄집어냈다.

난 다시 무대에 오를 거다… 나의 무대에 이리스 젤린처럼 박수갈채가 쏟아진다… 좌석이 매진된 순회공연… 모두에게 보여줄 것이다… 소원쪽지들이 행운을 가져다주었어… 나는 피아니스트가 될 거야… 음악으로 엄마를 낫게 해 줄 거야… 이리스 젤린을 부활시킬 거야… 어머니와 딸과 거룩하신 유전사 정신의 이름으로… 네가 있으니까 나는 안 죽어… 복제인간의 임무… 내 삶을 위해 연주한다… 나는 무대에 선다… 모두 박수갈채를 보낸다… 옷장에는 아직 파란 드레스가 걸려 있다… 그 옷이 아직 맞을까… 일단 입어본다… 너는 나의 생명… 빨리 거울 앞으로… 옷이 너무 잘 맞아… 빙그르르 돌아보고… 시리-이리스-이리스-시리… 눈이 두 개야, 아님 네 개야… 두 개밖에 없어… 난 이담에 피아니스트가 될 거야… 너나는 그 옷이 너무 길대… 나는 더 클 거고, 유명해질 거다… 기다려, 나너가 커다란 가위 가져올게… 엄마 벌써 죽었어?… 우리 그건 잘라낸다… 싹둑싹둑 DNA… 네가 있으니까 난 안 죽어… 조심해, 잘못 잘랐어… 그럼 좀 더 잘라… 가위를 놓쳤어… 옷을 왜 다 잘라!… 네 몸도 다 자르겠다, 너나!… 벌써 그랬어… 그냥 상처만 났어, 나너… 싹둑싹둑 DNA… 핏자국 봐… 옷은 벌써 망가졌어… 울지 마… 나 이제 공연 못 해… 그래도 대성통곡할 건 없어… 옷이 없어서 그렇지… 너 피난다, 내일 연주회는 취소야… 옷이 다 망가졌어.

다니엘라 하우스만은 복도에 누워 있는 시리를 발견하고는 기겁을 했다. 갈가리 찢어진 옷을 입은 채, 드러난 팔과 다리 여기저기가 상처 투성이가 되어 피가 흐르고 있었다. 옆에는 잔뜩 피가 묻은 가위가 놓여 있었다. 시리 곁에 무릎을 꿇고 안으며 보니, 그녀 얼굴에 함박웃음이 피어 있었다. 시리가 그렇게 흡족한 표정을 짓는 걸 언제 또 보았을까 아마득했다.

"나 괜찮아요, 다다 샘."

시리가 말했다.

"진짜야, 이제 다 지나갔어."

복제 스타일!

바깥으로 옮길 상자가 집안 구석구석에 산더미처럼 쌓였다. 작업실에 있는 짐들은 음악대학 자료실과 도서관으로 갈 것들이었다. 이리스 젤린이 딸을 위해 개발한 피아노 연습곡과 관련 프로그램, 두 편의 오페라를 포함해 완성된 모든 악보와 CD 전집, 그녀 개인의 각종 문서 및 구상해 둔 미완성 악보들이 이에 해당했다.

따로 표시한 상자 네 개에는 이리스 젤린의 앨범과 일기장이 담겨 있는데, 일기장은 10대 때 것부터 대학 시절까지 띄엄띄엄 여러 권이 있었다. 그에 비해 시리의 출생부터의 일기는 꾸준히 작성되어, 특히 시리의 발육 과정과 음악적인 발전에 대해서는 온갖 소소한 내용들까지 상세히 기록되어 있었다. 다니엘라 하우스만은 검정색 노트에 적혀 있는 일기를 들여다보고는 그 내용을 시리에게 얘기했으나, 시리는 질색을 하며 일기에는 손길조차 주지 않았다.

이리스는 임종을 앞둔 몇 주 전에야 딸에게 그 이야기를 하며, 그게 자신의 유언장이라고 했다. 그토록 오랜 기간 누구에게도 비밀로 하면서 그 사연을 적어둔 것이다. 하지만 시리는 자신이 스물다섯, 서른 혹은 마흔 살에 느낄 일들을 미리 알고 싶지 않았다. 더욱이 이리스 젤린이 자신의 복제인간을 어떤 눈으로 보았는지, 그런 것도 알고 싶지 않았다. 그에 대해선 자신도 나름대로 정리하고 있었다. 복제인간에 대해 누군가 하는 이야기가 아니라, 복제인간 시리가 자기 이야기를 하는 일이 더 의미 있는 일이라고 믿기 때문이며, 아직 그 작업이 완료되지 않았기 때문이었다.

시리는 야네 오빠와 함께 쓰레기 소각장으로 가서 거대한 폐지 분쇄기에 엄마의 일기장을 모두 쓸어 넣은 후 함부르크로 떠났다. 그리고 틈틈이 그려둔 그림 다섯 점을 다른 입학 지원 서류들과 함께 베를린 미술학교로 보냈다. 야네와 시리, 두 사람 모두 시리의 합격 가능성에 대해 추호도 의심하지 않았다. 스물세 살부터 시리는 본격적인 그림 공부를 시작할 것이었다.

"난 다른 사람들보다 훨씬 강해."

시리가 야네에게 말했다.

"이미 나 자신의 죽음을 극복한 생존자거든."

돈 문제는 전혀 걱정할 필요가 없었다. 이리스 젤린의 저작료 덕분에 시리가 원하는 일 정도는 뭐든 할 수 있었다. 그림은 첫 단추일 뿐이었다. 새로운 걸 시도하고, 새로운 양식을 찾아내는 일이라면 그게 뭐라도 그녀는 주체를 못 하고 미친 듯이 매달렸다. 굉장히 용감하고 과감하게 뭐든지 몽땅 바꿔낼 수 있는 저력이 엄청났다.

"그녀 예술을 뭐라고 할 수 있을까?"

야네의 물음에 시리가 답했다.

"복제 스타일!"

오래 전에 가라앉은 쌍둥이의 섬에서 나는 딱 두 가지 물건만을 챙겼다. 하나는 하얀 빛깔의 쌍둥이 여신 대리석 조각상이고, 다른 하나는 조각상이 놓여 있는 까만 아저씨, 우리들의 그랜드 피아노였다. 난 이 피아노 위에서 내 이야기를 기록했고, 까만 아저씨는 앞으로도 영원한 내 이베지로서 내가 쌍둥이 중 생존자임을 기억하게 할 것이다.

아프리카 요루바 족은 인간의 평균보다 열 배에 해당할 만큼 쌍둥이가 많이 태어난다고 한다. 그래서인지 쌍둥이의 고유문화가 많은데, 먼저 세상을 떠난 쌍둥이의 혼이 들어와 살게 나무로 만든 조각상을 이베지라고 부른다. 반쪽이가 되지 않기 위해 생존자 쌍둥이는 남은 삶 내내 그 조각상을 곁에 둔다고 한다. 아프리카 사람들의 속신에 따르면 쌍둥이는 죽음 후에도 그 영혼이 서로 나눠지지 않는다고 한다.

— 첫 번째 탈고, 스물두 번째 해 7월.

10년 후
홀로 남은 쌍둥이 별

나는 이제 서른두 살이 되었다. 어느덧 이리스 젤린이 나를 임신하고 출산한 당시의 나이, 원년의 그녀와 같은 나이가 되었다. 당시의 이리스 젤린처럼 나도 혼자 지내며, 오로지 내 예술을 위해 살고 있다. 그리고 당시의 그녀처럼 나도 꽤 성공했고 유명해졌다. 그녀 이름을 빌어서가 아니라, 그 누구와도 다른 고유한 '나' 자신으로 거듭 났던 덕이다.

내가 복제인간이라는 사실에 대해서 뭐라고 하는 사람은 이제 거의 없다. 그동안 복제가 너무 흔한 일이 되었기 때문이다. 복제인간이 너무 많아져서 이런 일로는 더 이상 주목받을 거리가 되지 못한다. 그래서 제법 큰 규모로 열렸던, 나로서는 첫 그룹전에서 '작가의 어머니'에 관심을 기울인 기자도 전혀 없었다.

요 얼마 전 함부르크에서 전시가 끝난 첫 개인전도 굉장한 성공이었고, 나로서는 충분히 자랑스러운 경험이었다. 처음부터 끝까지 나 혼자, '이중주'라는 낯선 예명으로 등단했는데, 그게 무슨 뜻인지 이 책 독자를 포함해 나를 잘 아는 이들은 충분히 헤아릴 수 있을 것이다. 야네 오빠도 재미있다며 한참을 웃어주었다.

그 누구와도 다른 고유한 나

하지만 예술가로서 지켜온 내 영역만은 그런 웃음거리가 되지 않게 하겠다. 기억하기도 민망한 일이 참 많았고 이기적인 짓도 많이 했지만 그건 모두 예술가로서 자의식이 형성되기 전의 일이다. 하지만 나의 진정한 삶, 더욱이 예술가로서의 삶은 내가 제2의 원년이라 부르는, 이리스 젤린이 세상을 뜬 해부터 시작되었다. 복제인간 시리, 내 정체성을 찾아 고군분투하며 글쓰기를 시작한 무렵부터다. 이후 내게 어떤 일이 벌어졌는지, 어떤 변화들이 이루어졌는지, 그건 모두 내 작품에서 확인이 되며 함께 공감할 수 있을 것이다. 나머지 것들은 내게 아무 상관이 없다.

함부르크 개인전에 전시된 작품들에 대해 '매우 섬세하면서도 아주 과감한 작업'이라거나 아주 '섬세한 계산과 풍부한 울림'이라고 표현하는 평론가들이 있었는데, 이는 이리스 젤린의 작품들이 큰 성공을 거둘 당시 그녀가 받았던 찬사에 등장하는 표현과 상당히 일치했다. 전시 오프닝 며칠 후 토마스 베버는 예전 이리스 젤린의 연주에 대한 기사 몇 편을 복사해, 표현이 일치하는 부분을 붉은 형광펜으로 표시까지 해서 내게 전해 주었다. 그는 이런 식의 일치에 대해 내가 어떻게 생각하는지 궁금해 했다.

나, 이중주는 아주 쿨하게 어깨를 들썩이며 대답했다.

"그리 놀랄 일도, 특별히 좋아할 일도 아닌데요, 뭘."

그러나 좀 더 친절해지려고 몇 마디 말을 보탰다.

"시리는 점점 이리스가 되어간다는 건 오래전부터 이미 다 아는 얘기인데 놀랄 일이 뭐 있겠어요."

작은 전기모터로 작동되는 내 설치작품에는 거친 재질과 부드러운 재질이 서로 만나면서 충돌의 위험이 고조되는 긴장이 조성된다. 금속의 부챗살에서 깃털과 종이, 때로는 음표들이 그려진 악보도 펼쳐지며, 칼과 붓, 나뭇가지들이 서로 대결한다. 철판 받침 위로는 투명하거나 알록달록한 액체가 방울방울 떨어지고, 금속 창이 계란을 겨냥하는 식이다.

"기계 예술의 완전히 새로운 양식이 여기서 탄생했어요."

전시회의 오프닝 연설에서 함부르크의 화랑 '지역시간' 관장인 카팅카 프리쉬무트는 거의 새로운 예술의 탄생이라고 과장된 선언을 한 다음, 극적 효과를 노리는 듯 짧은 휴식을 취한 후 다음과 같은 사족을 보탰다.

"시리 젤린의 설치예술에는 기계가 중심 역할을 해요. 여기서 금속 구조물은 무한 생명의 양상으로 보면 되나요? 이 조립된 외계인은 아마 영원한 생명의 대체물 혹은 상징일까요?"

이런 식 관점에 대해 나는 늘 단호하게 거부하는 입장이고, 영원한 기계는 없다는 점을 분명히 했다. 이들 역시 우리 인간과 마찬가지로 생명의 연한은 제한되어 있다. 내가 조립한 기계들은 결코 완벽하지 않다. 그들은 덜덜거리고 흔들리다 멈춰서기도 하며, 갑자기 깨어나 새롭게 활동을 시작한다. 춤도 추고 지직대는 소리도 내다 이따금 제 멋대로 작동하며 미친 짓을 하거나 실제 미치기도 한다.

이 기계 덩어리들은 진짜 독특한 그들만의 세계에서 실제로 생명이 있는 존재처럼 굴기도 한다. 무대 위 배우처럼 반응하며 우리 앞에 거울을 들이밀기도 한다. 사실 이 세상에서 우리 모두는 매우 슬프고 외로운 배우들이기 때문이다.

나, 이중주 작가의 새로운 세계

하객들이 화랑의 관장에게 박수를 보내는 동안 무척 호감 가는 인상의 남자가 나를 향해 걸어와 오랜 지인을 만난 듯 밝게 웃어보였다. 이 사람이 누구더라, 열심히 기억을 더듬다가 살짝 소스라쳤다. 세상에, 옛 기억의 한 부분이 갑자기 살아나 내 앞에 섰다. 두리번거리며 난 어쩌면 그를 찾고 있었는지도 모른다. 하지만 내가 초대한 이는 훨씬 나이가 들었어야 했다.

후다닥 머릿속으로 그의 나이를 계산해 보니, 예순여덟 살이어야 맞다. 잠시였으나 4년 전 이리스 젤린, 내 어머니의 장례식에서 마지막으로 보았을 때 그는 중요한 이야기들을 많이 해주었다. 하지만 내 앞에 서 있는 이 남자는 나보다 겨우 몇 살 정도 더 많을까 싶었다.

뭐라고 해야 좋을지 몰라 머뭇대는데, 그가 먼저 영어로 자기를 소개했다.

"안녕하세요, 저는 조나단 피셔라고 하는데, 피셔 교수님 아들입니다. 혹시 짐작하셨나요? 저도 역시 아버님을 **빼닮았다**고들 하던데."

자기도 '역시' 빼닮았다고 그는 말했다. 이렇게 뜻을 잘 모르면서 아무 말이나 남발하는 사람들을 보면 나는 굉장히 기분이 나쁘다. 그래서 아무 답도 못 하고 가만히 있었다.

"만나 뵙게 되어 정말 반가워요."

조나단의 음성에서 그가 정말 반가워하고 있다는 걸 알 수 있었다. 그는 나를 주의 깊게 살피며 몹시 마음에 들어 하는 눈치였다. 그는 오래전 자기 아버지가 보았던 이리스의 모습 그대로를 다시 보게 되었다. 둥글지만 호락호락해 보이지는 않는 얼굴 윤곽, 미소를 지어도 접근하기 힘든 잿빛의 깊고 푸른 눈동자, 정수리 쪽은 빳빳하고 수북하나 이마 위로 단아하게 흐르는 곱슬머리, 굴곡은 예쁘지만 너무 얇아서 웃음기가 없을 때는 새치름해 보이는 입술, 매력적이지만 좀 거만해 보이는 미소.

"아버지가 시리 이야기를 많이 하셨어요. 정말 많이요."

조나단은 할 얘기가 진짜 많아 보였다.

"초대장을 받고 굉장히 기뻐하셨어요. 그런데 몸소 오실 수가 없어 그만큼 슬퍼하신 것도 사실이에요. 반 년 전 뇌졸중으로 쓰러지신 후 몸의 반쪽에 마비가 왔어요. 다행히 심각한 건 아니지만 장거리 여행은 어려워, 저를 대신 보내셨어요. 아버지는 이 행사를 굉장히 중요하게 여기셨어요. 그래서 대신 제가 가겠다고 했어요. 제가 자청한 거였어요."

나는 조나단 피셔가 마음에 들었다. 아주 오래전 그의 아버지와 내 어머니가 마주 섰듯 지금 우리도 그렇게 마주 섰다. 그리고 그 아들이 예쁜 손으로 내 팔을 잡았다. 아마 모티머 G. 피셔 교수도 이리스 젤린과 마찬가지 접촉을 했을 것이다. 거의 옛날 필름 속으로 우리가 빨려 들어온 기분이었다.

눈앞이 까마득해서 난 잠시 눈을 감았다. 갑자기 모든 게 흐릿해지며 오직 그의 손길과 그 접촉만 또렷한 감각으로 쿵쾅거렸다. 그리고 뱃속에서 뭔가 스멀스멀 쫄깃한 느낌, 이게 뭔지 생생하게 기억이 났다. 꼬마 시리가 교회 지붕 아래 어둑한 공간에서 작은 구멍으로 저 아래를 내려다볼 때, 그리고 사춘기 시절 크리스티안을 바라볼 때 밀려오던 그 야릇한 감각, 바로 그것이었다.

하마터면 그의 귀에 대고 보드랍고 또 보드랍게 속삭일 뻔 했다.

"지금 당장 우리 사랑을 해. 아기를 만들어요."

왜 이런 신파가 떠올랐는지, 게다가 잘 알지도 못하는 낯선 사람에게 이 무슨 짓인지 참 한심하고, 알다가도 모를 일이었다. 내가 이런 생각을 하게 되리라고는 상상도 할 수 없었다. 누구와 함께는 그토록 자주 얼굴을 마주하고 나녀와 너나를 맹세했지만, 복제든 어떤 남자와 함께든 아이를 만든다는 생각은 꿈에서조차 해본 적이 없었다. 아이라니, 그건 아냐, 그것만은 확실했다. 그건 절대 흔들릴 수 없는데, 근데 이게 무슨 소리니.

"절대 안 되니라!"

이중주 작가께서 혼자 속삭였다.

"못 알아들었는데, 죄송하지만 뭐라 했어요? 어디 안 좋으세요? 몸이 떨리시는데!"

조나단 피셔의 걱정스런 목소리가 들리고, 다시 내 팔을 붙들었다.

난 머리를 흔들고 몇 차례 눈에 힘을 주어 깜박거리고는 애써 웃음을 띠며 대답했다.

"아, 아무것도 아녜요. 잠시 딴 생각을 했네."

마음이 놓인다는 듯 조나단은 내 팔에서 손을 떼고 말을 이었다.

"저희 아버지께서 벌써 캐나다에, 어느 화랑을 물색해 놓으신 걸로 알고 있어요."

왜 이런 소리가 계속 나지? 난 문득 그런 의문이 들었다. 그 오래된 필름은 이미 끝났고 주연배우들은 이미 퇴장을 했다. 그런데 그는 왜 자꾸 무슨 대사를 읽고 있는 거야? 왜 아직 무대에서 사라지지 않는 거야? 이제 우리는 배역도 없고, 공연은 다 끝났는데!

조나단 피셔의 음성이 자꾸 멀어지는 듯 희미해졌지만, 그가 무슨 말을 하는지는 충분히 알아들었다.

"화랑 쪽에서 큰 관심을 보인 것 같아요. 조만간 한번 캐나다에 일정을 잡아 저희에게 알려주세요."

주변의 관객들이 웅성대며 웃고 떠드는 반면 우리 사이에는 잠시 침묵이 흐르며, 다시금 애매한 긴장이 감돌았다. 내 팔을 붙들었던 그의 손길에 다시 눈이 갔고, 자기 아버지 손을 닮아 길고 아름다운 손가락과 함께 그의 결혼반지도 보게 되었다.

나는 일부러 세게 팔을 흔들어 그가 손을 떼게 하며 그 얼굴을 빤히 바라보았다. 드세고 도발적인 나의 행동에 그가 좀 열 받은 얼굴을 했다. 게다가 차갑고 독기 서린 목소리에 그는 더 혼쭐이 났을 것이다.

"조나단 피셔 씨, 나는 반복이라면 딱 질색이에요. 옛날 일을 반복하는 건 더욱 끔찍하게 싫고요. 무슨 뜻인지 이해하실 거예요. 이 전시회가 이 시점에 열린 것도 나름 사연이 있어요. 내가 스물아홉과 서른 살을 넘기는 동안 얼마나 공포에 시달렸는지, 상상하기 힘들 거예요. 내 어머니가 그 나이 때 겪었을 일이 행여 나에게도 벌어질까, 엄마처럼 몹쓸 병에 걸리지는 않을까, 정말 끔찍하고 두려운 시간을 보냈어요. 어떤 미래도 준비할 수가 없었어요. 간신히 다 지나갔지만, 그걸 넘어서기가 진짜 힘들었어요."

나는 잠시 쉬었다 다시 말했다.

"내가 만약 어머니와 같은 병에 걸렸더라면, 난 무슨 짓을 했을지 몰라요. 당신 아버지를 찾아가 죽여 버리고, 나도 아마 같은 길을 택했을 걸요. 얼굴이 왜 그래요? 상상도 못 했나요? 그 말씀을 드리고 싶어 초대장을 보낸 거예요. 가짜 가브리엘 천사께요."

마지막 말은 특히 고약하게 들렸고, 조나단은 내가 정말 '천사'라고 한 건지 혼란스러워 하는 눈치였다. 그는 다시 내 손을 잡았다. 아마도 내가 너무 긴장해 보여 그랬을 수도 있고, 어쩌면 다시 한번 나를 느끼고 싶어서였을 수도 있다. 아주 짧은 순간이지만 그 접촉에 나도 금세 풀어져, 이렇게 약해지는 게 너무 싫고 부끄러워 더욱 거칠게 손을 뿌리쳤다. 그러느라 그의 결혼반지에 손등이 긁혀 작은 상처가 났다. 이 짧지만 매서웠던 아픔을 뒤로 하니 나는 더, 훨씬 온전히 자유로운 느낌이었다.

더는 조나단에게 뭔가를 허용하면 안 될 것 같아, 이중주 작가는 먼저 제안을 했다.

"전시장을 안내해 드릴까요? 집에 가서 얘깃거리가 있어야 하잖아요."

내 작품들과 관련해서 나는 완전히 고유한 나만의 세계에 살고 있었다. 그 세계에서 나는 안전하고 편안하여, 그와 함께여도 상관없었다.

작품들을 다 둘러보고 우리는 마지막으로 전시장 중앙의 아주 큰 설치작품에 이르렀다. 이는 일반 관객도 그렇고 평론 쪽에서도 반응이 가장 좋은 작품으로, 작품의 제목은 '폴룩스 홀로'였다. 검정색 그랜드 피아노를 굵은 쇠사슬로 묶어 천장에 거꾸로 달아놓은 설치물이었다.

대부분의 관객처럼 조나단 피셔도 몹시 불안한 눈으로 위쪽을 바라보았다. 바닥이 아니라 거꾸로 천장에 발을 디딘 그 괴물체는 당장이라도 곤두박질을 칠 것 같아, 아래서 올려다보는 이들을 마구 두렵게 했다. 하지만 한참을 올려다보면 점차 공포심이 사라지고, 저 반짝이는 무력하고 쓸쓸한 존재를 향해 오히려 애처로운 마음이 든다. 조나단 피셔도 저 위에 매달린 사물의 존재 의미를 알아차렸다. 그의 얼굴에도 차츰 긴장이 풀리고 편안해지는 기색이 역력했다. 이 작품은 관객 대부분에게 그런 변화를 일으키며 유사한 효력을 발휘했다.

천장에 매달린 이 악기는, 규칙적인 게 전혀 아니고 아주 느닷없이 둘 혹은 세 쌍둥이의 까만 건반과 작은 망치들이 구토라도 하듯 쏟아져 나오고, 그럴 때면 나무 재질을 벅벅 긁는 신음이 들려 처음 보는 관객들은 섬뜩한 느낌이 들기도 한다. 하지만 조금 더 바라보면 이런 엽기가 오히려 재미있고 거의 귀여운 놀이였다는 걸 깨닫게 된다. 그러다 괴이한 신음과 함께 악기에서 마구 쏟아진 금속 현이며 나무로 된 내장들을 원래 자리로 끌어들여, 새까만 그랜드 피아노는 거기 매달린 채 마치 아무 일도 없던 것처럼 쓸쓸한 모습으로 다시 침묵에 빠진다. 그러다 얼마 후 벅벅 나무 긁는 소리가 나고, 악기는 다시 험한 속내를 다 드러낸다.

나는 지금 이 책,『복제인간 시리』독자들께서 무슨 생각을 하시는지 알 거 같다. 하지만 그렇지 않다. 화랑 천장에 매달린 그랜드 피아노는 우리 까만 아저씨는 결코 아니다. 뚜껑도 열지 않은 채 10년의 세월이 흘렀으나, 아저씨는 아직 우리 집에 그대로 모셔져 있다. 그래도 이따금 먼지는 깨끗하게 털어드린다.

폴룩스 홀로

이 작품에 왜 '폴룩스 홀로'라는 이름을 붙였는지, 조나단 피서는 궁금해 했다. 이에 대해 전에도 많은 사람이 같은 질문을 했다. 그러면 나는 다음 이야기로 그리스 신화를 압축해서 설명한다.

"카스토르와 폴룩스는 레다와 제우스 사이에서 태어난 쌍둥이 형제였다죠. 백조로 변장한 제우스는 스파르타의 왕비였던 레아를 유혹해 알을 낳게 하니, 여기서 쌍둥이 형제가 부화해 나왔다네요. 뱃사람들은 바람과 파도를 다스리는 두 쌍둥이를 그들의 수호신으로 섬겼는데, 카스토르가 전쟁에 나가 목숨을 잃고 지하세계인 하데스로, 동생 폴룩스는 제우스의 부름으로 신들이 사는 올림포스로 가야 했어요. 하지만 둘은 헤어지지 않으려 해서, 하루는 하데스에서 다음날은 올림포스에서 함께 지내게 되었어요.

5월 말에서 6월 중순까지 여름 하늘의 주인공인 쌍둥이 별자리의 형제 별은 내내 폴룩스와 카스토르라 불리지요. 하늘에서는 영원히 하나인 거예요. 하지만 나는, 먼저 죽어 하데스로 간 카스토르는 거기 머물게 하고, 폴룩스 홀로 하늘에 있게 했어요. 나도 그렇게 살거든요."

— 두 번째 탈고, 서른두 번째 해 6월.

후기

이기적 복제

함께 제출하는 『복제인간 시리』는 당사자 스스로 작성한 최초의 복제인간 보고서 중 하나다. 이 자료는 인간 자아(ego)의 속성을 확인하는 복제인간의 심리발달보고서로써, 특히 이기적 복제의 경우 참고자료로 그 가치가 훌륭하다. 여기서 의료적 복지와 구분하는 '이기적 복제'는 이리스 젤린처럼 강박적 이기주의, 자기중심적 성향이 과도한 사람들의 복제를 일컫는다.

이리스 젤린의 복제 딸인 시리 젤린이 처음으로 사용한 개념들이 이제는 일상적 표현으로 쓰이는 경우가 많다. 복제 엄마, 복제 아빠, 복제 딸, 복제 아들, 그리고 출산 폭력이라는 조어도 이에 포함되며, 엄마 쌍둥이와 아빠 쌍둥이를 줄인 '마쌍'과 '빠쌍'도 꾸준히 통용되는 추세다.

최근에 복제 자녀들의 심리적 건강상태를 조사한 자료도 최초로 정리되어 추가적인 분석의 기초로 삼을 수 있게 되었다. 먼저 15세 이상의 복제 자녀 234명에 대한 자료가 확보되었다.

이번 조사 결과로는, 정상적으로 잉태된 아이들과 복제 자녀의 자살빈도는 미미한 차이를(+1퍼센트) 보이나, 복제 엄마나 복제 아빠에게 실제로 공격을 가한 사례는 현격하게(+30퍼센트) 차이가 난다. 10세에서 15세 사이의 자연 출생아 집단에서 부모를 직접 살해한 경우는 보고된 바가 없으나, 복제 자녀 중 복제 부모를 살해 혹은 이를 시도한 경우는 벌써 30건에 달한다. 따라서 복제 출생이라는 상황을 참작해 그 형량을 낮추고 전문기관에서 장기적인 심리 치료를 받도록 하는 법적 조치도 마련되었다.

이런 조치의 결과는 매우 긍정적이라 그 증세가 완화 혹은 치료된 빈도가 꽤 높은 것으로 나타났다. 특히 주목할 점은 복제 부모의 사망 후 복제 자녀들 상당수는 자신의 가정을 꾸리고 자연 출생의 자녀를 갖는데 적극적이라는 사실이었다. 복제 자녀 중 자신을 복제한 사례는 단 한 건도 보고된 바가 없다.

눈에 띄는 점은 동일한 사회적 환경, 지적 환경에서 성장한 자연 출생아와 비교할 때 복제 출생아들의 지능이 훨씬 높게 나타난다는 사실이다. 좋은 성향이든 나쁜 성향이든 그 특성이 더 강화되는 것으로 보이는데, 그 이유에 대해서는 아직 밝혀진 바가 없다.

여러 가설이 가능한데, 그중 흥미로운 것으로 『복제인간 시리』 보고서에서 시리 젤린의 여러 고백 중에 눈여겨 볼 사안들이 있다. 한 인간의 유전적 코드에는 개인적 삶의 경험들이 새겨지는 것 같다는 구절이다. 다시 말해 인생역정이 유전정보에 상당한 변화를 야기한다는 뜻이다. 이는 개별적 역사가 유전적 차원에 저장이 된다는 뜻이며, 복제인간만이 이런 자산을 물려받고 자신의 복제인간에게 고스란히 물려줄 수도 있다는 뜻이다. 조심스레 표현하자면, 복제인간은 어린이 단계에서도 복제 부모 수준의 유전적인 함량을 이미 갖고 있어 정상적으로 잉태된 같은 연령의 아이들에 비해 특히 이해력과 학습능력이 월등하다고 상정할 수 있다.

이런 면에서 『복제인간 시리』는 매우 흥미로운 기록이라 여겨진다. 이는 특히 복제인간의 시각에서 모든 사태를 바라본다는 점에서, 그리고 벌써 10년 전 아주 젊은 여성에 의해 이런 형식으로 기록되었다는 점에서 주목할 가치가 크다고 본다.

인간의 성격이나 삶에 대한 기억이 생화학적 혹은 분자생물학적 차원에서 실제 새겨지고 전달될 수 있느냐 하는 질문은 아직 사변적인 차원일 뿐 실험실에서 왈가왈부할 사안은 물론 아니다. 하지만 인류는 수백 년, 수천 년 동안 유전자라는 존재 자체를 상상할 수도 없었고, 이런 존재가 우리의 외모나 성격 그리고 행동양식에 그 정도로 막강한 영향을 끼칠 수 있다는 사실도 전혀 알지 못했다. 아주 최근, 그러니까 20세기에 들어와서야 과학은 우리의 생각과 감각의 관장은 심장이 아닌 두뇌에서 이뤄진다는 사실, 그리고 사랑과 미움도 결국 생화학적 신호 전달에 따른 전기적 현상이라는 사실을 밝혀냈다.

그동안 『복제인간 시리』는 생식의학발전위원회, 줄인 말로 '생발위(CRP, Commission for Reproductive Progress)'에 속한 모든 이의 필독서가 되었다. 이들은 거의 모든 주요 도시에 소위원회를 두고, 복제와 관련한 상담 업무를 보고 있다. 복제를 희망할 경우 신청서와 함께 필요한 서류를 제출하면, 위원회 소속 전문가들이 적절하고 충분한 사유가 되는지 검토한 후 승인 절차를 밟는다. 이기적 복제가 아닌 의료적 복제의 경우는 의사협회에서 규정한 별도의 양식이 존재한다.

심사과정에서 예비 복제부모들은 반드시 심리상담 과정을 거쳐야 한다. 이의 평가 기준은 이기적 복제의 목표가 갖는 합리성 여부로써, 이는 건강한 기준을 벗어나 예컨대 시리 젤린이 말하는 출산 폭력에 해당하는 경우들을 배제하기 위함이다. 현재까지의 우리들 경험과 기준에 따르면 이리스 젤린의 경우는 대략 그 경계에 놓여 사실 판단이 애매하지만, 개인적으로 나는 승인 쪽에 한 표를 던졌을 것이다.

그런 까닭에 시리 젤린이 나의 요청에 응해 『복제인간 시리』의 후일담을 작성해 보내준 점을 더욱 더 기쁘게 생각한다. 초고 마감 후 10년의 세월이 흐른 시점에서 그녀는 홀로 남은 쌍둥이 별, '폴룩스 홀로' 이야기로 자신의 이야기를 더 알차게 마무리해 주었다. 이는 감히 단언하건대, 예술가 이중주 역시 대개의 복제인간과 마찬가지로 엄청난 생명의지와 생명력을 지닌 인물이라는 반증이다. 이들은 결국 탁월한 생존능력을 개발해 낼 것이며, 더욱 강인해질 전망이다.

그렇다고 사회적으로 특수한 '복제인간 구역'이 생겨나리라는 노파심은 전혀 근거가 없다. 복제인간은 증가 추세이나 그렇다고 일반 인간의 수를 추월할 가능성은 절대로 없다. 독일의 경우는 생식 가능 인구 중 자기복제의 허가 비율을 최대 0.32퍼센트로 제한하고 있다. 이는 자연 임신에서 일란성 쌍둥이에 해당하는 비율로, 자연 상태에서 일어나는 유전적 다양성을 손상시켜서는 안 되기 때문이다.

복제인간 시술은 이제 자격 요건을 갖춘 국립병원에서 시행되는데, 그 비용은 보험처리가 되지 않는다. 내년 한 해 동안 시술을 원하는 복제 신청서는 이미 5,200건이 생발위에 접수되었다. 그 중 절반은 독신이, 나머지 절반은 부부가 신청한 것으로 생발위의 설립 이후 신청 건수는 꾸준하게 증가 추세지만, 사회적으로 허용한 0.32퍼센트의 복제 비율에 도달하려면 앞으로 수십 년은 더 걸릴 전망이다.

.

의학박사, 에리카 크니퍼
생식의학발전위원회 위원장
힐데가르트 폰 빙엔 여대, 인간유전학과 교수

복제(cloning)의 기본 개념과 인간 존엄성의 문제

때를 기다려야 하는 자연스런 임신 대신 인공적으로 사람을 만드는 일, 인조인간의 꿈은 인류의 오랜 꿈 중 하나였다. 현대적 '생식의학'은 유전공학과의 결합으로 이를 실현시킬 수 있게 된 것 같지만, 소설 『복제인간 시리』와 달리 아직은 초기 단계에 머물고 있다. 옛날 사람들은 연금술로 개미보다도 작은 '호문쿨루스' 인간을 만들 꿈을 꾸었는데, 이는 대략 시험관아기로 실현된 셈이다. 하지만 인간 복제도 더 이상 마녀의 공연한 수작이 아니라 원리적으로는 이미 가능한 단계에 들어섰다.

시험관아기

1978년 최초로 인간의 난자와 정자 세포들을 여성의 몸 바깥, 즉 유리 시험관에서 결합하여 배아가 생성되는 사건이 이루어졌다. 이 수정란이 네 개로 분열된 후 여성의 자궁으로 옮겨 정상적인 임신과정을 거치게 된 것이다. 이런 식으로 수정된 결과를 학술용어로는 IVF(In Vitro Fertilization, 시험관 수정) 혹은 '체외 수정'이라고 하며, 보통 '시험관아기'

라는 말로 불린다. 요즘에는 여성이나 남성이 불임일 경우 체외 수정을 통해 임신하는 경우가 많아서, 전 세계적으로 5백만 명이 넘는 아기가 이미 체외수정을 통해 태어났다.

시험관아기의 경우 인공적인 시술이긴 하지만, 어머니와 아버지의 유전자가 어떻게 섞여 어떤 특징을 갖는 아이로 성장하게 되는지는 자연임신과 마찬가지로 운명에 맡길 뿐 인간이 유전자 자체에 영향을 미치는 것은 아니다.

가축의 경우는 1970년대부터 우량종자의 효율적인 확보를 위해 임신한 어미의 자궁에서 4개 혹은 8개의 세포로 분열한 배아를 추출해냈다. 이 상태에서 각 세포는 아직 모든 역량이 그대로 있어, 각각 계속 발달해 4마리 혹은 8마리로 건강하게 태어날 수 있다. 이렇게 하나의 배아를 인공적으로 분리시킨 후 2개, 4개 혹은 8개의 똑같은 유전정보를 갖는 쌍둥이 배아로 함께 자라게 하는 작업을 '동시 복제'라고 한다.

1993년 10월 2명의 미국인 연구자는 유리접시에서 배양된 인간의 배아 역시 현미경 아래 시술을 통해 여러 개로 분리시켜 각각의 개체로 성장할 수 있다는 사실을 증명했다. 하지만 이런 식의 복제인간은 아직 만들어지지 않았다.

이렇게 동시 복제로 태어난 인간은 아직 없으나, 일부러 계획을 한 건 아니었어도 상당한 시간차를 두고 잉태된 쌍둥이는 이미 세상에 태어나서 살고 있다. 시험관에서 수정된 배아가 분열되기 시작했을 때, 이들 일란성 쌍둥이 배아 중 일부를 즉각 냉동시켜 보관했다 2년 혹은

3년 후 해동해 세상의 빛을 보게 하면 먼저 태어난 언니나 형과 함께 자랄 수 있기 때문이다.

유리접시에서 얻어진 배아세포는 여러 해 동안 냉동 상태를 견딜 수 있다. 이는 미래에 위급한 상황이 닥칠 경우, 생체 조직이나 근육을 대체하는 원재료로 사용될 수 있다. 아니면 시험관아기로 성장하는 과정에서 만약 배아가 사망할 경우, 그 대체 배아로도 활용할 수 있을 것이다. 이럴 경우를 대비해 복제 쌍둥이 상태에서 준비해 두는 것이다. 이런 식 아이디어는 기존의 SF에 숱하게 등장하는 소재다. 하지만 이는 인간을 가축 정도로 여길 뿐 그 존엄성에 대한 가치를 생각하지 않을 때의 일이다.

복제양 돌리

식물이나 동물의 세포나 미생물 차원에서의 복제는 1950년대 유전학에서 이미 시작되었다. 하지만 다 자란 포유류 동물의 복제는 1996년 처음 성공했다. 1997년 2월 22일 스코틀랜드 로슬린 연구소의 이언 윌머트(Ian Wilmut) 박사팀이 복제양 돌리의 탄생을 발표하면서 이에 대한 폭발적 논쟁이 시작되었다. 돌리 이후, 2000년에는 돼지, 2001년 고양이, 2003년 사슴, 토끼, 말, 2005년 황소, 2009년 낙타 복제에 성공했다.

하지만 대부분의 복제동물은 출생 후 하루 안에 심장이나 폐나 신장 이상으로 사망하며, 겉보기에 건강한 모습으로 태어나도 갑자기 생명을 잃곤 했다. 예컨대 돌리는 2001년 비만 증세를 보여 다른 양들과 격리돼 식이요법 치료를 받았고, 2002년에는 왼쪽 뒷다리와 무릎에 관절염이 생기는 등 빠른 노화 증세를 보였다. 그리고 2003년 2월 노화에 따른 폐질환으로 복제한 지 6년 6개월 만에 도축시켰다. 양의 수명이 보통 11~13년이니, 돌리는 수명의 절반밖에 채우지 못한 셈이다. 이에 '복제동물은 DNA 자체가 나이가 든 탓'이라는 분석과 함께 '복제인간은 아주 단명하거나 중대한 장애를 갖게 될 것'이라는 경고가 이어지고 있다.

이렇듯 돌리의 출생은 곧 인간복제에 대한 우려를 자아냈다. 인간복제가 인간의 존엄성에 대한 범죄행위가 될 것이라는 우려에 유럽의회는 즉각 이를 금지할 것을 촉구했다. 이후 세계보건기구(WHO)도 인간 복제가 인류의 도덕과 온전성에 대해 반하는 행위임을 결의하였고, 유네스코(UNESCO)도 1997년 말 복제금지법안을 요구하는 결의를 만장일치로 통과하였다.

돌리가 태어나기 전까지 체세포를 이용한 포유류 복제는 불가능한 일이라는 게 과학 내 정설이어서, 돌리의 탄생은 왓슨과 크릭이 DNA 분자구조를 밝혀낸 업적에 버금가는 생명과학의 혁명으로 평가받았다. 이는 어른이 된 동물을 복사하듯 찍어내는 수준이라 '성체복제'라고도 불렸다. 『복제인간 시리』는 바로 이리스 젤린이라는 어른의 몸에서 복사해 낸 시리 젤린을 가상한, 즉 '성체복제'를 염두에 둔 SF에 해당한다.

그런데 21세기를 목전에 둔 1999년 1월, 대한민국의 황우석 연구팀은 '영롱'이란 이름의 복제암소를 언론에 공개했다. 그리고 2005년

4월 이병천 교수(전 서울대 수의과 대학 교수) 등과 함께 스너피라는 이름을 붙인 아프간하운드 종의 개를 최초로 복제했다고 세계적 과학잡지 〈네이처〉에 발표하여 큰 관심을 모았다.* 그리고 2004년과 2005년 각각 인간의 체세포를 복제한 배아줄기세포 배양에 성공했다고 〈사이언스〉에 발표하여 다시 큰 주목을 받았다.

하지만 인간복제 기술로 불임 문제는 물론 여러 난치병의 치료약까지 개발할 수 있다는 분홍빛 약속을 비판 없이 보도한 언론 덕에 황우석은 한국에서 국민영웅이 되었으나, 결국 2006년 1월 10일 서울대학교 조사위는 그의 논문들이 허위라고 발표해, 〈사이언스〉에서는 해당 논문들을 모두 취소했고, 그는 최대의 논문 조작 사건을 일으킨 범죄자라는 불명예를 안게 되어 같은 해 3월 20일 서울대학교는 그를 교수직에서 파면했다.

치료적 인간복제 : 배아줄기세포

배아줄기세포란, 한 인간으로 성장하는 배아 전체가 아니라, 신체 일부의 이식치료에 필요한 뇌조직이나 근육, 피부 등을 만들 수 있는 세포를 말한다. 인간의 경우 정자와 난자가 만나 수정된 세포, 즉 수정란이 자궁에 착상하면 곧 개별 인간 형태로 발달(development)의 과정으로 들어간다. 이 과정에서 엄청난 속도로 세포 수가 늘어나는데, 이

---

* 인간과 유사한 유전병을 갖는 개의 복제 기술은 난치병 연구에 큰 기여를 할 것으로 기대되었으나, 그 내용을 보증할 수 있는 자료나 논문을 제출하지 않은 연구라 과학적 신뢰를 얻지 못했다.

들은 신체 부위에 따라 제각기 서로 다른 특성을 갖는 220가지 세포로 분화한다. 이렇게 분화되기 이전, 나중에 근육이나 콩팥이나 간 등의 세포로 발전할 잠재력이 있는 세포를 줄기세포(stem cell)라고 한다. 이를 주목하는 이유는, 사고나 질병으로 손상된 신체 부위를 대체할 수 있기 때문이다.

이에 대한 첫 연구는 1961년 캐나다 출신 어니스트 매컬로와 제임스 틸의 조혈모세포 발견에서 시작되었다. 하지만 본격적인 인간 배아 줄기세포 연구는 1998년 미국 위스콘신대학 제임스 톰슨과 일본 교토대학 야마나카 신야 교수가 각각 성인의 피부세포에서 유도만능배아줄기세포(IPSC=Induced pluripotent stem cells)를 만들어 내며 시작되었다. 이는 성인의 체세포에 특정 유전자들을 삽입해 미분화 상태로 되돌린 세포로, 수정란 사용 등 윤리 문제가 걸리지 않아 세계적으로 큰 주목을 받게 되었다.

줄기세포는 배아줄기세포와 성체줄기세포로 나눌 수 있다. 배아줄기세포는 예컨대 『복제인간 시리』의 어머니이며 쌍둥이 자매인 이리스 젤린처럼 불치병을 앓고 있는 환자들에게는 목숨이 달린, 그리고 유일한 희망이 될 수 있으나, 사실은 굉장히 다양한 윤리적 문제를 안고 있는 중요한 사안이다. 영화 〈아일랜드〉나 〈가타카〉처럼 사회구성원 간의 갈등을 초래할 수 있으며 사회적인 문제로도 성장할 수 있다. 과연 인류는 이 문제를 어떻게 해결할 것인가?

배아줄기세포의 추출과 활용 과정을 다음과 같은 도표로 요약할 수 있다.

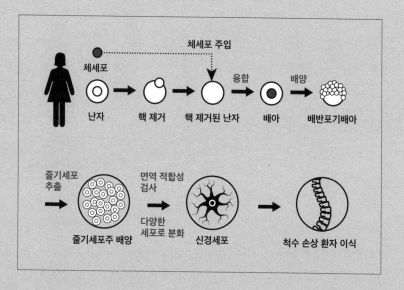

한편 성체줄기세포(adult stem cell)는 배아줄기세포에서 분화되어 좀 더 자란 세포이기 때문에 변이를 일으킬 확률이 낮다. 성체줄기세포는 사람의 골수, 지방, 근육, 피부, 간, 혈관, 제대혈(탯줄혈액), 말초혈액 등 신체조직과 장기에 소량씩 존재하는데, 자기 몸의 신체조직에서 추출한 세포여서 다시 주입해도 면역거부반응이 미미하다. 그래서 성체줄기세포를 대량으로 증식하는 연구나 환자 몸에 들어간 후 제 기능을 발휘할 수 있도록 분화하기 직전의 줄기세포 상태가 오래 유지되도록 잡아두는 연구도 활발히 이뤄지고 있다.

줄기세포 치료는 미래의 치료법으로 각광받고 있어 다양한 시도가 행해지고 있으나, 아직 기술 문제나 안전, 윤리문제 등 해결해야 할 위험 요소들이 많아 특히 부작용의 우려가 있는 경우는 법적으로 사용을 금하고 있다. 예컨대 줄기세포 주사제 사용이 암을 유발할 가능성을 높인다는 연구나 줄기세포를 혈관에 주사한 뒤 혈전이 생겨 폐의 혈관이 막혔던 사례가 있기 때문이다.

인간배아와 생명윤리

인간배아를 대상으로 하는 연구 중에서 특히 유전자 치료는 유전병 환자들에게는 어떤 것과 비할 수 없는 희망으로, 사회·경제적인 효용 또한 엄청나다. 하지만 배아의 연구수단화, 인간 존엄성의 말살, 기술적 한계로 인한 부작용, 유전자의 역할에 대한 지식의 한계, 그리고 『복제인간 시리』의 경우처럼 당사자의 동의를 얻을 수 없다는 점에서 사회·윤리적 문제를 내포하고 있다. 그래서 대부분 국가에서 인간배아를 대상으로 하는 유전자치료를 법으로 금하고 있다.

지난 2016년 사회적 물의를 일으킨 청와대의 비공식적인 줄기세포 시술도, 부작용의 위험이 있을 수 있기 때문에 식품의약품안전처에서 사용을 금한 처방을 미용효과를 위해 감행한 불법 행위였다. 치료를 위한 연구는 허용하는 편이다. 예컨대 특정 효능을 인정하여 대한민국 정부에서 허가한 줄기세포 치료는 현재 심근경색, 무릎연골 손상, 크론병, 루게릭병에 한정된다.

다가올 인간배아 유전자 치료 시대를 대비한 규제 방향에 대해서도 여러 논의가 이루어지고 있다. 인간배아 유전자 치료 연구는 위험성을 고려한 합리적 범위를 설정하여 허용하되, 생식 목적의 유전자 편집 행위는 법률로 엄격하게 금할 필요가 있다. 나아가 기술적·윤리적 한계선 설정, 안정성 확보를 위한 장기간의 추적조사, 경제력에 의존하지 않는 보편적 의료접근권의 보장, 유전자 치료 강제 행위의 금지 등 구체적 상황에 따른 한계를 명시하는 법제화 작업들이 현재 남겨진 중요한 과제들이다.